두 가지 미소의 여인

아르센 뤼팽 걸작선 10
두 가지 미소의 여인

지은이 모리스 르블랑
옮긴이 붉은 여우
펴낸이 안용백
펴낸곳 (주)넥서스

초판 1쇄 인쇄 2012년 6월 10일
초판 1쇄 발행 2012년 6월 15일

출판신고 1992년 4월 3일 제311-2002-2호
121-840 서울시 마포구 서교동 394-2
Tel (02)330-5500 Fax (02)330-5555

ISBN 978-89-5994-421-7 14860

저자와 출판사의 허락 없이 내용의 일부를
인용하거나 발췌하는 것을 금합니다.

가격은 뒤표지에 있습니다.
잘못 만들어진 책은 구입처에서 바꾸어 드립니다.

www.nexusbook.com
지식의숲은 (주)넥서스의 인문교양 브랜드입니다.

아르센 뤼팽 걸작선
10

ARSÈNE LUPIN

두 가지 미소의 여인

모리스 르블랑 지음 | 붉은 여우 옮김

지식의숲

| 작품을 읽기 전에 |

아르센 뤼팽 & 모리스 르블랑

추리소설이 영국과 미국에서 크게 발전한 것은 단편의 창시자 에드거 앨런 포, 장편을 발전시킨 윌키 콜린스와 찰스 디킨스, 그리고 이 장르의 완성자 아서 코난 도일, 계승자 G. K. 체스터턴, 에드먼드 벤틀리 등의 위대한 작가들이 있었기 때문이다.

장편 추리소설을 최초로 썼다는 영예를 걸머진 프랑스의 에밀 가보리오는 명탐정 르콕을 만들어내긴 했으나 그의 소설은 '선정소설' 굴레에서 벗어나지 못하고 말았다.

그는 당시 프랑스의 대중 통속작가였으므로 신문에 연재하는 가정소설 속에 탐정 장면을 부분적으로 삽입한 격이 되었지만 그의 소설은 결국은 선정적인 통속소설에 불과했다.

그래서 프랑스의 추리소설은 에밀 가보리오의 전통을 지키느라 영미의 추리소설에 비하면 무척 격이 떨어졌다.

시대적으로나 기술적으로 가보리오에 가까운 작가는 포르튀네 뒤 보아고베(Fortune du Boisgobey, 1821-1891)였다.

뒤 보아고베는 가보리오의 충실한 제자였으며 그의 대표작

《르콕의 만년》(La Vieillesse de M. Lecoq, 1876)을 써서 스승이 창조한 르콕 탐정을 재등장시키고 있으나 그에게는 분석 능력과 수사의 흥미가 결여되어 있어서 그도 한낱 선정적 미스터리 작가가 되고 말했다.

프랑스가 세계적으로 이름을 떨치게 되는 미스터리 작가를 낳기 위해서는 20세기에 들어설 때까지 기다려야 했다. 그동안 영국의 추리소설 특히 코난 도일의 셜록 홈즈 모험담이 프랑스 작가들을 자극했을 것이다. 가장 두드러진 두 작가는 모리스 르블랑과 가스통 르루이다.

보알로 나르스자크의 《추리소설》(Roman Policier, 1964)을 보면 "가보리오는 코난 도일에게 영감을 주었다. 그리고 코난 도일은 모리스 르블랑에게 특수한 의미에서 그러했다. 아르센 뤼팽을 창조함에 있어서 모리스 르블랑은 결국 셜록 홈즈와는 모든 점에서 대조적인 주인공을 내세웠다."는 부분이 있다.

모리스 르블랑(Maurice Leblanc, 1864-1941)이 대중잡지 〈Je Sais Tout〉에 괴도신사 아르센 뤼팽을 주인공으로 범죄 모험소설을 쓰기 시작한 것은 1906년이다.

첫 단편 〈체포된 뤼팽〉(L'arrestation d'Arsène Lupin)가 독자의 호평을 받자 이어서 〈감옥의 아르센 뤼팽〉 등 여덟 편을 추가해 《괴도신사 뤼팽》(Arsène Lupin, Gentleman-Cambrioleur)이라는 제목으로 1907년에 출판되었다.

르블랑은 코난 도일에게 대항하여 셜록 홈즈와 맞서는 아르센 뤼팽을 내세웠을 텐데 이러한 대항의식은 마지막 단편〈한 발 늦은 셜록 홈즈〉(Sherlock Holmes arrive trop tard)에 노골적으로 나타나 있다. 장 폴 사르트르는《말》(Mots, 1986)에서 "나는 아르센 뤼팽을 숭배한다. 헤라클레스와 같은 완력, 교활한 용기, 프랑스적 지성이……" 하고 말하는 것을 보면 오늘날 셜록 홈즈가 영미의 아니 전 세계 독자들에게 주는 이미지와 같은 이미지를 뤼팽은 당시의 프랑스 독자에게 그리고 전 세계 독자에게 주었을 것이다.

셜록 홈즈가 추리의 천재, 진실의 사도, 정의의 화신이라고 한다면 뤼팽은 강도이며, 멋쟁이 신사이며, 협객이며, 경찰관이며, 탐정이기도 하다. 홈즈가 이상적 영국인이라면 뤼팽은 전형적인 프랑스인이다.

《괴도신사 뤼팽》의 마지막 단편〈한 발 늦은 셜록 홈즈〉에서 뤼팽은 홈즈의 시계를 훔쳤다가 돌려준다. 뤼팽은 소매치기의 명수이기도 하지만 신사강도로서는 좀 장난꾸러기 같은 인물이다. 그리고 드반이 폭소를 터뜨리는 것도 일부러 초대한 명탐정에 대한 에티켓으로는 조금 야비(?)하다.

코난 도일이 그가 창조한 명탐정이 아르센 뤼팽과 같은 신사강도에게 조롱당하는 것을 참지 못하여 모리스 르블랑에게 항의를 했다고 한다.

르블랑은 셜록 홈즈를 헐록 숌즈(Herlock Sholmes)로, 왓슨(Watson)을 윌슨(Wilson)으로 바꾸고 있을 뿐이다. 그래서 두 번째 단편집도 《아르센 뤼팽 대 셜록 홈즈》(Arsène Lupin contre Herlock Sholmes, 1908)로 되어 있고 〈한 발 늦은 셜록 홈즈〉도 그렇게 고치고 있다. 그러나 여기서는 셜록 홈즈로 부르기로 한다.

뤼팽은 장편 《수정마개》(Le Bouchon de Cristal, 1910), 《기암성》(L'aiquille-creuse, 1912), 《813의 수수께끼》(813, 1923), 단편집 《시계 종이 여덟 번 울릴 때》(Les huits coups de l'horloge, 1913), 《뤼팽의 고백》(Les Confidences d'Arsène Lupin, 1913), 《바네트 탐정사》(L'Aqence Barnett, 1927) 등 20여 권에서 활약한다.

아르센 뤼팽은 완력이나 배짱이나 두뇌가 슈퍼맨에 속한다. 그는 만능선수이다. 그에게는 왓슨 역이 없다. 부하는 있으나 도구에 불과하다. 다만 도덕성과 정의감이 부족한 것이 흠이랄까. 그러나 강도라도 '신사'가 붙어 있으며 때로는 경찰부장을 지내며 자신의 체포 명령을 내리기도 한다. 추리력도 대단하다. 종횡무진이며 신출귀몰한다. 그도 홈즈처럼 신화적 존재가 되었다. 그는 셜록 홈즈와 더불어 우리들의 청소년기뿐만 아니라 평생의 영웅이 된 것이다.

차례

작품을 읽기 전에   4
이상한 상처   10
클라라 라 블롱드   20
중이층(中二層)의 남자   29
3층의 남자   42
불법 침입   59
첫 번째 조우   72
저택의 경매   82
이상한 협력자   94
대도 폴의 추적   110
에크르비스 바   121
카지노 블루   133
두 가지 미소   149
함정   165
라이벌   177
살인   192
조조트   206
서스펜스   219
두 가지 미소의 정체   227
고르즈레의 출동   242
아우스터리츠의 승리와 워털루의 패배   257
아르센 뤼팽의 활약   269
페르세우스 신성(新星)의 비밀   285

이상한 상처

　한 편의 드라마였다. 이 드라마의 준비 상황과 그 대단원의 막에 대해, 별로 중요하지 않은 내용은 생략하고 서너 페이지로 요약해 보겠다. 이해하기 어려운 부분은 나중에 다시 설명을 할 것이다.
　모든 것은 아주 자연스러웠다. 커다란 사건이 일어나리란 불길한 징조는 없었다. 쇼킹한 징후는 조금도 없었다. 폭풍을 예고하는 미세한 바람의 움직임도 없었다. 쓸데없이 걱정하고 염려하는 사람도 없었다. 사건의 시작 그 자체는 사소한 것이었다. 그 사건의 현장에 있던 사람들이 나중에 놀라기는 했지만, 그렇다고 그들의 마음속에 미리 어떤 찜찜한 기분이 있던 것은 아니었다. 그러나 사건은 아주 비극적이었다. 그 사건을 감싸고 있는 미스터리는 도저히 이해가 되지 않았다.

유명한 가수 엘리자베스 오르넹의 연주회가 비시에서 열렸었다. 주벨 부인은 그녀가 은행가인 남편과 이혼하기 전에도 서로 잘 알고 있던 사이였으므로, 자신의 저택이 있는 볼닉에서 12킬로미터 정도 떨어진 곳에서 열린 그녀의 연주회에 남편과 친구들과 함께 구경을 갔었다. 그녀의 저택은 지붕에 탑이 있을 정도로 규모가 크고 웅장했다.

엘리자베스는 연주회 바로 다음 날인 8월 13일 점심 식사에 그들이 머물고 있던 저택에 초대를 받았다. 점심 식사 자리는 마냥 흥겨웠다. 주벨 씨 부부가 성심성의껏 주인 노릇을 톡톡히 해냈다. 주벨 씨 부부의 친구는, 젊은 커플 세 쌍, 퇴역 장군 한 명, 그리고 장 에를르몽 후작 등 모두 8명이었다. 그들은 아주 명랑하고 재미있는 사람들이었다. 그들 중 후작은 나이가 대략 40세 가량 되어 보였지만, 준수하면서도 매력적인 남자였다. 그의 공손한 태도에 넘어가지 않을 여자는 거의 없을 것 같았다.

그러나 식사를 하는 동안 화제의 초점은 모두 엘리자베스 오르넹에 관한 것뿐이었다. 모든 대화의 중심에는 그녀가 있었다. 말하는 사람마다 그녀의 관심과 주의를 끌기 위해 열심이었다. 그러나 그녀는 남의 환심을 사거나 으스대려는 기색을 보이지 않았다. 그녀는 말을 별로 하지 않았다. 말재주가 없어서 그런 것은 아니었다. 그녀는 일부러 잘난 척하지 않고 있을 뿐이었다. 사실 그럴 필요가 없었다. 그녀는 아름다웠고, 그녀의 미모

하나로 모든 것이 충분했다. 그녀가 심오하고 학식 있는 말을 하다고 해도 사람들은 이미 눈이 부실 정도로 아름다운 그녀의 미모에 반해 그 의미를 이해할 수 없었다. 그녀의 앞에서 다른 생각을 한다는 것은 불가능한 일이었다. 반짝이는 파란 눈동자, 완연한 동그란 입술, 투명할 정도로 보드라운 피부, 동그스름한 얼굴. 오페라 무대에서 가창력과 실력은 비록 2인자에 불과하지만, 미모에 있어서만큼은 관중들도 알아주는 1인자였다.

그녀의 옷차림은 언제나 수수한 편이었다. 그러나 눈이 번쩍할 만큼 멋있는 옷을 입는다 해도, 누구도 옷에는 신경을 쓰지 못할 만큼 그녀는 아름다운 여자였다. 완벽한 몸매, 균형 잡힌 걸음걸이, 눈부신 자태. 그녀는 매력 그 자체였다. 그녀는 루비와 에메랄드 그리고 다이아몬드가 휘황찬란하게 함께 박힌 목걸이를 하고 있었다. 누군가가 그 목걸이를 보고 감탄사를 연발하자, 다른 사람들 같으면, 모두가 부러워하는 진짜 보석이라고 자랑을 했겠지만, 그녀는 미소를 지으며 겸연쩍어했다.

"무대 장식용인데요, 뭐. 하지만, 이미테이션치고는 제법 괜찮죠?"

점심 식사가 끝나자, 에를르몽 후작이 솜씨를 발휘하여 엘리자베스와 단둘이서 얘기를 나누고 있었다. 그녀는 그저 호기심 반 재미 반으로 그와 얘기를 나누고 있는 것 같았다.

다른 손님들은 주벨 부인 주변에 모여 있었다. 그들은 그 자리의 주인공인 엘리자베스를 독차지하지 못해 다소 소외된 기분을 느끼고 있는 것 같았다.

주벨 부인이 중얼거렸다.

"저분이 괜히 시간만 낭비하고 있네요. 엘리자베스에 대해서는 내가 잘 알아요. 사귄 지가 몇 년이 되었으니까요. 저런다고 될 일이 아니에요! 그녀는 조각처럼 예쁘지만, 아주 쌀쌀맞거든요. 아무리 그래봐야, 시간만 낭비하는 꼴이에요!"

그들은 모두 테라스로 나갔다. 그곳에만 그늘이 져 있었다. 발 아래로 비스듬히 뻗어 있는 정원에는 뜨거운 햇살이 내리쬐고 있었다. 정원 사이에는 파란 잔디밭과 노란 모랫길이 있었다. 화단의 주목(朱木)에는 새싹이 돋아 있었다. 월계수와 회양목, 호랑가시나무 사이로 난 길 위의 언덕에는 오래된 성루가 보였다. 성루의 타워와, 종루 그리고 예배당 모두 금방이라도 쓰러질 것 같은 모습이었다.

관목숲 뒤로는, 협곡이 성을 휘감고 있었다. 50m 정도 아래의 협곡에서는 사나운 물줄기가 요란한 소리를 내며 흐르고 있었다. 그리고 협곡 위로는 거대한 절벽이 깎아지를 듯이 솟아 있었다. 모든 광경이 정말로 장관이었다.

엘리자베스 오르넹이 감탄사를 연발했다.

"경치가 정말 멋있어요! 꼭 그림 같아요! 그림 속의 벽과 나무가 우는 것 같아요. 이런 장관 속에서 노래를 부르면 정말 대단할 거예요!"

주벨 부인이 물었다.

"여기에서 노래를 한 곡 불러보면 어때요, 엘리자베스?"

"하지만, 이런 광활한 곳에서는 내 노랫소리가 들리지 않을 거예요!"

장 에를르몽이 말했다.

"아니죠. 정말 멋있을 것 같은데요! 한번 불러보세요."

모든 사람들이 이구동성으로 한 곡조 뽑으라고 권유를 해도, 엘리자베스 오르넹은 웃기만 할 뿐 극구 사양을 했다.

"안 돼요. ……도저히 안 되겠어요. 괜히 망신이나 당할 것 같아요. 내 목소리가 들리기나 하겠어요!"

그러나 그녀는 결국 지고 말았다. 후작이 그녀의 손을 잡고, 앞장을 서고 있었다.

"자, 내가 길을 안내할게요. 같이 가서, 우리 모두에게 한 곡 선사하세요!"

그래도 그녀는 주저하는 기색을 보이더니, 이윽고 단안을 내렸다.

"좋아요, 그럼! 저 성 앞까지 안내하세요."

그녀는 더 이상 망설이지 않았다. 그녀는 무대 위에서 걷듯이 편안하고 안정된 자세로 천천히 정원으로 발걸음을 옮겼다. 잔디밭 끝에 다다르자, 그 성이 마주 보이는 테라스로 오르는 5개의 계단이 보였다. 계단을 오르자 다시 좁은 계단이 나왔다. 계단의 양끝에는 오래된 돌로 장식이 된 제라늄 화분과 꽃병이 놓여 있었다. 왼편으로는 여러 가지 모양의 식나무 길이 나 있었다. 그녀가 옆으로 돌아서자 후작이 그 뒤를 따르는 모습이 보였다. 나뭇잎에 가려 더 이상 그들의 모습이 보이지 않았다.

잠시 뒤, 그녀의 모습이 다시 보였다. 이번에는 혼자였다. 그녀는 가파른 계단을 올라가고 있었다. 에를르몽 후작은 정원으로 난 오솔길로 되돌아오고 있었다. 드디어 그녀가 예배당의 테라스 위에 모습을 나타냈다. 테라스에는 고딕 양식의 아치 3개가 서 있었다. 그리고 아치 위로는 담쟁이덩굴이 그 빈 공간을 메우고 있었다.

그녀가 멈춰 섰다. 주춧돌로 사용되는 바닥 위에 똑바로 서자 그녀는 이상할 정도로 커 보였다. 그녀가 팔을 벌리고 노래를 시작하자, 목소리와 제스처가 둥그런 푸른 하늘을 지붕으로 삼아 숲과 화강암으로 지은 커다란 자연의 무대를 꽉 채우는 것 같았다.

주벨 씨 부부와 그의 친구들은 황홀한 표정으로 그녀를 바라보며 노래를 듣고 있었다. 독특하면서도 잊지 못할 그 무엇을 느낄 수 있었다. 하인들과 근처의 농부들 그리고 십여 명의 동네 사람들이 저택 주변에 모여들었다. 그들은 모두 그 순간 마법의 아름다움에 감명을 받고 있었다.

사람들은 엘리자베스 오르넹이 무슨 노래를 부르는지 잘 알지 못했다. 그러나 그녀의 목소리는 쉴새없이 고음과 저음을 오르내리고 있었다. 장중한 음색은 비극의 숨결을 표현하는 것 같았고, 청아한 음색은 삶과 희망의 환희를 노래하는 것 같았다.

이 고요하고 외딴 곳에서 결코 잊지 못할 사건이 일어난 것은 바로 그때였다. 모든 것이 조용히 끝나지 않으리라고 생각할 이유가 없었다. 이 갑작스런 사건은 누구도 전혀 예기치 못 했던 사건이었다. 구경하던 사람들의 마음이야 다 똑같지는 않았겠지만, 어쨌든 분명한 사실 하나는 사건이 폭발물이 터지듯이 갑자기 터졌다는 것이었다. 나중에 모든 사람들이 말했던 것처럼 정말 뜻밖의 사건이었다.

갑자기, 마법의 목소리가 끊어지면서 대단원의 막이 내렸다. 낡은 성루에서 노래를 부르던 그녀가 비틀거리는 듯싶더니 갑자기 바닥에 푹 고꾸라지는 모습이 보였다. 비명소리도 들리지 않았다. 특별히 이상한 동작도 보이지 않았다. 괴로운 표정이나 반항의 흔적도 없었다. 그 장면을 목격한 사람들은 그녀가 몸을 추스를 틈도 없이 그 자리에서 심장마비로 쓰러졌으리라고 믿고 있었다.

그들의 생각은 틀리지 않았다. 그들이 그 장소에 도착했을 때, 엘리자베스 오르넹은 쓰러져 있었다. 몸은 빳빳하게 굳어 있었고 얼굴은 창백한 상태였다. 뇌졸중 때문이었을까? 심장마비 때문이었을까? 그 때문은 아니었다. 왜냐하면 피가 그녀의 하얀 목과 어깨 사이로 흘러내리고 있는 것이 보였기 때문이다.

다들 피가 흐르는 것을 보고 있는 동안, 누군가가 깜짝 놀라며 소리를 질렀다.

"보세요! 보석 목걸이가 사라졌어요!"

그녀의 검시 결과는 그 당시에 전국적으로 커다란 센세이션을 불러일으켰지만, 여기에서 그 내용에 대해 자세히 설명을 할 필요는 없을 것 같다. 다각도로 조사가 진행되었지만 아무 소득이 없었다. 따라서 이 사건은 곧 영구 미제 사건으로 막을 내렸다. 치안판사와 경찰의 노력에도 불구하고, 수사는 벽에 부딪히고 그녀의 죽음의 비밀은 풀리지 않았다. 사람들은 곧 이 사건에 대해 더 이상 밝혀질 것이 없다는 것을 알게 되었다. 살인 사건과 도난 사건. 그것이 수사 결과의 전부였다.

총알이나, 칼, 살인범은 발견할 수 없었지만, 그녀가 살해되었다는 사실에는 의심의 여지가 없었다. 분명한 살인 사건이었다. 그녀가 쓰러지는 순간을 지켜보았던 42명의 목격자들 중 5명이 어디에선가 순간적으로 번쩍하는 것을 보았다고 말했지만, 그 정확한 방향을 지적하지는 못 했다. 나머지 사람들은 아무 이상한 것을 보지 못했다는 진술을 했다. 그들 중 3명은 희미하지만 총소리 비슷한 소리를 들었다고 했지만, 나머지 39명은 아무 소리도 듣지 못했다고 말했다.

살인의 증거는 그녀의 상처 속에 분명히 남아 있었다. 왼쪽 어깨에서부터 목의 밑부분까지의 피부에 난 끔찍한 상처가 그 증거였다. 이 상처는 총알에 의해 난 것처럼 보였다. 그러나 그것이 총알에 의해 난 상처였다면, 그녀가 서 있던 곳 어디엔가 살인자가 총을 쏘기 위해 숨어 있었다는 얘기이며, 또 살인자가 총을 사용했다면 상처는 외부가 아니라 내부에 나 있어야 한다는 점에서, 이치에 맞지 않았다.

피가 흐른 상처는 오히려 망치나 곤봉과 같은 어떤 둔탁한 도구에 의한 것처럼 보였다. 하지만, 곤봉이나 망치를 휘두를 수 있는 사람은 없었다. 또한 그런 일이 있었다면 발각되지 않을 수 없었다.

그러면, 보석 목걸이는 어떻게 된 일일까? 만약 살인을 한 뒤 그것을 훔쳐갔다면, 그런 짓을 저지른 사람은 누구일까? 하인들이 저택 맨 위층의 창문에서 내다보고 있었는데 살인범이 어떻게 귀신같이 도망갈 수 있었을까? 그들은 그녀가 노래를 부르는 장소, 쓰러지는 순간을 지켜보고 있었으므로 만약 의심스런 사람이 숨어 있었다면, 분명 그를 발견해냈을 것이다. 그리고 범인이 숲속으로 도망가는 것도 보았을 것이다. 더군다나, 그 낡은 성 뒤에 있는 것은, 오르내리기가 절대 불가능한 절벽뿐이었다.

범인은 담쟁이덩굴 밑이나 땅 속의 구멍에 숨어 있던 것은 아닐까? 이 두 가지 의문을 풀기 위한 조사는 파리 경시청에서 파견된 고르즈레 형사에 의해 2주 동안 진행이 되었다. 그는 의욕적이고 열정적인 사람으로 이미 그 분야에서 이름이 난 사람이었다. 그의 모든 노력도 수포로 돌아갔다. 결국 그의 조사는 아무 소득이 없이 끝나고 말았다. 고르즈레 형사가 포기하지 않겠다고 얘기는 했지만, 이 사건은 미제 사건으로 남게 되어 결국 그는 체면만 구기고 말았다.

주벨 씨 부부는 이 사건으로 충격을 받아, 볼닉을 떠난 뒤 다시 돌아오지 않았다. 그들은 그 저택을 가구가 딸린 채로 매물로 내놓았다.

6개월이 지나 이 저택을 산 사람이 있었다. 그러나 그 저택을 산 사람이 누구인지는 아무도 몰랐다. 오디가 변호사를 통해 거래가 극비리에 이루어졌기 때문이었다.

그 저택에서 일하던 하인과 농부, 정원사 등 모든 사람들은 해고되었다. 마차 출입문 위의 커다란 타워를 지키는 늙은 전직 경찰관인 르바르동과 그의 부인만이 남아 있었다.

마을 사람들은 르바르동에게 이것저것 물어보았지만, 그들의 호기심은 풀리지 않았다. 그는 고집스레 침묵을 지켰다. 마을 사람들이 아는 것이라고는, 1년에 한 번 정도 가끔 어떤 남자가 밤에 차를 타고 저택으로 와서 그날 밤을 거기에서 지내고, 다음 날 저녁에 떠난다는 것뿐이었다. 그 신비스러운 방문객은 그의 관리인인 르바르동을 만나기 위해 오는 새로운 주인임에 틀림없었다. 하지만, 분명한 것은 아무것도 없었다. 사람들은 점차 그 문제에 대해 더 이상 관심을 갖지 않게 되었다.

11년이 지나 르바르동이 세상을 떠났다. 그의 아내만이 유일하게 그 오래된 타워의 관리인으로 남아 있었다. 그녀도 남편처럼 모든 비밀을 그대로 마음속에 간직한 채, 결코 그 저택에서 일어난 일에 대해서는 어떤 말도 입 밖에 내지 않았다.

다시 4년이 흘렀다. 새로운 드라마가 막 시작되고 있었다.

클라라 라 블롱드

생-라자르 역이었다. 플랫폼으로 나가는 문 앞의 개찰구와 넓은 파-페르뒤 홀의 출입구 사이에는 바삐 오가는 승객들로 만원이었다. 사람들의 물결은 끊임없이 이어지고 있었다. 둥그런 모양의 전광판에는 열차의 시각과 행선지가 적혀 있었다. 역무원들이 부지런히 검표를 하고 펀칭을 해주고 있었다.

이러한 와중에도 태연히 대합실 안을 어슬렁거리는 사내가 두 명 있었다. 그들의 관심은 다른 데 있는 것 같았다. 한 사람은 체격이 크고 건장해 보였다. 그러나 인상이 별로 좋지 않았다. 굳은 표정이었다. 다른 한 사람은 체격이 다소 왜소해 보였다.

세심한 성격의 소유자인 것 같았다. 두 사람 모두 콧수염을 기르고, 멜론 모양의 모자를 쓰고 있었다.

이 두 사람이 아무런 표시도 들어오지 않은 전광판 앞으로 다가갔다. 그곳에서는 4명의 직원이 일을 하고 있었다. 왜소한 체격의 사내가 그들에게 다가가서 공손한 태도로 물었다.

"오후 3시 47분에 도착할 예정인 기차는 언제 도착합니까?"

그들 중 한 사람이 빈정대는 투로 대답했다.

"3시 47분에 도착하겠죠."

건장한 사내가 동료를 보고 딱하다는 표정을 지으며 다시 물었다.

"3시 47분에 도착하는 열차가 리지외 행 맞죠?"

그가 말했다.

"아, 368열차요? 10분 뒤면 도착합니다."

"연착하지 않을까요?"

"연착하지 않을 겁니다."

두 사내는 어슬렁거리며 그 자리를 떠나 기둥에 몸을 기대고 서 있었다.

3분이 지나고, 4분이 지나갔다. 다시 5분이 지나갔다.

건장한 사내가 말했다.

"지루하군! 경시청에서 나온다고 한 사람이 보이지 않네."

"하지만, 그 사람이 꼭 필요할까요?"

"그럼! 만약 그가 영장을 가지고 오지 않으면, 내가 무슨 수로 그 여자를 체포할 수 있겠어?"

"우리를 찾고 있는 게 아닐까요? 우리를 알아보지 못했을 수도 있잖아요?"

"바보 같은 소리! 플라망, 자네를 못 알아본다면, 그거야 당연한 일이겠지. …하지만, 볼닉 저택 사건에서부터 지금까지 여러 사건의 수사를 담당해 온 이 고르즈레 형사를 못 알아본다면 말이 안 돼!"

플라망이 자존심이 상했는지 한마디 내뱉었다.

"볼닉 저택 사건이라, 그거 케케묵은 사건이잖아요. 15년 전의 사건 아닌가요?"

"그러면, 생-오노레 가의 강도 사건은 어떻고? 또 내가 대도(大盜) 폴을 궁지에 몰아넣은 것은 어떻고? 그것도 십자군 전쟁처럼 먼 시대의 사건이었냐? 모두 두 달도 되지 않은 사건들이야!"

"궁지에 몰아넣었다고요? …다 잡았다고요? …폴은 아직도 활개치고 다니는데요!"

"사건만 터졌다 하면, 다들 나만 찾는 걸 보면 난 수사에는 베테랑이란 말이야. 상부에서 특별히 나를 지명한 사실이 있었는지 없었는지, 보여주지."

그는 수첩에서 종이쪽지를 꺼내 펼쳐 보였다.

경시청 특별 훈령(긴급) 6월 4일

일명 클라라 라 블롱드라고 불리는 대도 폴의 애인이 368편 열차에서 목격되었음. 오후 3시 47분에 리지외 도착 예정. 고르즈레 형사반장을 즉각 파견 바람. 체포영장은 생_라자르 역에 열차가 도착하기 전에 전달할 예정임.

    범인의 인상착의 : 머리카락이 비교적 곱슬곱슬한 편이며 금발임. 파란색 눈에 나이는 20~25세 가량. 수수한 옷차림에 미인이면서도 우아한 편임.

"자, 봤지? …내 이름이 써 있지? 폴을 추적하고 있는 사람은 나야. 그러니까 그의 애인도 내가 맡게 된 거란 말이야."

"그 여자에 대해 알고 있나요?"

"별로. 폴을 덮치기 위해 그들이 묵고 있던 방문을 부수고 들어갔을 때 얼핏 보았을 뿐이야. 정말 재수가 옴 붙었었지. 내가 그놈을 덮치려는 순간 그 여자가 창문으로 도망치더라고. 그래서 그녀를 잡으려고 하다가 그놈까지 놓치고 말았으니까."

"혼자가 아니었잖아요?"

"셋이서 덮쳤지. 하지만 두 사람은 폴에게 오히려 당했어."

"난폭한 놈이군요!"

"그래. 하지만, 그때 잡을 수 있었는데 정말 안타까운 일이야…!"

"내가 갔으면, 그냥 놔주지 않았을 텐데."

"같이 갔던 두 친구들처럼 당하기나 했겠지. 자넨 그만한 용기가 없어."

    고르즈레 형사반장의 말 속에 가시가 들어 있었다. 그는 자기만 능력이 있지 자기 부하들은 모두 능력이 없다고 생각하고 있었다. 그는 여러 작전에서 언제나 성공을 거둔 것에 자부심을 느끼고 있었다.

플라망이 알았다는 표정을 지으며 말했다.

"결국 운이 좋았군요. 처음 맡은 사건이 볼닉 사건이고, 지금은 대도 폴과 클라라 사건을 맡고 계시니. …반장님의 경력에 흠이 되는 게 하나 있던데, 알고 계시나요?"

"그게 뭔데?"

"아르센 뤼팽 체포 건(件)을 말하는 겁니다."

고르즈레가 투덜거렸다.

"다 잡았던 놈을 두 번씩이나 놓쳤지만, 세 번째는 그렇게 되지 않을 거야. 볼닉 사건에 대해 잊어본 적이 없어. …폴 사건처럼 말이야. …클라라 라 블롱드는 말이야…."

그가 플라망의 팔을 붙들며 소리쳤다.

"서둘러! 기차가 도착했어!"

"영장이 없잖아요!"

고르즈레가 주변을 쭉 둘러보았다. 그에게 다가오는 사람이 없었다. 미칠 노릇이었다. 그때, 리지외 행 열차의 육중한 몸체가 선로를 따라 들어오고 있는 것이 보였다. 열차가 속도를 줄이며 플랫폼 옆으로 다가와 멈춰 섰다. 이윽고 각 차량의 문이 열리고 사람들이 쏟아져 나오기 시작했다.

열차에서 내린 승객들이 개찰구로 향했다. 그들은 검표원의 지시에 따라 줄을 섰다. 고르즈레는 플라망이 나서는 것을 막았다. 기다릴 수밖에 없었다. 나가는 곳은 하나뿐이었다. 승객들이 차례로 그곳을 빠져나가고 있었다. 클라라의 인상착의를 분명히 알고 있었으므로, 그녀를 놓친다는 것은 사실 거의 불가능한 일이었다.

그때, 수배 중인 여자와 인상착의가 비슷한 여자가 나타났다. 두 형사는 즉시 그녀가 틀림없다는 결론을 내렸다. 그녀가 클라라 라 블롱드라는 것은 의심할 여지가 없었다.

고르즈레가 중얼거렸다.

"그래, 맞았어! 저 여자야. 이번에는 놓치지 않을 거야."

그녀의 얼굴에는 미소 반 두려움 반이 섞여 있었다. 앞가르마를 탄, 웨이브 진 금발의 머리, 반짝이는 새파란 눈, 웃을 때 보이는 하얀 이빨, 미소를 머금은 입술. 멀리서도 금방 알아볼 수 있을 만큼 정말 아름다운 여자였다.

그녀는 리넨으로 된 회색 옷을 입고 있었다. 옷깃은 하얀색이었다. 그런 모습이 마치 여학생처럼 보였다. 일부러 주위의 시선을 피하려는 듯 그녀는 조심스럽게 행동을 하고 있었다. 손에는 조그만 핸드백과 가방을 들고 있었다. 둘 다 깔끔하면서도 수수한 모양이었다.

"표 주세요, 아가씨!"

"어? 표가 어디 갔지?"

그녀가 갑자기 당황한 표정을 지었다. 뒤에 서 있는 사람들에게 폐를 끼치고 있다는 생각에 그녀는 몹시 허둥거렸다. 그녀는 주머니와 핸드백 그리고 가방까지 뒤져보았다. 그러나 표는 그녀의 옷소매 안에 끼여 있었다.

마침내, 그녀가 이중의 포위망을 뚫고 유유히 사라졌다.

고르즈레 형사가 툴툴거렸다.

"이런 제기랄! 정말 지독히도 재수가 없어! 닭 쫓던 개 지붕 쳐다보는 격이니!"

"그냥 체포해요!"

"멍청한 소리 하지 말고, 어서 미행이나 해! 놓치면 안 돼, 알았어? 바짝 뒤쫓아."

고르즈레 형사는, 이미 교묘한 방법으로 추적을 피해 왔고 지금도 잔뜩 경계를 하고 있을 그녀를 미행하는 일에 서둘지 않았다. 그는 멀리 떨어져서 그녀의 행동을 살피고 있었다. 그녀는 파-페르뒤 홀에 처음 와본 사람처럼 여기저기를 기웃거렸다. 생-라자르 역 밖으로 나가는 길을 찾는 것 같았다. 그녀는 사람들에게 길을 묻지 않았다. 목적지가 분명하지 않은 것 같았다.

고르즈레 형사가 중얼거렸다.

"대단한 여자야!"

"뭐가요?"

"길을 모르는 척한다고 내가 속아넘어갈 줄 아나본데, 어림도 없지. 저렇게 쭈뼛대는 건 자기가 미행당하고 있다는 사실을 알고 미리 조심을 하는 거야."

플라망이 동의했다.

"맞아요. 미행당하고 있다는 것을 알고 있는 것 같은 표정이에요. 어떻게 보면 정말로 길을 모르는 사람 같기도 하지만…

아무래도 일부러 그러는 것 같은데요."

"폴라망, 흥분하지 마! 탐나는 여자야. 폴이 미칠 만도 해. 드디어 계단을 찾았군. …서둘러!"

그녀는 계단을 내려가 밖으로 나갔다. 로마 광장에서 택시를 잡고 있는 그녀의 모습이 보였다.

고르즈레가 서둘러 따라갔다. 그녀가 가방에서 봉투를 꺼내어 택시 운전사에게 주소를 가르쳐주는 것이 보였다. 그녀의 목소리가 작았지만, 그는 정확히 들을 수 있었다.

"볼테르 부두 63번지로 가주세요."

그녀가 택시를 타고 떠났다. 고르즈레 형사도 택시를 불러 세웠다. 그러나 바로 이때, 경시청에서 나온 형사가 그에게 다가왔다.

고르즈레 형사가 말했다.

"르노 형사군. 영장 가져왔나?"

"네, 여기 있습니다."

그는 고르즈레 형사에게 영장을 건네주며 몇 가지 추가 지시를 전달했다.

그가 잡은 택시는 가버리고 없었다. 클라라가 탄 택시는 이미 광장의 코너를 돌아가고 있었다.

다시 택시를 잡는 데에는 3, 4분이 더 걸렸다. 그러나 늦어도 상관이 없었다. 이미 주소를 알고 있기 때문이었다.

그가 택시 운전사에게 말했다.

"볼테르 부두 63번지로 갑시다."

그들이 기둥에 기대어 368편 열차가 도착하기를 기다리는 동안 누군가가 그들의 주위를 배회하고 있었다. 제법 나이가 들어 보이고, 수척한 얼굴에 수염이 많이 난 남자였다. 피부는 구릿빛이었다. 그는 다 낡은, 올리브색의 긴 코트를 입고 있었다. 그는 고르즈레 형사가 택시 운전사에게 하는 말을 몰래 숨어서 들었다. 택시가 출발하자, 그도 다른 택시를 잡아타고 말했다.

"볼테르 부두 63번지 부탁합니다."

중이층(中二層)의 남자

　　볼테르 부두 63번지에는 회색 빛 건물이 세느 강을 마주보고 서 있었다. 이 낡은 건물의 정면에는 커다란 유리창이 달려 있었다. 1층 전체와 중이층(中二層)의 4분의 3 가량은 골동품 가게와 책방이었다. 2층과 3층은 에를르몽 후작의 아파트였다. 거의 100년 동안 그의 가문이 소유하고 있는 건물이었다. 부자였던 에를르몽 후작은 최근 사업에 실패하는 바람에 생활방식을 바꾸지 않을 수 없었다.

　　그 때문에 그는 중이층에 방이 4개가 딸린 아파트를 만들어 놓았다. 임대료를 제법 쏠쏠하게 내겠다는 라울이라는 사람이 나타나자 그는 세를 놓았다. 라울은 지난 한 달 동안 거의 아파트에서 잠을 자지 않았다. 매일 오후에 한두 시간 동안 머물다 가는 것이 전부였다.

라울의 아파트는 관리인실 바로 위층과 후작의 비서가 쓰는 방 아래 사이에 있었다. 다소 침침한 현관을 따라 들어가면 곧바로 응접실이 나왔다. 오른쪽에는 침실이 있었고 왼쪽에는 욕실이 있었다.

바로 그날 오후 응접실은 비어 있었다. 집안에는 가구가 거의 없었다. 가구라는 것들도 아무거나 되는 대로 주워놓은 것 같았다. 정돈도 제대로 되어 있지 않았다. 아늑한 분위기가 아니었다. 상황이 바뀌면 언제든지 떠날 사람이 어쩔 수 없이 잠시 머무르는 피난처 같았다.

세느 강의 아름다운 경치가 한눈에 내려다보이는, 두 개의 창문 사이에는 안락의자가 출입문을 뒤로 한 채 놓여 있었다.

의자 바로 오른쪽에는 조그만 테이블이 있었다. 그 위에는 술병 진열장처럼 생긴 조그만 케이스가 놓여 있었다.

좁은 환기구 틈 속의 벽에 걸린 시계가 4시를 울렸다. 2분이 지났다. 그때 일정한 간격으로 천장을 세 번 두드리는 소리가 들렸다. 극장에서 커튼을 걷는 신호를 알리는 소리 같았다. 다시 세 번 똑똑똑 소리가 들렸다. 그때 갑자기 어디선가 벨소리가 들렸다. 조그만 케이스 근처에서 나는 소리 같았다. 전화벨 소리 같았지만, 그보다는 탁하고 작은 소리였다.

다시 침묵이 흘렀다.

잠시 뒤 다시 똑같은 소리가 들렸다. 천장을 세 번 두드리는 소리에 이어 희미한 전화벨 소리가 들렸다. 이번에는 소리가 끊어지지 않았다. 뮤직박스에서 나는 소리처럼 계속 똑같은 소리가 들리고 있었다.

"이런 젠장! 도대체 무슨 일이야?"

방금 깨어난 것 같은 사람이 응접실에서 하는 말이었다. 창문 앞의 안락의자 오른쪽으로 팔이 쑥 나왔다. 케이스가 있는 쪽으로 손을 뻗더니 뚜껑을 열고 그 안에 숨겨놓은 전화기를 집어들었다.

전화기는 안락의자 안으로 빨려들어 갔다. 목소리가 점점 또렷하게 들렸다.

"네. 라울이에요. …쿠르빌, 잠 좀 자게 내버려두면 안 되겠어요? 이따위 약속을 한 내가 어리석었지. 더 이상 할 얘기 있어요? 그럼 끊읍시다. 잠 좀 자게."

의자 속에 파묻혀 얼굴을 알 수 없는 사람이 전화를 끊었다. 그러나 다시 천장을 두드리는 소리와 벨소리가 들렸다. 결국 그는 잠자는 것을 포기했다. 중이층의 라울과 에를르몽 후작의 비서인 쿠르빌 사이에 속삭이는 소리가 들렸다.

"말하세요. …후작이란 사람 지금 집에 있어요?"

"네, 계세요. 발데라는 사람이 방금 왔다갔어요."

"제기랄! 발데라는 작자가 왜 자꾸 나타나는 거야? 우리하고 똑같은 것을 찾고 있는 게 틀림없어. 우리보다 더 많은 것을 알고 있을 겁니다. 문틈으로 두 사람의 대화 내용을 엿들어 보았습니까?"

"아뇨, 전혀 들을 수가 없었어요."

"틀렸군! 그러면, 왜 남의 잠만 망쳐놓아요? 잠 좀 자게 내버려둬요! 5시에 올가를 만나러 갈 때까지는 아무런 약속이 없으니까."

그는 다시 전화를 끊었다. 그러나 전화 통화를 하는 바람에 잠이 다 달아난 것 같았다. 안락의자에 앉은 채 그는 담뱃불을 붙였다.

담배연기가 파란 원을 그리며 의자 뒤로 솟아올랐다. 시계가 4시 10분을 가리키고 있었다.

갑자기 벨이 울리기 시작했다. 현관문 쪽에서 나는 소리 같았다. 바로 그 순간, 두 개의 창문 사이에 있는 패널이 스르르 열렸다. 현관문의 벨이 울리면 자동으로 작동하는 어떤 장치가 숨겨진 게 틀림없었다.

직사각형 패널의 공간에 투명 스크린이 나타났다. 영화관의 스크린처럼 환하게 빛나고 있었다. 그 안에는 앞가르마를 탄 금발의 아름다운 여자의 모습이 보였다.

라울이 벌떡 일어나 크게 외쳤다.

"야! 정말 예쁜데!"

그는 잠시 그녀를 응시했다. 전에 본 적이 없던 여자였다. 그녀를 만난 기억이 없었다.

그가 스프링을 누르자 패널이 다시 원래대로 닫혔다. 그는 자신의 모습을 다른 거울에 비춰 보았다. 외모가 준수한 35세 가량의 남자였다. 입고 있는 옷이나 그 차림새 모두 나무랄 데가 없었다. 그는 이러한 부류의 신사만이 완벽한 미인을 맞이하기에 적합하다고 생각했다.

라울은 서둘러 현관으로 나갔다.

금발의 방문객은 손에 편지봉투를 들고 문 앞에서 기다리고 있었다. 계단 위에는 조그만 가방이 놓여 있었다.

"아줌마, 무슨 일이에요?"

방문객이 작은 목소리로 말했다.

"저는 아줌마가 아닌데요."

그가 웃으며 말했다.

"아가씨, 무슨 일인데요?"

"에를르몽 후작님 댁이죠?"

라울은 그녀가 층을 잘못 찾아왔다는 사실을 깨달았다. 그녀가 그의 집 안으로 두세 걸음 들어오자, 그는 그녀의 가방을 안으로 들여놓으며 태연자약하게 말했다.

"제가 바로 에를르몽입니다."

그녀는 응접실 입구에서 잠시 머뭇거렸다. 그녀가 당황한 표정을 지으며 중얼거렸다.

"아, 그러세요. …하지만 에를르몽 후작님이… 이렇게 젊으실 줄은…."

라울이 차분하게 대답했다.

"에를르몽 후작님의 아들 되는 사람입니다."

"하지만, 그분에게는 아들이 없었는데…."

"정말요? 그렇다면, 제가 그분의 아들은 아니군요. 어쨌든, 그런 것은 중요한 게 아니니까 괜찮습니다. 그분을 잘 알지는 못하지만, 서로 좋게 지내는 사이입니다."

그는 일단 그녀를 안으로 들어오게 한 뒤, 문을 닫았다.

그녀가 항의를 했다.

"제가 집을 잘못 찾아왔나 봅니다. …가야겠어요."

"알았습니다. …숨이나 돌리고 가세요. …계단이 가파르거든요."

그가 밝은 표정을 지으며 아주 편안하게 대하자, 그녀는 밖으로 나가려고 하면서도 웃지 않을 수 없었다.

바로 이때, 현관문의 벨이 다시 울렸다. 벽의 패널이 스르르 열리더니 이번에는 커다랗게 콧수염을 기른 무뚝뚝한 표정의 남자 얼굴이 보였다.

라울이 얼른 스크린을 닫으며 소리를 질렀다.

"아니, 경찰이잖아? 저 사람이 여기에는 왜 나타난 거야?"

그녀는 스크린에 나타난 사람의 얼굴을 보고 화들짝 놀라 불안한 표정을 지었다.

"저는 이만 나가겠어요."

"밖에 있는 사람은 고르즈레라는 형사반장이란 말이에요! 지독한 놈! 고약하네! …정말 밥맛 없는 놈이 나타났으니… 당신이 여기 있는 걸 들키면 안 돼요. 안 된다니까…."

"그런 건 내가 알 바 아니에요. …나는 나가고 싶어요."

"안 돼요. 그렇게 할 수는 없어요. 그러면 위험하단 말이에요."

"나는 위험하지 않아요."

"좋아요. 하지만 당신이 내 집에 왔다간 것을 다른 사람들이 알게 될 거 아니에요? …그러면 결국…."

그는 갑자기 떠오른 재미있는 이 기발한 생각에 웃음이 나왔다. 그는 과감하게 그녀를 잡아끌어 커다란 안락의자에 앉혔다.

"꼼짝하지 말고 그대로 있어요. 그 의자에 앉아 있으면 아무도 모를 겁니다. 조금만 기다리면 나가게 해줄게요. 내 집에 숨고 싶은 생각이 없어도, 그 의자에 앉아 있는 것은 괜찮겠죠?"

본의 아니게 그녀는 그의 말을 따를 수밖에 없었다. 그는 젊은 사람답지 않게 친절하면서도 결단력 있고 권위가 있는 사람처럼 보였다.

라울은 신이 난 듯 그 자리에서 껑충껑충 뛰었다. 모험은 아주 재미있는 방향으로 흐르고 있었다. 그가 달려나가 문을 열었다.

고르즈레 형사는 금방이라도 안으로 들어올 기세였다. 그의 뒤에는 플라망이 서 있었다. 그가 노골적으로 따지고 들었다.

"여기에 여자가 한 명 들어왔죠? 관리인의 말로는, 어떤 여자가 이리 올라와 벨을 누르는 소리를 들었다고 하던데."

그가 안으로 들어오려 하자 라울이 부드럽게 제지하며 그의 신분을 물었다.

"실례지만, 누구시죠?"

"범죄 수사국의 형사반장 고르즈레입니다."

라울이 탄성을 질렀다.

"네에? 고르즈레 형사님이라고요? 정말 그 유명한 형사반장님이세요? 아르센 뤼팽을 거의 다 잡았다가 놓친 바로 그분입니까?"

고르즈레 형사반장이 어깨를 으쓱하며 말했다.

"조만간 내 손에 잡힐 거요. 하지만 오늘은 그 문제로 온 게 아니오. …다른 놈을 잡으러 왔소. 어떤 여자가 이리로 들어왔죠?"

라울이 물었다.

"금발이던가요? 미인이구요?"

"사람들 말로는 그렇다고 하지만…."

"아, 그럼 그 여자군요. 굉장히 예쁘던데. 입이 딱 벌어질 정도로 미인이었거든요. 미소도 일품이고… 착하게 보이던데…."

"아직 여기에 있습니까?"

"아니오. 여기에 없어요. 3분 전에 벨을 누르고 볼테르 가(街) 63번지 프로셍 씨 집이냐고 묻기에, 아니라고 하면서 볼테르 가로 가는 길을 가르쳐 주니까, 금방 가버리던데요."

"이런 제기랄!"

고르즈레 형사는 툴툴거리면서도 기계적으로 방과 의자, 문들을 훑어보았다.

라울이 물었다.

"방문을 열어볼까요?"

"그럴 필요 없어요. 그곳으로 가보죠."

"꼭 잡으시길 바랍니다."

순진하게도 고르즈레 형사가 그의 말을 믿었다.

"고맙습니다."

그가 모자를 쓰며 덧붙였다.

"아무래도, 무슨 수작을 벌이고 있는 게 틀림없어. …쥐새끼처럼 빠져나가는 데는 귀신이야."

"그 금발의 미인 말입니까?"

"방금 전에, 생-라자르 역에 내렸을 때 잡았어야 하는 건데. …벌써 두 번째나 놓쳤으니."

"제가 보기에는 참하고 착해 보이던데요."

고르즈레 형사가 무의식적으로 소리를 지르며 싫은 표정을 지었다.

"아주 몹쓸 여자요. 내가 알아요! 그 여자가 누군지 알고 싶소? 대도 폴의 애인이오."

"네? 그 유명한 강도요? …살인 용의자라고도 하던데… 다 잡았다 놓친 그 강도 맞습니까?"

"그놈은 내 손에 잡힐 거요. 그 생쥐 같은 클라라 라 블롱드도 마찬가지고."

"믿어지지가 않네요? 지난 6주 동안 신문에서 연일 떠들어대는 금발의 미녀가 바로 그 클라라란 말입니까?"

"그렇소. 내가 그녀를 잡기 위해 얼마나 애를 쓰는지 이제 당신도 이해할 거요. 플라망, 가자. 그런데, 주소가 볼테르 가 63번지 프로셍 씨 댁이 맞습니까?"

"네, 맞습니다. 그 여자가 그렇게 얘기했습니다."

라울이 층계의 난간에 기대어 그들을 배웅하며 멋있게 연막을 쳤다.

"행운을 빕니다. 아르센 뤼팽도 잡으셔야 해요. 다 못된 놈들이니까요."

그가 응접실로 돌아왔을 때, 그녀는 창문 옆에 서 있었다. 창백하고 수심에 가득 찬 얼굴이었다.

"왜 그래요?"

"아뇨. …아무 일도 아니에요. …그 사람들이 역에서 나를 기다리고 있었다니… 내 얼굴을 알고 있었다는 얘기인데…."

"그럼, 정말 대도 폴의 애인 클라라 라 블롱드입니까?"

그녀가 어깨를 움칠했다.

"나는 폴이 누구인지도 몰라요."

"신문도 안 읽어봤어요?"

"아뇨."

"그럼, 이름이 뭐예요?"

"클라라 라 블롱드란 이름은 나도 몰라요. 내 이름은 앙토닌 고티에거든요."

"그럼, 걱정할 게 뭐가 있어요?"

"없어요. 하지만 나를 잡겠다고 그 난리들이니…."

그녀가 갑자기 말을 끊었다. 괜히 걱정하고 있었다는 생각이 들었는지 그녀는 미소를 지었다.

"너무 제 생각만 한 것 같네요. 생전 처음 겪어보는 일이라 정신이 하나도 없었어요. 그럼 안녕히 계세요."

"너무 서두르는 것 아닙니까? 잠깐 기다리세요. 저도 할 말이 많아요. …웃을 때 보니까 얼굴이 참 환하던데… 예쁜 미소라고 나 할까? …양쪽 입가에 흐르는 그 미소는….”

"그런 말은 듣고 싶지가 않네요. 이만 가보겠어요."

"잠깐만요! 그래도 구해 준 사람인데….”

"나를 구해주었다고요?"

"그렇잖아요! 감옥… 재판… 교수대. 모르겠군요. 어쨌든, 내 덕을 보지 않았습니까? 에를르몽 후작 댁에는 얼마나 계실 건데요?"

"아마 30분 정도….”

"좋아요. 제가 그곳으로 안내해 드릴게요. 나중에 같이 차나 한잔 마시죠."

"여기에서 차를 마셔요? 그런 생각은 상상조차 안 하는 게 좋을 거예요. …가겠어요."

그녀가 그를 빤히 쳐다보았다. 그는 자신의 제안에 그녀가 불편하게 생각한다는 것을 이내 깨닫고 더 이상 고집을 피우지 않았다.

"원하든 원하지 않든, 다시 서로 만나게 될 날이 있겠죠. …하늘도 우리를 도울 겁니다. 이렇게 만난 것도 인연인데, 다음에 또 다시 만날 날이 있을 겁니다."

그는 층계참에서 서서, 그녀가 위층으로 올라가는 것을 지켜보았다. 그녀는 계단을 돌아가며 그에게 손을 흔들어 보였다.

그가 혼자 중얼거렸다.

'그래, 정말 멋있어. …미소가 너무 예뻐! 그런데, 그 집에는 무엇 때문에 갈까? …그녀의 인생에 무슨 일이 있었을까? 그녀의 주변에 어떤 미스터리가 있는 건 아닐까? 대도 폴을 좋아하는 여자라! 그놈 때문에 난처한 상황에 빠졌을지도 몰라. …하지만, 그런 놈을 좋아할 여자는 아냐. 경찰이 꾸며낸 얘기일지도 몰라!'

그 순간, 볼테르 가 63번지로 갔던 고르즈레 형사가 다시 돌아올지도 모른다는 생각이 들었다. 잘못하면 그가 그녀를 발견할 수도 있었다. 모든 방법을 동원해서라도 그런 상황은 막아야만 했다.

그가 다시 안으로 돌아왔을 때, 갑자기 어떤 생각이 떠올랐다.

'빌어먹을! 그걸 잊어버리다니!'

그는 서둘러 전화기를 집어들었다. 비밀 전화가 아니라 일반 전화였다.

"방돔 00~00! 여보세요! …빨리 좀 연결해 주세요. 여보세요! …베르뷔츠 의상실이죠? 여왕님 계십니까? …여왕님이 지금 거기에 계시냐고요? … 옷을 입어보는 중이시라구요? 그럼 라울이란 사람이 통화하고 싶다고 전해주세요…."

그가 서둘러 다시 말했다.

"시간이 없으니까… 얼른 전해 주세요. 아주 곤란한 일이 생겨서 그러니까."

그는 손가락으로 전화기를 두드리며 기다렸다. 초조한 기색이 역력했다. 드디어 그녀의 목소리가 들렸다.

"올가? 라울입니다. 가봉을 하는 중이에요? …반쯤 벌거벗고 있다고요? 그럼, 옆에 있는 사람들은 좋겠습니다. 유럽에서 당신만큼 예쁜 어깨를 가진 사람이 있나요? 그건 저만 알지요. 그렇게 'ㄹ' 발음 좀 굴리지 마세요. …아무-ㄹ-ㄹ-래도 약속을 지킬 수가 없을 것 같아서 전화했습니다. …화내지 마-ㄹ-ㄹ-아요. 다른 여자 때문에 그러는 게 아니라니까요. 중요한 일이 생겨서 그래요. …저녁에 만나서 식사를 같이 하면… 더 좋잖아요?"

그는 서둘러 전화를 끊고, 반쯤 열린 문 뒤에 자리를 잡았다.

3층의 남자

 에를르몽 후작은 서재에 앉아 서류를 정리하고 있었다. 서재에는 아름답게 제본이 된 책들이 빽빽이 꽂혀 있었다. 그러나 거의 손을 대지 않은 것 같았다.
 볼닉 저택의 그 끔찍한 사건 이후 15년이란 세월이 흘렀다고는 하지만, 그는 흘러간 세월에 비해 나이가 더 많이 들어 보였다. 어느새 머리에는 서리가 내리고 이마에는 깊은 주름이 패여 있었다. 그는 이미 예전의 에를르몽이 아니었다. 여자들의 선망의 대상이었던 에를르몽의 흔적은 사라지고 없었다. 아직도 매력이 남아 있기는 했지만, 여자를 홀릴 수 있는 정도는 아니었다. 그의 표정은 침울하고 어두웠다. 그가 다니는 클럽이나 살롱 주변 사람들의 말로는 돈 문제 때문에 그가 그렇게 변했다고 하지만, 누구도 그 이유를 확실히 아는 사람은 없었다. 그는 이미 자신감을 잃어가고 있었다.

현관문에서 벨소리가 났다. 하인이 노크를 하고 들어와 젊은 여자분이 찾아왔다고 알렸다.

에를르몽이 말했다.

"미안하지만, 바빠서 만날 수 없다고 전해줘요."

하인이 나가더니 다시 돌아왔다.

"꼭 뵈어야 한다고 그러는데요. 리지외에서 온, 테레즈 부인의 따님이라는데요. 어머님의 편지를 전하러 왔다고 합니다."

에를르몽 후작이 잠시 가만히 있었다. 과거의 기억을 더듬는 사람처럼 혼잣말로 중얼거렸다.

"테레즈… 테레즈…."

갑자기 그가 입을 열었다.

"들어오라고 하게."

그녀가 안으로 들어오자 그는 일어서서 팔을 벌리며 반갑게 그녀를 맞았다.

"잘 왔어요. 그러잖아도 아가씨의 어머니 생각만 하고 있었는데… 어머니를 정말 꼭 닮았구나! 머리카락이며, 수줍은 표정… 특히 그 예쁜 미소가 어머니하고 똑같아. …그런데 정말 어머니가 보내서 온 건가?"

"어머니는 5년 전에 돌아가셨어요. 제게 만약 무슨 어려운 일이 생기면 후작님에게 도움을 요청하라고 하시면서 편지를 써

주시고 돌아가셨어요."

그녀가 차분하게 자초지종을 설명했다. 그러나 그녀의 해맑은 얼굴에는 슬픔의 그림자가 드리워져 있었다. 그녀가 어머니의 편지가 담긴 봉투를 건네자 에를르몽 후작은 떨리는 손으로 편지를 꺼내 읽었다.

옛날 일을 생각해서라도 제 딸을 도와주시면 고맙겠습니다. …이 애는 당신이 그저 엄마의 옛친구였다고만 알고 있으니, 다른 말은 하지 마세요. 저처럼 자존심이 센 아이이므로 그저 직장이나 알아봐 주시면 고맙겠습니다.

_테레즈

에를르몽 후작이 잠시 침묵을 지키고 있었다. 그는 아련한 과거를 회상하고 있었다. 테레즈와의 아름다운 과거는 그녀가 프랑스 중부 지방의 어느 마을에서 영국인 집의 가정교사로 일하던 시절에 생긴 일이었다. 에를르몽 후작에게는 만나자 곧 이별인 한순간의 꿈같은 추억이었다. 그때만 해도 그는 무뚝뚝하고 이기적인 사람이었다. 그는 자신에게 순정을 다 바친 여자의 감정에 대해서는 별로 깊은 관심이 없었다. 단지 몇 시간 동안의 짜릿한 행복에 대한 어렴풋한 기억만이 남아 있을 뿐이었다. 그러나 그것이 테레즈에게는 평생 동안 지워지지 않는 아주 심각하고 비극적인 상처는 아니었을까? 그 마음 아픈 사건 이후 그가 그녀에게 남긴 것은 분명 실연의 아픔뿐이었을 것이다. 그렇다면 지금 이 아이는 아마도….

그녀와 헤어진 이후 그는 지금까지 그 일은 잊고 살았다. 알려고도 하지 않았다. 그녀가 그에게 연락을 한 적도 없었다. 그런데 그가 아주 어려운 상황에 처해 있는 지금, 어떤 여자가 나타나서 그녀의 편지를 건넨 것이었다.

그가 벅찬 마음에 떨리는 목소리로 그녀에게 물었다.

"이름은?"

"앙토닌이에요."

"몇 살인가?"

"23세예요."

마음을 진정시키고 생각해 보았다. 시간적으로 일치한다는 것을 깨달았다. 혼자 가만히 되뇌었다.

'23년!'

계속되는 어색한 침묵을 깨야 할 필요가 있었다. 그녀의 마음속에 어떤 의구심이 생기는 것도 막아야 했다.

그는 결국 입을 열지 않을 수 없었다.

"어머니는 내 친구였지. 그리고 어머니의 애인이…."

"그런 얘기는 하지 말아주세요."

"왜, 내 얘기에 기분이 상한 겐가?"

"엄마는 애인 얘기는 한 적이 없어요."

"그렇군. 그래, 그동안 어머니 생활은 어렵지 않았나?"

그녀가 자신 있게 대답했다.

"엄마는 아주 행복했어요. 내가 원하는 것은 뭐든 다 해주었고요. 오늘 이렇게 찾아온 이유는 지금까지 같이 지내던 사람들과 더 이상 같이 있을 수가 없게 되어서입니다."

"내게 모든 것을 다 털어놔도 되네. 하지만, 당장 급한 문제는 아가씨의 장래에 대한 얘기겠지. 어떤 일을 하고 싶은가?"

"다른 사람 밑에서 일하기는 싫어요."

"다른 사람 밑에 있기는 싫다?"

"지시에 따를 수는 있어요."

"어떤 일을 시키려고 그러는지 아는가?"

"다 알아요. 아니, 아무것도 몰라요."

"대답이 애매모호한데. 내 비서로 일을 하면 어떻겠나?"

"지금 비서가 있지 않아요?"

"문 밖에서 안을 엿들질 않나, 내 서류를 뒤져보질 않나, 영민을 만하지 않은 사람이라서 그래요. 그 사람 대신 일을 하게나."

"하지만, 다른 사람의 자리를 뺏고 싶지는 않아요."

에를르몽 후작이 껄껄 웃으며 말했다.

"이런, 문제가 꼬이는구만."

그들은 나란히 앉아서 잠시 이런저런 얘기를 나누었다. 그는 그녀가 걱정이 되기도 했지만 귀여웠다. 그녀는 긴장이 풀리자 자연스럽게 말을 이어나갔다. 그러나 가끔 말이 끊기면, 그 속내를 알 수가 없어 그는 불안했다. 마침내 그는, 좀더 좋은 직장을 찾아볼 수 있도록 너무 서둘지 않고 시간적 여유를 주겠다는 약속을 그녀에게서 받아내었다. 그는 다음 날 자동차로 출장을 떠날 예정이었다. 그 뒤에는 20일 가량 해외에 머물 예정이었다. 그녀는 그가 다음 날 출장 가는 데 동행하기로 약속을 했다.

그녀는 그날로 파리의 민박집으로 돌아갈 예정이었으므로, 그에게 주소를 적어주었다. 그녀가 자리에서 일어서자, 에를르몽 후작은 그녀의 손에 키스를 해주었다. 그런데 바로 그때, 우연이었는지는 모르지만, 쿠르빌이 지나갔다.

에를르몽 후작이 개의치 않고 말했다.

"그래, 잘 가라. 다시 올 거지?"

그녀는 가방을 들고 아래층으로 내려갔다. 그녀는 기분이 좋았다. 신이 나서 콧노래까지 절로 나왔다.

바로 그 순간, 갑자기 전혀 예상치 못한 일이 벌어졌다. 연이은 혼란스런 상황에 그녀는 정신이 하나도 없었다. 계단 통로가 어두웠다. 그녀가 3층과 중이층 사이의 마지막 층계에 발을 딛는 바로 그 순간, 중이층의 현관문 바로 앞에서 심하게 다투는 소리가 들렸다.

"당신 정말 이런 식으로 나올 거야. …볼테르 가 63번지라는 주소는 엉터리야."

"그럴 리가 없어요! 분명히 볼테르 가라고 그랬다니까요."

"더군다나, 분명히 주머니에 넣어두었던 중요한 서류도 이곳에서 없어졌어. 당신, 이건 어떻게 설명할 거야?"

"클라라 체포 영장 말입니까?"

고르즈레 형사의 말을 듣자마자, 그녀가 계단에서 울음을 터뜨린 것이 문제였다. 조용히 위의 층계참으로 다시 돌아갔으면

두 가지 미소의 여인 47

그냥 끝났을 일이 아래로 내려오는 바람에 더욱 큰 사단(事端)으로 발전하고 말았다. 울음소리가 들리자 형사반장이 뒤를 돌아다보았다. 그녀가 도망가는 것이 보이자 그가 그 뒤를 쫓아 튀어 나갔다.

그러나 라울이 두 손으로 그의 팔목을 틀어쥐고 못 가게 막으며 집 안으로 다시 잡아끌었다. 그는 자신이 라울보다 키도 크고 분명히 더 근육질이라는 사실을 알고 있었으므로 빠져나갈 수 있다는 자신감에 온갖 애를 써보았다. 그러나 놀랍게도 그는 라울의 손아귀에서 빠져나가지도 못 하고 결국 무릎을 꿇게 되었다.

그가 길길이 날뛰었다.

"놔! 안 놔…?"

라울이 더욱 세게 몰아붙였다.

"안 돼요. 안으로 들어갑시다. 아까 물어보았던 영장은 내 집에 있어요."

"영장 따위는 필요 없어."

"나도 필요 없어요. 그러니까 돌려줄게요. 영장을 요구했잖아요."

"이런 망할 놈! 지금 저 여자가 도망치고 있잖아!"

"동료 형사도 있을 것 아닙니까?"

"있지. 길거리에 서 있기만 하는 그놈이 도대체 뭘 해? 멍청한 놈!"

고르즈레는 이미 라울의 아파트 현관 안으로 끌려들어 와 있었다. 곧이어 문이 닫혔다. 화가 머리끝까지 치민 그가 욕을 퍼부어대면서, 문에 몸을 부딪혀 보았지만 닫힌 문은 꼼짝도 하지 않았다. 문의 자물쇠도 돌려보았지만 역시 움직이지 않았다.

라울이 말했다.

"자, 이거 받으세요. 당신이 찾던 영장입니다."

고르즈레 형사는 그의 목이라도 비틀고 싶었다.

"뻔뻔스러운 놈! 오늘 오후에 들렀을 때 내 주머니 속에 들어 있던 영장을 갖고 장난을 쳐?"

라울이 침착하게 대꾸했다.

"분명, 여기 이 바닥 위에 떨어져 있었다니까요. 그래서 내가 주워놓았던 거예요."

"웃기는 소리 하지 마! 어쨌든, 나에게 엉터리 주소를 가르쳐 준 사실은 부인할 수 없을걸. 나를 엉뚱한 곳으로 가게 해놓고 그 여자를 이 근처에 숨겨놓았던 게 분명해."

"근처에 있던 게 아닌데요."

"뭐야?"

"바로 이곳에 있었습니다."

"무슨 뚱딴지같은 소리야?"

"바로 뒤에 있는 안락의자에 숨어 있었어요."

팔짱을 끼고 서 있던 고르즈레 형사가 버럭 소리를 질렀다.

"정말 미치겠군! 그 여자가 저 의자에 앉아 있었다고? …겁도 없이… 미친놈이군! 누가 네 멋대로 그런 짓을 하라고 했어?"

라울이 공손하게 대답했다.

"그거야 제 마음이죠. 착한 분이 왜 이러세요? 당신에게도 아마 아내와 자식이 있을 겁니다. …그런 사람이 저렇게 예쁜 아가씨를 감옥에 처넣겠다느니 어쩌니 하는 게 말이 됩니까? 당신도… 나와 같은 처지에 있었다면 똑같은 행동을 취했을 겁니다. 안 그렇습니까?"

고르즈레가 시근거렸다.

"그년이 여기 있었다? 대도 폴의 여자가 여기 있었다고 했지! 넌 이제 나한테 죽었어."

"내가 죽어요? 폴의 애인이 여기 있었다는 증거가 있으면 그렇게 되겠죠. 하지만, 그에 대한 명확한 증거가 있습니까?"

"이미 인정했잖아."

"우리 두 사람 사이의 얘기였을 뿐이에요. 하지만 다른 상황에서는… 입도 뻥긋하지 않을 작정인데요."

"형사반장의 말 한마디가 바로 증거야."

"그래요? 그럼, 그 젊은 여자에게 당했다는 사실도 까발릴 작정이시군요?"

고르즈레는 정신을 차릴 수가 없었다. 이 작자가 누굴까? 누가 감히 이 작자에게 맞설 수 있을까? 고르즈레 형사는 그의 정체에 대해 알아보고 싶은 마음이 생겼다. 그의 이름과 신분증을 보여 달라고 하고 싶은 마음이 굴뚝같았다. 그러나 라울에게는 그러한 요구를 가로막는 신비한 그 무엇이 있었다.

그는 그저 간단하게 물어볼 수밖에 없었다.

"그 여자와 잘 아는 사이요?"

"제가요? 3분밖에 보지 못한 여자예요."
"그래요?"
"하지만, 참 좋은 여자예요."
"단순히 그 이유 때문에 이런 겁니까?"
"나는 내가 좋아하는 사람을 다른 사람이 괴롭히면 가만두지 못하는 성격입니다."

고르즈레가 움켜쥔 주먹을 라울의 코앞에 들이밀었다. 그는 서두르지 않고 천천히 현관문 앞으로 나갔다. 그가 자물쇠를 돌리자 문이 단번에 열렸다. 세상에서 그처럼 부드러운 자물쇠는 없는 것 같았다.

고르즈레는 모자를 푹 눌러썼다. 그는 가슴을 벌리고 허리를 편 채, 활짝 열린 문 밖으로 천천히 걸어나갔다. 복수할 날만을 기다리는 사람과 같은 표정이었다.

5분이 지났다. 고르즈레 형사와 그의 부하가 떠나고, 금발의 아가씨가 더 이상 위험하지 않다는 사실을 창문으로 확인한 뒤에야, 라울은 천천히 천장을 두드렸다. 에를르몽 후작의 비서인 쿠르빌에게 내려오라는 신호였다.

쿠르빌이 내려오자 라울이 단도직입적으로 물었다.
"금발의 아가씨가 왔다간 것 알고 있었어요?"
"네. 후작님을 만나고 나갔습니다."
"두 사람이 같이 얘기를 나누었죠?"
"네."
"무슨 얘기를 나누었습니까?"

"잘 모르겠습니다."

"기가 막혀! 그게 말이 됩니까?"

고르즈레가 플라망을 야단치듯이, 라울도 종종 쿠르빌을 꾸짖었다. 그러나 그의 목소리에는 부드러움이 있었다. 다정함이 있었다. 쿠르빌은 연로한 신사였다. 사각의 하얀 콧수염, 하얀 나비넥타이, 검정 색 프록코트. 지방의 치안판사나 장례식의 상주처럼 근엄한 모습의 신사였다. 그의 말에는 절도와 엄숙함이 배어 있었다.

"후작님과 젊은 아가씨가 너무 조그만 목소리로 대화를 나누는 바람에 그 내용을 엿들을 수가 없었습니다."

라울이 그의 말을 가로막았다.

"노인네도 참! 그렇게 성당지기처럼 점잖게 얘기하니까 소름이 끼치잖아요. 제가 몇 가지 물어볼 테니까 간단하게 대답해 주세요."

쿠르빌은 흥이 칭찬인 줄 알고 고맙다는 표정을 지었다.

라울이 말했다.

"쿠르빌 씨, 저는 누구를 도와줘도 도와줬다고 생색을 내는 사람이 아닙니다. 그래도 이것 하나만은 말씀드려야 하겠습니다. 저는 당신을 잘 알지 못하면서도 그 멋진 콧수염 때문에 당신과 당신 부모님들께 경제적 도움을 드렸고 또 제 집 근처에 편안한 자리도 마련해 드렸습니다."

"그 은혜는 잊지 않고 있습니다."

"그렇게 대꾸를 하시면 제가 말을 할 수가 없잖아요. 일단 제 말을 들어보세요. 제가 당신을 고용한 다음에 여러 가지 임무를 맡겼지만 제대로 한 게 하나도 없어요. 불평을 늘어놓자는 게 아닙니다. 그 멋진 하얀 콧수염에 용모는 남의 존경을 한 몸에 받을 만한 분이시잖아요. 그런데, 문제가 있습니다. 지난 몇 주 동안 에를르몽 후작이 음모를 꾸미는 것을 막기 위해 비밀 서랍을 뒤져 수상한 서류를 찾아오고, 그 사람의 대화 내용을 엿들어 봐 달라고 부탁을 했는데, 결과가 지금 어떻습니까? 아무것도 없어요! 더 큰 문제는 에를르몽 후작이 당신을 전혀 신뢰하지 않는다는 겁니다. 그리고 또, 내가 잠을 잘 만하면 전화를 해 대니 정말 미치겠어요. 이런 상황에서는…."

쿠르빌이 그의 말을 끊었다.

"미안합니다. 8일 동안만 여유를 주십시오."

"안 되겠습니다. 이제 세상에서 제일 아름다운 금발의 아가씨가 이 일에 관련되었으니까, 그 문제는 내가 직접 하겠습니다."

"그럼, 올가 여왕님은 어떻게 하시려고요?"

"보로스티리의 여왕은 이제 관심 없어요. 앙토닌 이외에 내게 중요한 것은 없습니다. 이미 일은 시작된 셈이에요. 발데가 무슨 일을 꾸미고 있는지, 후작의 비밀이 무엇인지, 또 오늘 갑자기 나타난 대도 폴의 여인이라는 아가씨가 누구인지 밝혀내야만 해요."

"폴의 여인이라뇨?"

"알 필요 없어요."

"그럼, 제가 알아내야 하는 게 무엇입니까?"

"내가 시키는 일만 하시면 돼요."

쿠르빌이 심각한 표정으로 물었다.

"진실을 밝히려면 두려워해서는 안 돼요. 내가 누군지 아세요?"

"아니오."

"아르센 뤼팽입니다."

쿠르빌은 겁을 내지 않았다. 설령 라울이 정말 아르센 뤼팽이라고 해도 그가 지금까지 자신에게 베풀어준 은혜에 대한 감사의 마음은 변함이 없다고 생각하는 것 같았다.

라울이 말을 계속했다.

"내가 에를르몽 후작 문제에 대해 모든 노력을 기울이고 있다는 사실을 꼭 명심하세요. 아직 단서가 별로 없어서 그 결과가 어떻게 나올지는 나도 모릅니다. 과민반응이었을 뿐이라는 결과가 나올 수도 있고, 운이 좋으면 진실을 밝혀낼 수도 있겠죠. 에를르몽 후작이 여러 채의 저택과 많은 부동산, 그리고 아주 비싸고 귀중한 장서들을 팔아치우고 있다는 정보를 우연히 입수하여 조사를 해보니까, 놀랍게도 그는 막대한 유산을 소유하고 있었습니다. 그의 외조부는 용감한 탐험가이자 인도를 정복한 사람이에요. 인도의 무굴시대에 나봅(nabob : 태수(太守))이라는 직위에 있었기 때문에 인도에는 그의 땅이 엄청 많이 있었습니다. 그가 프랑스로 돌아왔을 때, 나봅은 백만장자였어요. 그러나 돌아온 지 얼마 지나지 않아 죽었습니다. 그리고 그의 모든 재산은 에를르몽 후작의 어머니에게 남겨졌습니다. 그럼 그 막대한 재산은 어떻게 되었겠습니까? 에를르몽이 언제나 단순하게 사는 사람같이 보이지만, 사실은 외조부의 재산을 찾아다니고 있었던 게 틀림없어요. 그와 관련된 서류를 하나 입수했지만, 아직 4분의 3 정도밖에 그 내용을 파악하지 못하고 있어요. 후작의 서명 위에 쓰인 다음과 같은 글의 내용을 도저히 파악할 수가 없어요."

제가 의뢰한 조회에 대해 아직 아무런 결과가 없군요. 저의 조부의 유산은 아직 찾지를 못하고 있습니다. 우리의 계약 내용 중 두 가지 점에 대해 다시 한 번 유념해 주시기를 부탁드립니다. 첫째, 이 일은 반드시 비밀리에 진행한다. 둘째, 귀하의 수고비는 유산의 10%로 하되 총액 100만 프랑을 넘지 않는다. 제가 의뢰를 한 이상 조속한 시일 내에 좋은 결과가 있기를 바랍니다. 시간이 너무 오래 걸리면….

라울이 말을 계속했다.
"서류에 날짜나 주소도 없어요. 아무래도 흥신소에 부탁을 한 것 같은데, 어느 흥신소에 부탁을 했는지 알 수가 없단 말이에요. 시간을 낭비하고 싶지 않아 내가 이리로 이사 오고 당신을 그 사람 집에 비서로 들여보낸 겁니다."
쿠르빌이 조심스레 말했다.
"에를르몽 후작님께 직접 말해보시는 게 어떻겠습니까? 그리고 그 대가로 10%의 커미션을 요구하시면 좋을 것 같습니다."

라울이 그를 빤히 쳐다보았다.

"그건 말이 안 돼요. 백만 프랑이란 거금을 커미션으로 내놓으려면 전체 금액이 수백만 아니 2천만 3천만 프랑은 되어야 할 겁니다. 그보다 적으면 이 일을 할 필요가 없습니다."

"라울 씨도 그 유산을 찾고 있으시잖아요?"

"유산을 모두 찾아내는 일을 하는 것뿐입니다."

"유산을 찾아낸 다음에는 어떻게 하시려고요?"

"그 사람에게는 10%만 줄 겁니다. 그 정도면 그 사람에게는 돈벼락과 같은 금액일 테니까요. 하지만 그 일은 내가 직접 해야 합니다. 자, 이제 결론을 내립시다. 내가 언제 그 집에 들어갈 수 있도록 해주겠소?"

쿠르빌이 아주 불쾌한 표정을 지으며 신경질적인 반응을 보였다.

"쉬운 일이 아닙니다. 후작님의 비서로 일하고 있는 제 처지를 생각해 보신다면, 이해하실 수 있을 겁니다…"

"아, 이제 그만두겠다? 그럼 이렇게 합시다. 비서로서의 의무를 다할 것인가, 아니면 은혜를 갚을 것인가, 양단간에 결단을 내려주셔야 하겠습니다. 후작이냐 아니면 아르센 뤼팽이냐를 결정하란 말입니다."

쿠르빌이 잠시 눈을 감았다. 이윽고 그가 대답했다.

"후작님은 오늘 저녁에 외출을 해서 새벽 1시까지는 돌아오지 않으실 겁니다."

"하인들은요?"

"저처럼 맨 위층에서 잠을 자겠죠."

"그럼 열쇠를 내게 주세요!"

쿠르빌은 양심이 찔렸다. 그는 지금까지 라울이 후작을 돕고 있다는 생각에 자신을 정당화하고 있었다. 그러나 뤼팽과 같은 강도에게 집 열쇠를 내줘야 하는 상황에서는 마음이 흔들렸다. …쿠르빌은 양심상 주저하지 않을 수 없었다.

라울이 손을 내밀자, 쿠르빌이 열쇠를 건넸다.

쿠르빌이 양심의 가책 때문에 벌벌 떨자 라울은 잔인하게도 그것을 즐기고 있었다.

"고맙소. 밤 10시에 방문을 닫고 주무세요. 하인들이 자지 않고 노닥거리고 있으면 내려와서 알려주세요. 물론 그런 일은 생겨서는 안 됩니다. 내일 봅시다."

쿠르빌이 떠났다. 라울은 올가와 저녁 식사를 함께 하기 위해 나갈 준비를 했다. 그는 잠시 쉬었다가 나가자는 생각에 의자에 앉았다. 그러나 그가 눈을 떴을 때는 10시 반이었다. 그는 전화기를 들고 트로카데로 팔라스의 전화번호를 돌렸다.

"여보세요… 여보세요… 트로카데로 팔라스 호텔이죠? 올가 여왕님 방 좀 부탁합니다. …여보세요! 여보세요… 타이피스트? …줄리 아니에요? …안녕하세요? …여왕님 계시죠? 바꿔 주실래요? …그러지 말고 얼른 바꿔 주세요…."

잠시 침묵이 흘렀다.

"여보세요… 여보세요… 올가? 이거 너무 늦었네요. …일이

늘게 끝나는 바람에… 이제 됐어요. …어쩔 수 없었어요. …금요일에 점심 식사나 하면 안 될까요? …제가 전화할게요. …화나지 않았죠? 내가 당신만 생각한다는 건 잘 알고 있잖아요. …사랑해요, 올가!"

불법 침입

뤼팽은 한밤중에 원정을 나갈 때에도 옷에는 별로 신경을 쓰지 않았다. 굳이 어둡거나 아주 짙은 회색의 옷을 입지 않고, 평상시처럼 나다녔다. 총을 들고 가는 법도 없었다. 그저 담배를 사러 가는 사람처럼 주머니에 양손을 넣고 원정을 다니곤 했다. 자선을 베풀기 위해 가는 사람처럼 그는 양심의 가책을 전혀 느끼지 않았다.

그가 원정을 나가기 전에 준비하는 것은 근육을 풀기 위한 체조가 전부였다. 그것은 미리 찍어둔 장소를 소리내지 않고 가볍게 뛰어넘어 들어가 어둠 속에서 물건을 떨어뜨리지 않고 움직이기 위한 연습이었다.

그날 밤도 마찬가지였다. 모든 준비가 차질 없이 끝났다. 그는 컨디션이 좋았다. 도덕적으로나 육체적으로나, 모든 상황에 대처할 수 있을 것 같았다.

그는 비스킷을 먹고 물을 마신 다음, 집을 나와 위층으로 올라갔다.

10시 15분이었다. 사방이 컴컴했다. 아무런 소리도 들리지 않았다. 그 건물에 세든 사람들은 이미 퇴근하고 없었으므로 그들과 마주칠 위험은 없었다. 그 집의 하인과 마주칠 위험도 없었다. 그들은 모두 잠이 들어 있었고 또 쿠르빌이 위층에서 계속 감시하고 있었기 때문이었다. 그가 안전하게 활동을 하기에 이상적인 상황이었다. 귀찮게 문을 부수고 들어갈 필요도 없었다. 열쇠는 그의 주머니 안에 있었다. 어디를 뒤져야 할지 걱정할 필요도 없었다. 이미 계획은 세워져 있었다.

뤼팽은 제 집 드나들 듯, 안으로 들어간 다음, 복도를 지나 서재로 들어갔다. 방 안의 전깃불을 켰다. 어둠 속에서는 아무 일도 할 수 없기 때문이었다.

두 개의 창문 사이에 걸려 있는 커다란 거울에 뤼팽의 모습이 비쳤다. 그는 거울 속에 비친 자신의 모습을 향해 짐짓 허리를 굽혀 예의를 갖췄다. 자기 자신뿐만 아니라 다른 사람을 위한 코미디를 펼치고 있다는 생각에 이상야릇한 기분이 들었다.

그는 자리에 앉아 방을 둘러보았다. 찌르레기처럼 헤집고 다닐 시간이 없었다. 열심히 서랍을 까뒤집어 보고 서재를 뒤죽박죽으로 만들며 시간만 허비할 수는 없었다. 그는 무엇보다도 방 안의 형세를 살피고 조용히 생각을 해볼 필요가 있었다. 그는 방의 넓이와 방 안에 있는 가구들의 크기와 부피를 하나하나 계산해 보았다. 이런 가구는 보통 이렇게 만드니까 이런 모양이고, 저런 가구는 보통 저렇게 만드니까 내부에 빈 공간이 없고, 하는 식이었다. 에를르몽 후작이 쿠르빌의 눈을 속일 수는 있지만, 뤼팽의 눈을 속일 수는 없었다.

10분 동안 방 안을 주의 깊게 살펴보던 뤼팽이 에를르몽 후작의 책상 앞으로 걸어갔다. 그는 무릎을 꿇고 앉아 반들반들한 책상을 손으로 더듬으며 구리로 된 장식까지 검사를 해보았다. 서랍을 빼려고 시도해 보았다. 그러나 열리지가 않았다. 그가 일어서서 여러 번 시도를 한 끝에야 간신히 서랍이 열렸다. 그는 서랍을 똑바로 세워보았다. 한쪽 부분을 눌러보기도 했다. 그러나 소용이 없었다. 그의 입에서 김빠지는 소리가 절로 나왔다. 다른 한쪽 끝을 눌러보았다.

'짤까닥' 하는 소리가 들렸다. 서랍 속의 서랍이 열리는 소리였다.

뤼팽이 손가락을 튕기며 중얼거렸다.

'됐어! 한번 한다 하면 하는 거지! …쿠르빌, 그 허연 콧수염만 기르고 다니면 뭐해? 40여 일 동안이나 이곳에 있으면서도 아무것도 찾아내지 못하면서. 40초면 되는 걸 갖고 말이야. 참, 나도 끝내주는 사람이야!'

그러나 비밀 서랍을 발견했다는 것이 의의이자 결과였다. 그가 기대했던 것-앙토닌이 후작에게 건넨 편지는 그 안에 없었다. 그는 곧 더 이상 살펴볼 필요가 없다는 생각을 했다.

맨 처음 눈에 띈 것은 커다란 노란색 봉투였다. 그 안에는 1000프랑짜리 지폐가 10장 들어 있었다. 그것에는 손을 댈 수가 없었다. 명색이 의적이라고 하는 그가 이웃의 쌈짓돈을 훔칠 수는 없었다. 더군다나 그는 뤼팽의 건물 주인이자 전통 있는 프랑스 귀족의 일원이었다. 그는 그 봉투를 제자리에 두었다.

대충 보니까, 다른 것들은 여자들의 편지와 사진들뿐이었다. 분명, 기념으로 갖고 있는 것이 틀림없었다. 바람둥이의 흔적이라고나 할까? 결코 지우고 싶지 않은 과거, 지난날의 사랑과 행복을 연상시켜 주는 흔적들이었다.

편지 속에 담긴 내용 중에 흥미를 끌 만한 내용이 있는지 없는지는 편지를 읽어봐야만 했다. 그것은 시간이 많이 걸리는 일이었다. 더군다나 그에게는 별로 쓸모가 없는 일이었다. 뤼팽 자신도 사랑에는 일가견이 있는 사람이었다. 미묘하나마 자존심이 있었으므로 감히 다른 여자들이 에를르몽에게 보낸 사적인 편지를 훔쳐볼 용기가 나지 않았다.

그러나 사진을 볼 용기는 없었을까? 사진은 무려 100여 장이나 되었다. 연도와 날짜가 적혀 있었다. 사진 속의 여자들은 모두 부드럽고 사랑스러웠다. 배우에서부터 상점 여직원에 이르기까지 다양한 부류의 여자들이었다.

라울은 사진들을 모두 자세히 살펴보지는 않았다. 그들 중에 제법 큰 사진에 관심이 갔기 때문이었다. 그 사진에는 사진 보호용 막이 씌워져 있었다. 그는 그것을 들어올리고 사진을 살펴보았다.

눈이 부실 정도로 아름다운 여자의 사진이었다. 평범한 여자의 사진이 아니었다. 개성적인 마스크의 보기 드문 미인이었다. 어깨를 드러낸 모습이 물 위에 떠 있는 수선화 같았다. 머리를 든 모습은 백합과도 같았다. 사람들 앞에서도 자연스럽게 자신을 표현할 줄 아는 여자였다.

라울은 그녀가 배우가 틀림없다는 결론을 내렸다. 그는 그녀의 미모에 반해 사진에서 눈을 뗄 수가 없었다. 그녀의 이름이나 메모가 쓰여져 있는지 알아보기 위하여 그는 사진을 뒤집어 보았다. 바로 그 순간 그는 소스라치게 놀라고 말았다. 그를 그렇게 놀라게 한 것은 커다란 사인과 그 내용이었다.

죽는 그 순간까지 당신만을 사랑할게요.
_엘리자베스 오르넹

엘리자베스 오르넹! 라울이 사교계의 여왕이자 예술가로 유명한 그녀의 이름을 모를 리가 없었다. 15년 전에 일어난 사건의 내용에 대해 잘 알지는 못 했지만, 그녀가 어떤 사람의 정원에서 노래를 부르다 수수께끼 같은 상처를 입고 죽었다는 정도는 알고 있었다.

결국 엘리자베스 오르넹은 에를르몽 후작의 여인들 중의 한 명이었다. 그가 그녀의 사진을 지금까지 따로 보관하고 있는 점으로 보아, 그녀는 그의 삶에 있어서 어떤 특별한 의미가 있는

두 가지 미소의 여인 63

여자가 틀림없었다.

이중으로 종이가 덮인 사진 속에는 작은 봉투가 하나 있었다. 봉투는 봉인이 되어 있지 않았다. 라울은 안을 살펴보다가 다시 놀라고 말았다. 그 안에는 3가지의 물건이 들어 있었다. 머리카락, 그녀가 보낸 첫 편지, '엘리자베스 발데'라는 이름이 적힌 또 다른 사진 한 장이 나왔다. 라울은 그 이름에 호기심이 끌렸다.

사진 속의 그녀는 젊어 보였다. 발데라는 성은 그녀가 은행가인 오르넹과 결혼하기 전까지 갖고 있던 성이 틀림없었다. 시기적으로 보아 의심할 여지가 없었다.

라울에게 이런 생각이 들었다.

'그래. 요즘 왔다갔다하는 발데라는 사람은 기껏해야 30세 정도밖에 안 되었으니까 그녀의 조카나 사촌일 거야. 그러니까 그 친구가 에를르몽 후작을 안다고 찾아와 돈을 달라고 해도 그가 거절할 용기를 내지 못하는 거야. 그냥 돈만 얻으러 오는 것일까? 아니면 다른 목적이 있어서 오는 것일까? 내가 찾고 있는 것을 그도 찾고 있다면, 성공할 기회는 그에게 더 많지 않을까? 도저히 알 수가 없다. 그러나 내가 일단 그 미스터리를 풀기로 작정한 이상, 성공하는 사람은 나일 거야. 지금 이곳에서 뒤지기까지 하고 있으니까.'

라울이 다시 다른 사진들을 살펴보려는 순간, 갑자기 이상한 소리가 들렸다. 조금 떨어진 곳에서 나는 소리였다.

라울은 숨을 죽이고 귀를 세웠다. 그가 아니라면 알아채지 못할 만큼 작은 소리였다. 계단 앞의 현관 쪽에서 나는 것 같았다.

누군가가 열쇠를 집어넣는 소리였다. 열쇠를 돌리는 소리가 났다. 가만히 문을 여는 소리가 들렸다. 누군가가 살금살금 현관을 지나 서재로 다가오고 있는 것이 분명했다.

라울이 서랍을 제자리에 끼워 놓고 불을 끄고 래커 칠을 한 가구들 뒤에 숨는 데에는 5초도 걸리지 않았다.

그는 그러한 위험 속에서 스릴을 느꼈다. 머리카락이 곤두설 만큼 위험한 상황이 그의 호기심을 발동시켰다. 무언가 그에게 도움이 될 만한 일이 생길 것 같은 기대에 부풀어 있었다. 미지의 침입자가 에를르몽 후작의 집에 몰래 침입하는데, 만약 라울 자신이 그 야밤의 침입 이유를 캐낼 수 있다면, 그것은 횡재란 생각이 들었다.

누군가가 조심스럽게 문의 손잡이를 돌리고 있었다. 문이 열리는 소리나 딸까닥 하는 소리도 들리지 않았다. 그러나 라울은 눈에 보이지 않는 움직임을 읽고 있었다. 플래시 불빛이 약하게 비쳤다.

칸막이 틈으로 누군가가 다가오고 있는 것이 보였다. 라울은 직관적으로 그 침입자가 여자라는 것을 깨달았다. 호리호리한 몸매에 딱 달라붙는 프록코트를 입고 있었다. 모자는 쓰지 않았다.

걷는 모양이나, 외모로 볼 때 침입자는 틀림없는 여자였다. 그 여자는 잠시 주춤하더니, 좌우로 머리를 돌렸다. 주위를 살피는 것 같았다. 그러고는 곧바로 책상 앞으로 다가가 불을 비춰 살펴보더니, 플래시를 책상 위에 놓았다.

라울의 생각으로는, 그녀가 이미 비밀 서랍의 존재를 훤히 알고 있는 것 같았다.

그의 생각이 옳았다. 그녀의 모습은 그림자에 가려서 보이지 않았다. 그녀는 책상을 기웃거리더니 몸을 굽히고 가운데 서랍을 꺼냈다. 그리고는 비밀 서랍이 빠지도록 애를 쓰고 있었다. 잠시 뒤 그녀는 라울이 했던 것과 똑같은 방식으로 서랍을 열었다. 그녀는 돈에는 관심을 두지 않고 라울처럼 사진을 뒤져보았다. 특별한 사진을 찾는 것 같았다.

능숙한 솜씨였다. 그녀는 다른 것들에는 전혀 신경을 쓰지 않고 있었다. 그녀는 한 손으로 열심히 서랍 속을 뒤지고 있었다. 하얗고 고운 손이었다.

그녀가 마침내 원하는 것을 찾아냈다. 그가 판단할 때, 중간 크기의 사진이었다. 아마도 13x18 사이즈인 것 같았다. 그녀는 잠시 사진을 살펴보더니, 다시 사진을 뒤집어보았다. 종이 위에 적힌 글을 읽던 그녀가 한숨을 내쉬었다.

그녀는 사진을 뒤지느라 정신이 없었다. 라울은 그 틈을 이용하기로 마음을 먹고, 그녀가 알아채지 못하게 살금살금 전기 스위치가 있는 쪽으로 다가갔다. 그는 희미하게 보이는 그녀의 뒷모습을 예의 주시하며 순간적으로 방의 불을 켰다. 곧이어 그녀를 덮쳤다. 그러자 그녀가 소리를 지르며 도망을 쳤다.

"도망가지 말아요. 해치지 않을게요."

그가 그녀를 따라가 잽싸게 팔을 잡았다. 그녀는 필사적으로 반항을 하였지만 결국 항복할 수밖에 없었다.

"앙토닌!"

그는 기가 막혔다. 그날 오후에 우연히 만났던 젊은 여자였다.

사태의 진실을 파악하는 데에는 시간이 오래 걸리지 않았다. 시골에서 올라온, 순수하고 담백한 눈을 가진, 그의 마음을 사로잡은 여자가 서 있었다. 눈을 아래로 깔고, 벌벌 떨고 있었다. 전혀 예기치 못한 상황에 라울은 웃지 않을 수 없었다.

"오늘 오후에 이 집에 왔던 이유가 그거였군요! 그걸 찾느라… 그래서 오늘 밤에도……."

그녀는 그의 말을 이해하지 못하는 것 같았다.

"아무것도 훔친 게 없어요. …돈에는 손대지 않았어요."

"나도 그래요. …그렇다고 우리 둘 다 이곳에 성모마리아께 기도하러 온 것도 아니고요."

그가 그녀의 팔에 힘을 주자 그녀는 빠져나가려고 애를 썼다.

"도대체 누구세요? 저를 아세요?"

라울은 웃음이 나왔다.

"허! 이런 식으로 나오면 안 되죠. 오늘 내 아파트에서 만났으면서, 내가 누구냐고 물어요? 기억력 한번 대단하시네요! 내가 당신 앙토닌에 대해 얼마나 좋은 인상을 갖고 있는지 알기나 합니까?"

그녀가 대답했다.

"전 앙토닌이 아닌데요."

"기가 막히는군. 내 이름도 라울이 아니오. 하는 일에 따라 이름이 열댓 개는 되죠."

"하시는 일이 뭔데요?"

"난 도둑이오!"

그녀가 정색을 했다.

"나는 아니에요. 난 도둑이 아니에요!"

"돈을 놔두고 사진을 훔쳐가려고 했다면, 사진이 더 값나가는 물건이라 그랬겠죠. 아주 전문적인 여자 도둑이군요. …내가 보는 데서 훔칠 정도면 꽤나 값나가는 사진인데……."

그는 그녀를 꼼짝하지 못하게 붙잡고 있었다. 그러나 그녀는 한사코 그의 손에서 벗어나려고 애를 썼다.

"빌어먹을! 별 짓을 다하는군. 대도 폴의 애인이 이렇게 겁이 많다면 누가 믿을까?"

그녀가 놀란 표정으로 가만히 물었다.

"예? 뭐라고 하셨어요? …대도 폴이라고요? …그 사람이 누군데요? …도대체 무슨 말을 하는 거예요?"

"그럴 리가요? 잘 알면서 왜 그래요. 클라라?"

그녀가 다시 화를 내며 물었다.

"클라라… 클라라… 그 여자가 누구예요?"

"당신 이름이잖아요. …클라라 라 블롱드?"

"클라라 라 블롱드?"

"고르즈레 형사가 당신을 체포하러 왔을 때도, 떨지 않던 사람이 왜 이래요? 자, 이제 진정해요. 앙토닌이든 클라라이든 다 괜찮아요. 경찰하고 두 번씩이나 맞닥뜨릴 뻔한 것을 구해 주었으니까, 난 절대 당신의 적이 아니오. …자, 이제 웃어봐요. 당신은 웃는 모습이 아주 예쁘잖아요."

그녀는 거의 기진맥진한 상태였다. 눈물이 뺨 위로 흘러내렸다. 그녀는 더 이상 라울에게 저항할 힘이 없는 것 같았다. 그녀는 놀란 소녀처럼 라울의 손을 부드럽게 만지고 있었다.

"앙토닌, 진정해요. …앙토닌이란 이름이 난 좋아요. 폴이 클라라라고 부르는 모양인데, 나는 다소 촌스런 냄새가 나는 앙토닌이란 이름이 좋아요. 이제 내가 잘해 줄게요! 그만 울어요. …모든 일이 잘될 거예요! 폴이 당신을 쫓아다녀요? 그래서 두려워하는 거예요? 걱정하지 말아요. …내가 있잖아요. 그저 나에게 모든 사실을 털어놓기만 하면 돼요."

그녀가 거의 기어들어 가는 목소리로 중얼거렸다.

"말할 게 없어요. …더 이상 말할 수가 없어요."

"그래도 얘기해야 돼요."

"난 아무것도 몰라요."

"나에 대해 잘 모르겠죠. 하지만 날 믿어요."

"내 생각에… 그 이유를 모르겠어요. 아마……."

"내가 당신을 보호해줄 수 없다고 생각하는 거예요? 도와줄 수 없다고 생각하는 거예요? 그럼 나를 도와주면 되잖아요. 폴을 어떻게 알게 되었어요? 오늘 밤 여기에 온 이유가 뭐예요? 그 사진을 찾은 이유가 뭐예요?"

"묻지 마세요. …언젠가 얘기할 때가 있을 거예요."

"아니에요. 지금 말해야 돼요. 하루도, 한 시간도 지체해선 안 돼요."

그는 그녀가 안심할 수 있도록 계속 달래어 보았다. 그러나 그녀가 지친 기색을 보이자 더 이상 묻지 않았다.
그가 말했다.
"약속해줘요."
"다시 만난다고요? 약속할게요."
"나를 믿어요?"
"네."
"내가 당신에게 도움이 되겠어요?"
그녀가 분명하게 대답했다.
"네. 나를 데려다 주세요."
"두려워하는 게 있어요?"
그는 그녀가 떨고 있다는 것을 느낄 수 있었다. 그녀가 무덤덤하게 말했다.
"오늘 밤에 이곳에 올 때 누군가가 감시하고 있는 것 같았어요."
"경찰?"
"아니에요."
"그럼, 누구예요?"
"폴… 폴의 친구……."
그녀는 공포에 질린 표정으로 이름을 댔다.
"확실해요?"
"모르겠어요. …하지만 본 것 같아요. …좀 먼 거리였지만… 부두 끝에 기대서 있는… '아랍'이라고 부르는 그의 오른팔인 것 같았어요."

"폴을 본 지가 얼마나 되었어요?"

"몇 주 되었어요."

"그럼 당신이 이곳에 온 걸 알 리가 없잖아요?"

"모를 거예요."

"그럼 그 사람이 거기에 있던 이유가 뭐예요?"

"이 집을 감시해야 할 나름의 이유가 있었겠지요."

"에를르몽 후작 때문이군요? …당신이 이곳에 들렀던 이유와 똑같네요?"

"잘 모르겠어요. 그 사람이 후작을 죽이고 싶다고 말하는 것을 들은 적이 있어요."

"왜요?"

"몰라요."

"폴의 동료들을 알아요?"

"아랍밖에 몰라요."

"그들은 만나는 곳이 어디죠?"

"몰라요. 몽마르트에 있는 바에서 만날 거예요."

"바 이름을 알아요?"

"네. '에크르비스'예요."

라울은 더 이상 묻지 않았다. 그는 그녀가 더 이상 대답하지 않으리란 것을 직감하고 있었다.

첫 번째 조우

라울이 말했다.
"이제 갑시다. 무슨 일이 일어나든, 걱정하지 말아요. 모든 건 내가 책임질게요."

그는 모든 것이 잘 정돈되어 있는지를 확인한 다음 불을 껐다. 아무것도 보이지 않았다. 그는 앙토닌의 손을 잡고 현관으로 나갔다. 살며시 문을 닫고, 계단을 내려갔다.

그는 밖으로 나가기 위해 서둘렀다. 그녀가 폴이나 아랍에 대해서 괜한 걱정을 하고 있는 것 같았다. 그러나 그녀를 괴롭히는 사람이 있다면 기꺼이 맞붙어 싸울 작정이었다. 하지만, 그녀의 손이 얼음장처럼 차가웠다. 그는 계단에 멈춰 서서 그녀의 양손을 꼬옥 잡았다.

"당신이 내 정체를 안다면, 내가 당신 옆에 있는 한 위험한 일은 결코 벌어지지 않으리란 것을 알게 될 겁니다. 마음이 진정되고 용기가 생길 때까지 그대로 있어요."

그들은 손을 마주잡고 가만히 서 있었다. 잠시 뒤, 마음이 안정되자 그녀가 말했다.

"이제 가요."

라울이 관리인실 문을 두들기자, 관리인이 문을 열어주었다. 그들은 밖으로 나갔다.

안개가 자욱한 밤이었다. 가로등이 희미하게 거리를 비추고 있었다. 늦은 시간이었지만, 길에는 지나가는 사람들이 드문드문 있었다. 라울은 눈치가 빠른 사람이었다. 두 개의 실루엣이 도로를 건너 인도로 올라가 길가에 세워진 자동차 뒤로 숨는 것을 놓치지 않았다. 거기에는 두 명이 더 있는 것 같았다. 라울은 앙토닌을 그 반대 방향으로 데리고 갈 생각이었다. 그러나 기회는 바로 이때라는 생각이 갑자기 떠올랐다. 더군다나, 네 명이 각자 떨어져 그들을 포위해오고 있었다.

앙토닌이 다시 겁을 먹고 소리를 질렀다.

"그들이에요, 분명해요."

"키가 크고, 멀대 같은 저 사람이 폴이에요?"

"네."

"아주 잘됐군요. 내가 얘기해 볼게요."

"무섭지 않아요?"

"아뇨. 오히려 당신이 비명을 지를까봐 겁이 나요."

그때, 부둣가에는 인적이 완전히 끊어지고 남은 것은 그들뿐이었다. 멀대 같은 사내가 그 절호의 기회를 놓칠 리 없었다. 그가 부하 한 명을 데리고 인도 위로 걸어나왔다. 나머지 두 명은 벽에 붙어 서 있었다. 엔진에 시동을 거는 소리가 들렸다. 누군가가 차 안에 숨어 언제든 출발할 준비를 하고 있는 것이 틀림없었다.

갑자기 작은 휘파람 소리가 들렸다.

순식간에 일이 벌어졌다. 남자 3명이 달려들어 앙토닌을 세워둔 차로 잡아끌었다. 폴은 라울의 앞을 가로막고 목에 총을 들이밀었다.

그가 총을 쏜 것보다 라울의 반격이 빨랐다. 라울이 그의 팔목을 비틀어 총을 빼앗아버렸다.

라울이 비웃었다.

"가소로운 놈! 일단 쏴야지 조준은 무슨 조준이야!"

라울은 앙토닌을 끌고 간 다른 3명의 뒤를 쫓았다. 그들 중 한 명이 다시 인도 위로 달려드는 바로 그 순간 라울의 발차기가 그의 턱으로 날았다. 라울의 강력한 공격 한 방에 그는 중심을 잃고 멀리 나가떨어졌다.

다른 부하 2명은 잽싸게 차를 타고 도망치기 시작했다. 앙토닌은 반대 방향으로 도망치기 시작했다. 폴이 그녀를 쫓아 달려가려는 순간 라울이 재빨리 몸으로 그를 막았다.

라울이 소리를 질렀다.

"꼼짝하지 마! 그녀를 놓아줘! 다 지난 일이야. 그러니까 이제 그녀에 대해서는 잊어버려."

폴이 좌우로 몸을 움직이며 라울을 제치고 도망가려고 애를 썼다. 그러나 라울은 그의 앞을 가로막고 서서 길을 내주지 않았다. 그녀를 쫓아가려고 씨름을 하면서도 폴은 다시 그를 공격하지는 않았다.

라울이 약을 올렸다.

"지나가 봐! …지나가지도 못 하면서… 여러 놈을 상대하는 것도 꽤 재미있는데, 안 그래? 멀대처럼 키가 큰 놈이 왜 도망을 가려고 그래? 나같이 작은 놈도 도망을 안 가는데. 그 여자는 이미 도망치고 없어. …지금쯤이면 가도 천 리를 갔겠다. 이 위험한 상황에서 빠져나간 지, 오래야. 이제 본격적으로 붙어봐야겠지? 준비되었나, 폴?"

라울의 공격은 단 한 번으로 끝이 났다. 라울이 그의 양팔을 꽉 움켜잡자 그는 꼼짝하지 못했다. 눈을 뜨고 앉아서 그대로 당한 꼴이었다.

"어때? 찰칵 하고 수갑이 채워진 것 같지? 너희들은 의리라고는 눈곱만큼도 없는 놈들이야. 얼간이 같은 놈들! 그래 단 한 방에 싹 다 도망쳐? 이제 혼자 남았으니, 어디 그 잘난 얼굴이나 한번 구경할까?"

폴이 그의 손아귀에서 벗어나기 위해 다시 발버둥을 쳤다. 그러나 어쩐 일인지 꼼짝할 수가 없었다. 아무리 애를 써도 손을 뺄 수가 없었다. 쇠에 묶인 것 같았다. 도저히 이해가 되지 않았

두 가지 미소의 여인

다. 결국 그는 얼굴을 푹 숙이고 말았다.

라울이 놀렸다.

"자, 그러지 말고… 나를 쳐다보고 환하게 웃어봐. 인상 쓰지 말고. 아니꼬운가 보지? 어, 그렇게는 못하겠다, 이 얘기로군."

라울이 무거운 짐을 돌리듯 그를 휙 낚아채며 돌리자, 그는 가로등 불빛이 훤히 비치는 한쪽 구석으로 나가떨어졌다.

그가 다시 자세를 바로 세웠다. 라울은 그의 얼굴을 본 순간 깜짝 놀라 외마디 비명을 질렀다.

"발데!"

라울이 계속 낄낄 웃으며 말했다.

"발데! …발데! …음, 정말 예상치 못한 일이군! 발데가 대도 폴이라? 발데 행세를 할 때에는 단정한 옷에 중산모자를 쓰고 다니고, 폴 행세를 할 때는 다 구겨진 바지에 캡(cap)을 쓰고 다닌다! 정말 대단한 인물이군! 에를르몽 후작과 친하게 지내면서 도둑질이나 한다!"

대도 폴이 화가 나서 으르렁댔다.

"나도 네놈이 누군지 알아. …중이층에 사는 괴짜 아냐?"

"맞았어. …라울이라고 하지. …문제는 우리 둘 다 똑같은 문제로 고민을 한다는 거야. 하지만 넌 이제 끝났어. 지금부터 클라라 라 블롱드는 나한테 맡겨."

클라라란 이름 한마디에 그가 화를 냈다.

"그녀 곁에서 꺼져야 할 놈은 바로 너야!"

"나보고 꺼지라고? 넌 키만 컸지, 싸울 줄을 아냐, 칼을 다룰

줄 아냐? 지금 네 꼬락서니를 좀 생각해 봐. 내게 잡혀 꼼짝 못하고 있잖아. 꺽다리, 반항은 하지 않는 게 좋아. 정말 가소롭기 짝이 없군!"

라울이 잡고 있던 팔을 풀어주자, 그가 툴툴거렸다.

"나쁜 놈! 나중에 두고 보자."

"나중에 두고 보자고? 내가 사는 곳 알지? 원하면 언제든지 그리로 와."

"그 여자에게 손만 대봐…."

"이미 그녀와 난 친구 사이야."

폴이 약이 올라 부드득 이를 갈았다.

"거짓말하지 마! 그건 말도 안 돼!"

그들은 서로를 노려보았다. 한판 붙을 자세였다. 그러나 폴은 신중하게 더 좋은 기회가 올 때까지 기다리기로 작정한 것 같았다. 라울이 비웃는 표정을 짓자 그가 침을 퉤퉤 뱉으며 마지막으로 협박하듯 말했다.

"언젠가 네게 복수하겠다."

"그래서, 지금은 꽁무니를 빼겠다! 겁쟁이 같은 놈!"

라울은 그가 사라지는 모습을 지켜보았다. 그는 다리를 절고 있었다. 원래 다리를 저는 사람이 아니었으므로 일부러 그러는 것 같았다.

라울은 속으로 생각했다.

'저놈은 조심해야겠어. 아무래도 뭔가 나쁜 일을 저지를 것만 같은 놈이야. 고르즈레 형사와 발데… 두 사람이 나를 노린다!'

두 가지 미소의 여인 77

집으로 돌아오는 길에 라울은 누군가가 건물 정문 앞에 앉아 신음하고 있는 것을 발견했다. 그의 발에 턱을 얻어맞고 쓰러졌던 남자였다. 정신이 들자 도망을 쳤지만, 멀리 가지 못하고 다시 그곳에 쓰러져 있었다.

라울은 그를 찬찬히 살펴보았다. 피부가 까무잡잡했다. 조금 꼬불꼬불한 머리카락이 모자 밖으로 새어나와 있었다.

라울이 말했다.

"이봐, 네가 폴의 부하, 아랍인가? 맞나? 내가 묻는 것에 대답을 하면 1천 프랑을 주지. 어때?"

그는 턱을 심하게 다친 상태였다. 그가 간신히 입을 열었다.

"폴을 배신하는 짓은 죽어도 못해."

"좋아. 믿을 만한 친구군. 폴에 관한 일이 아니라, 클라라 라블롱드에 관한 일이야. 그녀가 숨어 있을 만한 곳이 어딘지 알려주기만 하면 돼."

"난 몰라. 폴도 모를 거야."

"그러면 왜 이 건물 앞에 숨어 있었지?"

"그녀가 여기에 왔으니까."

"그 사실을 어떻게 알았지?"

"고르즈레 형사의 행동을 감시하다가 알게 되었지. 촌스럽게 변장한 젊은 여자가 탄 파리 발(發) 열차가 생-라자르 역에 도착하기를 기다리더군. 그녀가 택시를 타며 말해준 주소를 그가 다른 택시기사에게 얘기하는 것을 듣고 내가 폴에게 알려주었지. 그리고 저녁때부터 기다렸지."

"그럼, 폴이 그녀가 돌아오리란 사실을 알고 있었다는 얘기인가?"

"그렇겠지. 폴은 절대 미리 지시를 하지 않아. 매일, 같은 시각에 어떤 바에서 만나면 그때 지시하지. 그러면 내가 동료들에게 그 지시사항을 전달한 뒤 같이 실행에 옮기지."

"한 가지만 더 말해주면 1천 프랑을 더 주마."

"더 이상 아는 게 없어."

"거짓말하지 마! 폴의 진짜 이름이 발데라는 것을 알고 있잖아! 두 얼굴을 하고 있는 놈이지. 그놈은 후작의 집에서 잡아 경찰에 넘길 수도 있어."

"폴도 당신을 잡아 넘길 수 있어. 당신 집이 중이층에 있다는 사실과 그녀가 당신 집에 갔었다는 사실을 다 알고 있으니까. 당신은 지금 위험한 게임을 하고 있는 거야."

"하지만, 나는 켕기는 게 없는데!"

"다 좋은 게 좋은 것 아냐? 폴이 앙심을 품고 있어. 지금 클라라 때문에 미쳐 있어. 조심하는 게 좋을 거야. 에를르몽 후작도 마찬가지고. 폴이 후작에게 본때를 보여주려고 하고 있으니까."

"본때는 무슨 본때?"

"이제 내가 아는 것은 전부 말해줬어."

"좋아. 2천 프랑 받아. 20프랑을 더 줄 테니까 택시 타고 가."

그날 밤, 라울은 잠을 청하느라 시간이 오래 걸렸다. 그날 일어난 일들이 자꾸 생각이 났다. 그 아름다운 금발의 아가씨 모습이 뇌리에서 떠나지 않았다. 그가 지금 벌이고 있는 모험은 여러 가지 문제가 얽히고설켜 있었지만, 그중에서 가장 매력적이면서도 황당한 문제는 앙토닌이란 여자에 관한 것이었다. 앙토닌? …클라라? 둘 중의 어떤 것이 그 아름다운 여자의 참된 모습일까? 순수하면서도 불가사의한 미소, 순진하면서도 선정적인 눈빛, 해맑으면서도 우울한 표정. 그녀의 모습에는 슬픔과 기쁨이 함께 어우러져 있었다. 그녀의 눈물과 웃음의 근원은 깨끗하면서도 청아한 마음속에 있는 것 같았다. 그러나 그 깊이는 알 수가 없었다.

다음 날 아침, 라울은 쿠르빌에게 전화를 걸었다.

"지금 에를르몽 후작은 어디 있어요?"

쿠르빌이 대답했다.

"아침 일찍 자동차로 떠나셨는데요. 가방을 2개 가지고 가셨어요."

"이번 여행이 얼마나 걸릴 것 같아요?"

"며칠 걸릴 거라고 그러던데요. 제 생각에, 그 아가씨를 데리고 갔을 것 같은데요."

"어디로 간다고 얘기하던가요?"

"아니오. 가는 장소는 언제나 비밀이에요. 어디 가는지 가르쳐 주는 법이 없어요. 직접 차를 운전하고 갔을 거예요."

"참, 답답하기는! 결국, 이 건물에서 이사를 할 수밖에 없겠군. 우선, 이 집의 비밀 전화와 의심을 받을 만한 물건들부터 모두 치우세요. 그 일이 끝나면 몰래 이사를 합시다. 내가 일이 있으니까 2, 3일 동안은 연락을 하지 못할 거예요. …아, 한 가지 더 일러둘 게 있어요. 고르즈레 형사를 조심해요! 아마 그가 이 건물을 감시할 겁니다. 조심해요. 우쭐대기 좋아하는 성격이지만, 재치도 있고 기도 센 사람이니까…….”

저택의 경매

볼닉의 저택은 옛날 모습을 그대로 간직하고 있었다. 다갈색 기와가 얹힌 작은 탑의 지붕도 그대로였다. 그러나 창문은 덧문이 거의 다 망가져 그 모습이 흉했다. 벽의 타일은 대부분 떨어져 나가 성한 것이 거의 없었다. 정원의 오솔길은 가시덤불과 쐐기풀로 뒤덮여 있었다. 낡은 성루의 화강암 벽은 무성하게 자란 담쟁이덩굴로 거의 그 모습이 보이지 않았다. 마치 반쯤 허물어진 폐허 같았다.

엘리자베스 오르넹이 노래를 부르던 예배당의 테라스는 우거진 숲에 가려 거의 보이지 않았다.

저택으로 들어가는 커다란 대문의 타워 좌우 벽에는 '저택 매매'라는 안내판이 붙어 있었다. 3개월 전부터 붙어 있는 이 안내판에는 방의 개수와 부대시설, 농장, 목장 등에 관한 자세한 내용이 적혀 있었다. 볼닉 저택을 매매한다는 광고는 안내판을 세울 당시부터 그 지역의 신문에 계속 실리고 있었다.

저택의 문은 원매자가 있을 때에만 가끔 지정된 시간에 개방이 되었다. 남편을 잃은 르바르동 부인은 사람을 고용하여 테라스 주변과 집안을 말끔히 청소하고, 낡은 성으로 가는 길의 잡초를 제거하였다. 드라마 같은 사건이 발생했던 이 집을 보기 위해 구경꾼들이 몰려들었지만, 르바르동 부인은 그 집의 관리를 맡으면서 했던 약속을 그대로 지키고 있었다. 아버지를 뒤이어 그 저택의 권리를 수탁받은 오디가 변호사의 아들도 그 저택의 소유주가 누구인지를 결코 밝히지 않았다. 따라서 사람들은 그 저택의 주인이 누구인지를 모르고 있었다.

에를르몽 후작이 파리를 떠난 지 3일째가 되던 날 아침, 그 저택의 2층 창의 덧문이 활짝 열렸다. 열린 창문 사이로 회색 옷을 입은 앙토닌의 금발 모습이 보였다. 그녀는 밀짚모자를 뒤로 비스듬히 쓴 채, 7월 한여름의 태양과 우거진 나무숲, 파란 잔디, 맑게 개인 하늘을 바라보며 미소를 짓고 있었다.

그녀가 소리를 쳤다.

"아빠! …아빠!"

에를르몽 후작은 집에서 20걸음 정도 떨어진 벌레 먹은 의자에 앉아 파이프 담배를 피우고 있었다. 그곳에는 측백나무들이 따가운 햇볕을 가리고 있었다.

그가 환한 표정으로 말했다.

"어! 일어났구나. 이제 10시밖에 안 됐는데."

"잠은 잘 잤어요! 이것 좀 보세요. …벽장에서 발견한 오래된 밀짚모자예요."

그녀의 모습이 안으로 사라졌다. 곧이어 계단을 뛰어내려 오는 소리가 들렸다. 그녀가 테라스를 가로질러 달려와 에를르몽 후작에게 키스를 해달라고 얼굴을 들이밀었다.

"아빠, 이제 아빠라고 불러도 되겠죠? 나는 너무 행복해요! 다 좋아요! 아빠는 참 좋은 사람이에요. 내가 숲속의 공주가 된 것 같아요."

"그럼. 숲속의 공주가 될 자격이 있지. …그런데 말이야… 앙토닌, 엄마하고 어떻게 살았는지 좀더 자세히 얘기해줄래? 지금까지 별로 내게 얘기한 게 없잖아."

그녀의 해맑은 얼굴에 그늘이 스쳤다.

"별로 재미없을 거예요. 중요한 건 바로 현재예요. 앞으로도 지금과 같았으면 좋겠어요!"

"왜? 앞으로는 다를 것 같아?"

"왜냐고요? 왜냐하면, 오늘 오후에 이 집이 경매로 팔리면 내일 저녁에 파리로 돌아갈 테니까요. 난, 여기 있는 게 너무 좋아요! 공기가 얼마나 좋아요! 눈도 마음도 모두 즐거워요!"

에를르몽 후작이 침묵을 지키고 있었다. 그녀가 그의 손을 잡으며 가만히 물었다.

"집을 꼭 팔아야 해요?"

그가 대답했다.

"응. 팔아야 해. 주벨 씨 부부에게 그 사건이 일어난 후 곧바로 내가 이 집을 샀지만, 내가 이곳에 들른 것은 모두 합해 10번 정도밖에 되지 않아. 하루 24시간 늘 바빴으니까. 그런데 지금 돈이 필요하거든. 그래서 팔려고 하는 거야. 기적이 일어나지 않는다면, 어쩔 수 없이…."

그가 웃으며 덧붙였다.

"하지만, 이 집이 마음에 든다고 하니까, 네가 여기에서 지낼 수 있는 방법을 찾아보마."

그녀가 이해할 수 없다는 듯이 그를 쳐다보았다. 그가 말을 계속했다.

"앙토닌, 이틀 전에 처음 만났던 오디가 변호사 있지 않니. 그 사람이 이곳에 자주 오는 걸 보면 아무래도 너에게 관심이 있는 것 같다!"

앙토닌이 얼굴을 빨갛게 붉혔다.

"아빠, 놀리지 말아요. 난 그 사람에게 관심이 없어요. …내가 이 집이 좋다고 하는 이유는 아빠하고 함께 있으니까 그런 거예요."

"정말?"

"그럼요. 정말이에요."

에를르몽 후작은 가슴이 뭉클했다. 처음부터 그녀가 자신의 친딸이라고 생각을 하기는 했지만, 혼자 사는 이 외로운 고집쟁이 늙은이는 그녀의 말에 찡한 감동을 느꼈다. 그녀의 우아하면서도 순박한 모습에 그는 매력을 느꼈다. 그녀를 둘러싸고 있는 일종의 미스터리, 그녀의 과거에 대한 고의적인 침묵이 그의 눈에는 오히려 더 큰 매력으로 보였다.

그녀는, 긴장을 풀고 자신의 과거에 대해 말을 하려고 하다가도 갑자기 당황하는 표정을 지으며 말문을 닫고 그에게 무관심하고 냉담한 표정을 짓기도 했다. 이상하게도, 에를르몽도 마찬가지였다. 이 저택에 도착한 뒤부터, 그는 그녀에게 어떤 장벽을 쌓고 있는 것 같았다. 그 장벽 때문에 그는 쾌활하게 얘기하다가도 갑자기 말문을 닫아버리는 것 같았다. 이율배반적인 행동이었다.

사실 두 사람 사이에는 애정에 대한 공감대와 욕망이 형성되어 있었지만, 서로 아직 잘 알지 못하는 상황이었으므로 짧은 시간에 그들 사이에 놓인 장벽을 허무는 것은 불가능한 일이었다.

에를르몽 후작은 그녀에 대해 좀더 자세히 알고 싶었다. 그래서 그녀를 바라보며 얘기하곤 했다.

"넌 엄마를 꼭 닮았어! 네가 웃는 것을 보면 정말 엄마 모습을 그대로 빼닮은 것 같아."

그녀는 그가 엄마에 대해 얘기를 하는 것을 좋아하지 않았다. 그가 그녀의 엄마에 대해 얘기를 할 때면, 그녀는 언제나 엉뚱한 대답을 하기 일쑤였다. 결국, 그녀를 자극하기 위해 그는 볼닉 저택의 비극적인 사건과 엘리자베스 오르넹의 죽음에 대해 간략하게나마 얘기하지 않을 수 없었다.

그들은 르바르동 부인이 차려준 점심을 먹었다.

2시가 되었다. 오디가 변호사가 도착했다. 그는 그들과 함께 커피를 마신 뒤, 경매에 필요한 물건의 목록을 하나하나 검토했다. 경매는 4시에 저택의 오픈 홀에서 열릴 예정이었다.

오디가는 창백한 얼굴에 왼손잡이였다. 소심한 성격에 시를 좋아한다고 객쩍은 소리나 하는 사람이었다. 차를 마시며 얘기를 하는 동안, 그는 자기가 지은 알렉산드르 구격(句格)의 시를 불쑥 읊고 '그 시인이 말한 것처럼'이란 말을 하더니, 앙토닌을 흘낏 쳐다보고는 그녀의 눈치를 살폈다.

앙토닌은 더 이상 그의 똑같은 말을 듣기가 싫었다. 그녀는 자리에서 벌떡 일어나 정원으로 나갔다.

경매 시간이 가까워지자 테라스와 정원 여기저기에 흩어져 있던 사람들이 앞마당으로 모여들었다. 그들은 대부분 돈이 많은 시골 사람들이었다. 이웃 마을의 지주이거나 그 지역의 유지였다. 대부분은 호기심으로 온 사람들이었다. 오디가의 추정에 따르면, 6명 정도만이 경매에 입찰을 할 예정이었다.

기회를 놓칠세라, 오랫동안 외부 세계와 문을 닫고 있었던 그 오래된 저택을 구경하고 있는 사람들도 있었다. 앙토닌도 주변의 아름다운 경치에 매료되어 그곳으로 천천히 발걸음을 옮겼다. 그러나 벨소리가 울리자 사람들은 서둘러 저택으로 돌아갔다. 혼자 남게 된 그녀는 풀과 나무가 빽빽이 우거진 길을 따라 낡은 성루로 올라갔다.

그녀는 자신도 모르게 오솔길을 벗어나, 15년 전에 비극적인 사건이 일어났던 언덕 위의 테라스에 도착해 있었다. 에를르몽 후작에게서 그 주변 지리에 대해 자세한 설명을 들었지만, 가시덤불과 고비덩굴, 담쟁이덩굴로 뒤섞인 숲속에서 정확히 위치를 파악한다는 것은 불가능한 일이었다.

숲을 헤집고 앞으로 나가는 것조차 힘들었다. 마침내 간신히 숲에서 빠져나온 바로 그 순간, 그녀는 놀라 소리를 지르며 그 자리에 얼어붙고 말았다. 10걸음 정도 떨어진 곳에 어떤 시커먼 물체가 나타났기 때문이었다. 그도 그녀처럼 깜짝 놀라 꼼짝하지 않고 서 있었다. 땅딸막한 키에 쩍 벌어진 어깨, 그리고 매서운 눈매. 벌써 4일이 지났지만, 그녀가 결코 잊을 수 없는 남자의 모습이었다.

고르즈레 형사였다.

에를르몽 후작의 집에 갔다가 계단에서 잠깐 본 얼굴이었지만, 그가 틀림없었다. 역에서부터 그녀를 쫓아와 기필코 잡겠다고 난리를 치던 형사가 틀림없었다.

그가 험상궂은 얼굴로 고약한 웃음을 지으며 소리를 질렀다.

"잘 만났다! 전에 3번씩이나 놓쳤었는데… 그런데 아가씨, 여기에서 뭘 하고 있는 거지? 아가씨도 이 성의 경매에 관심이 있나 보지?"

그가 그녀 앞으로 한 걸음 다가왔다. 앙토닌은 깜짝 놀라 도망치고 싶었다. 그러나 다리에 힘이 탁 빠졌다. 완전히 길이 막힌 상태에서 도망을 칠 수도 없었다.

고르즈레가 다시 한 걸음 다가오며 그녀를 놀렸다.

"이제 도망갈 수 없지? 완전히 막혔으니까 말이야. 드디어 고르즈레가 복수를 하는구나. 안 그래? 지난 십여 년 동안 이 성의 비극적인 사건을 예의 주시해 온 이 고르즈레가 오늘 이곳에 나타나지 않는다면 말이 안 되지. 이제 드디어 폴의 애인을 코앞에 두고 있으니까 감개가 무량한데… 운? 운은 이제 내 쪽으로 기울었어."

그가 다시 한 걸음 앞으로 다가왔다. 앙토닌은 까무러치지 않으려고 애를 썼다.

"겁나지! 그 겁먹은 얼굴을 한번 봐! 이번에는 정말 상황이 나빠. 이제 클라라 라 블롱드와 폴이 이 저택과 무슨 관련이 있는지 불 때가 되었어. 나한테 솔직히 다 털어놔!"

그가 다시 세 걸음 앞으로 나왔다. 영장을 꺼내 보이며 화가 난 표정을 지었다.

"내가 이 영장의 내용을 읽어야 하나? 그럴 필요가 없지 않을까? 당장 내 차로 가자고, 비시 역에서 그 차로 파리로 가자고. 경매 따위에는 난 관심이 없어. 이제 봉을 잡은 거나 마찬가지니까 난 됐어."

갑자기 그의 말이 끊겼다. 뭔가 예기치 못한 일이 일어난 것 같았다. 그녀의 얼굴에 있던 두려운 표정이 천천히 사라졌다. 이해할 수 없는 일이었다. 그녀의 얼굴에 희미한 미소가 떠오르고 있었다. 덫에 걸린 표정, 벌벌 떠는 새와 같던 표정이 그녀의 얼굴에서 사라졌다. 그녀의 눈은 무엇을 보았을까? 누구를 보고 웃었을까?

고르즈레 형사가 주위를 살피며 말했다.

"이런 제기랄! 저 작자는 여기에서 뭘 하는 거야?"

고르즈레 형사가 본 것은 낡은 성의 기둥 한구석으로 튀어나와 있는 손뿐이었다. 그 손에 있는 리볼버는 그를 향하고 있었다. 그러나 앙토닌이 갑자기 안심하는 것을 보자마자 그는 그 손의 주인공이 라울이라는 것을 알아차렸다. 라울은 정말 그녀를 보호할 작정인 것 같았다. 볼닉의 저택에 클라라 라 블롱드가 있다는 것은 곧 라울이 멀지 않은 곳에 숨어 있다는 의미였다.

고르즈레 형사는 조금도 망설이지 않았다. 그는 언제나 위험에 맞서 싸울 준비가 되어 있는 용감한 형사였다. 더군다나 그녀가 도망가도록 내버려두어도 다시 그녀를 저택 안에서 잡는 데에는 어려움이 없으리라고 확신하고 있었다.

그가 앞으로 나서며 소리를 질렀다.

"라울, 숨어 있지 말고 나와!"

손의 모습이 사라졌다. 고르즈레 형사가 기둥으로 달려가 보았지만, 발견한 것은 담쟁이 덩굴뿐이었다. 그는 라울이 감쪽같이 사라질 수 없다고 생각하고 주저하지 않고 앞으로 계속 나갔다. 그때 덩굴 속에서 다시 손이 나왔다. 그러나 이번에는 총을 잡고 있는 게 아니라 주먹을 쥔 손이었다. 고르즈레 형사의 턱으로 주먹이 날아갔다.

정확히 자로 잰 듯한 한 방이었다. 효과 또한 만점이었다. 고르즈레 형사는 중심을 잃고 굴렀다. 아랍이 며칠 전 쓰러질 때와 같았다. 고르즈레 형사는 정신을 잃었다.

앙토닌은 완전히 맥이 빠진 상태로 테라스에 도착했다. 이미 사람들이 모여 있는 집 안으로 들어가기 전에 잠시 휴식을 취해야 할 만큼 가슴이 몹시 뛰었다. 그러나 모습을 드러내지 않고 그가 자신을 보호해주고 있다는 생각이 들자, 곧 기운을 차렸다. 라울은 고르즈레 형사에게 해를 끼치지 않으면서도 그를 다루는 방법을 알고 있는 것 같았다. 그러나 고르즈레 형사가 그녀를 체포하려는 바로 그 순간 라울이 어떻게 그곳에 나타났는지가 몹시 궁금했다.

그녀는 그 낡은 성을 바라보며 귀를 기울여 보았다. 아무 소리도 들리지 않았다. 사람이 움직이는 그림자나 이상한 것이라고는 발견할 수가 없었다.

다시 안심이 되었다. 그래도 그녀는 고르즈레가 다시 나타나면 도망칠 준비를 하기로 마음먹었다. 그러나 안에서 경매 행사가 준비되고 있었으므로 그녀는 곧 그 일에 정신을 쏟느라 모든 위험에 대해 잊어버리고 말았다.

현관과 작은 방에서부터 응접실까지 모두 문이 열려 있었다. 사람들은 오디가 변호사가 입찰 예정자로 분류해놓은 몇 사람 주위에 몰려 있었다. 입찰 예정자들은 모두 자리에 앉아 있었다. 테이블 위에는 예배 때 쓰는 가느다란 초가 세 개 놓여 있었다.

오디가가 엄숙한 표정으로 행사를 진행했다. 행사 도중 그가 에를르몽 후작과 가끔 얘기를 나누자 사람들은 그가 이 저택의 주인이란 사실을 깨닫게 되었다. 실제 경매에 앞서, 오디가는 그 저택의 역사, 그 역사적인 의미, 그 아름다움 등 여러 가지 세부적인 설명을 했다. 그리고 경매에 낙찰이 되는 사람은 행운아라는 말도 빼지 않았다.

그는 경매 절차를 사람들에게 주지시켰다.

"초 하나에 1분씩 불을 붙여놓을 겁니다. 세 번째 켜놓은 초가 꺼질 때까지는 3분이란 여유가 있습니다. 그러나 3분이 다 될 때까지 기다리면, 여러분의 부담이 커질 테니까, 가능하면 서둘러 가격을 불러주십시오."

시계가 4시를 쳤다.

커다란 빈 모자에서 12마리의 토끼를 만들어내는 마술사처럼, 오디가 변호사는 성냥 박스에서 성냥을 꺼내어 첫 번째 초에 불을 붙였다.

초에 불이 켜지자 사람들이 조용해졌다. 모두 긴장된 표정을 짓고 있었다. 여자들은 무관심한 척하거나 슬픈 표정으로 긴장감을 숨기고 있었다.

불이 꺼졌다.

오디가 변호사의 목소리가 경고처럼 들렸다.

"이제 두 개가 남았습니다."

두 번째 초에 불이 켜졌다. 1분 뒤 불이 꺼졌다.

오디가 변호사의 목소리가 음산하게 들렸다.

"마지막입니다. …오해 없으시기 바랍니다. …처음 두 개의 초는 이미 불이 꺼졌습니다. 이게 마지막 남은 하나입니다. 최저 가격은 80만 프랑에서부터 시작합니다. 그 이하의 가격은 무효라는 것을 염두에 두시기 바랍니다."

세 번째 초에 불이 켜졌다.

가격을 부르는 소리가 조그맣게 들렸다.

"82만 5천."

다른 사람이 즉시 가격을 불렀다.

"85만."

어떤 여자가 오디가에게 손짓을 하자, 오디가가 직접 가격을 불렀다.

"87만 5천이 나왔습니다."

"90만."

그리고 더 이상 가격을 부르는 사람이 없었다.

오디가 변호사가 흥분한 목소리로 서둘러 말했다.

"90만이 나왔습니다. 더 이상 원하시는 분이 없으면 90만에 낙찰하겠습니다. …다른 분 없으십니까? …90만이면 아주 싼 가격에 사시는 겁니다. …그러면, 이 저택은…."

다시 모두 조용해졌다.

초에서 탁탁 소리가 났다. 녹은 촛농 속으로 불꽃이 사그라지고 있었다.

바로 그때 응접실 맨 끝 현관 근처에서 외치는 소리가 들렸다.

"95만."

사람들이 길을 비켜주었다. 어떤 남자가 밝은 표정으로 웃으며 앞으로 나오며 말했다.

"95만 프랑."

그러고는 곧바로 조용히 뒤로 나갔다. 앙토닌은 그가 라울이라는 것을 알아차렸다.

이상한 협력자

냉혈한이라고 자처할 만큼 침착한 오디가 변호사도 놀라지 않을 수 없었다. 입찰 금액을 한꺼번에 그렇게 많이 올려 부르는 경우는 흔하지가 않았다.

그가 말을 더듬었다.

"95만 프랑이 나왔습니다. …다른 분 없으십니까? …95만 프랑! …그럼 이 가격에 낙찰되었습니다."

사람들이 모두 새로 나타난 사람 주위에 몰려들었다. 오디가 변호사는 혹시 그가 장난으로 입찰을 한 게 아닌지 불안하여, 다시 한 번 입찰 금액과 낙찰자의 이름을 확인해 보았다. 낙찰을 받아도, 그 후에 밟아야 하는 절차는 여러 가지로 복잡했다.

그러한 절차에 대한 설명은 낙찰을 받지 못한 사람들에게는 필요가 없는 것이었다.

이상하게 끝난 경매를 매듭짓기 위해 오디가 변호사는 서둘러 나머지 사람들을 밖으로 내보냈다. 그가 다시 테이블로 돌아왔을 때, 라울은 테이블 앞에 앉아 펜을 들고 수표에 사인을 하고 있었다.

에를르몽 후작과 앙토닌은 조금 떨어진 곳에서 한마디도 하지 않고 그의 행동을 지켜보고 있었다.

라울이 평상시처럼 무덤덤한 표정으로 조용히 일어섰다. 그러한 커다란 결정에 익숙한 사람처럼 스스럼없이 오디가 변호사에게 다가가 말을 했다.

"오디가 씨, 조금 뒤에 사무실에서 다시 만나 서류를 검토하면 안 되겠습니까? 혹시 이 자리에서 밝혀야 하는 게 있습니까?"

오디가는 너무도 침착한 그의 행동에 놀랐다.

그가 말했다.

"우선 성함을 말씀해 주시겠습니까?"

"제 신분증을 보여드리겠습니다. 동 루이 프레나라고 합니다. 프랑스계 포르투갈 사람입니다. 여권하고 다른 필요한 서류도 여기 있습니다. 규정에 따라 낙찰 금액의 반을 수표로 끊어놓았습니다. 제 구좌가 있는 리스본 소재 포르투갈 뱅크에서 발행한 수표입니다. 나머지 금액은 에를르몽 후작과 상의한 다음에 그가 지정하는 날짜에 지불하겠습니다."

에를르몽이 놀라서 되물었다.

"나하고 상의를 해요?"

"네, 상의드려야 할 중요한 문제가 몇 가지 있습니다."

오디가는 점점 묘하다는 생각이 들었다. 그가 정말 은행에 그 정도의 잔고를 갖고 있다는 것을 누가 보증할 것인가? 수표를 결제하는 데 필요한 기간 동안 통장에 있는 돈이 다 없어지지 않으리란 것을 누가 보증할 것인가? 이렇게 따지고 싶은 마음이 굴뚝같았다. 그러나 오디가는 잠자코 있을 수밖에 없었다. 그에게 뭐라고 말을 꺼내야 할지 알 수가 없었다. 자신의 개인적인 경험으로 미루어 볼 때, 그는 그렇게 만만한 사람이 아닌 것 같았다. 아무래도 자신으로서는 감당하기가 어려운 사람 같았다. 오디가는 감히 그에게 따질 용기가 나지 않았다.

오디가는 그 문제는 일단 나중으로 미루는 것이 더 현명하다는 생각이 들었다. 서류가방을 팔에 끼고 나가며 그가 말했다.

"그럼, 나중에 제 사무실로 오십시오."

장 에를르몽 후작은 오디가와 몇 마디 얘기를 나누어 봐야겠다는 생각에 그를 따라 테라스로 나갔다. 앙토닌은 라울의 말을 듣는 순간부터 크게 걱정을 하고 있었다. 그녀도 정말 밖으로 나가고 싶었다. 그러나 라울이 문을 닫으며 그녀의 등을 떠밀었다. 놀란 그녀가 현관으로 난 다른 문 쪽으로 도망을 쳤다. 라울이 다시 그녀의 허리를 잡고 막았다.

그가 웃으며 말했다.

"이봐요. 오늘은 나하고 얘기하기도 싫은가요? 조금 전에도 고르즈레 형사에게서 구해주고, 며칠 전 밤에도 폴에게서 구해줬는데, 이제 그런 것은 다 소용없다는 겁니까?"

그가 목을 끌어안으려 하자 그녀는 몸을 뒤로 빼며 화를 냈다.

"이러지 말아요. …그냥 놔줘요. …이러면 정말 싫어요."

그녀는 완강하게 저항하며 문을 열려고 애를 썼다. 그녀가 화를 내며 악을 쓰자 라울은 웃음이 나왔다. 다시 그가 목을 껴안으려 하자 그녀가 머리를 돌렸다. 바로 그때 그는 그녀의 입술을 훔쳤다.

그녀가 소리를 질렀다.

"이게 도대체 무슨 짓이에요! 이러면 사람을 부르겠어요!"

그는 얼른 뒤로 물러섰다. 에를르몽 후작이 현관으로 들어오는 발자국 소리가 들렸다.

라울이 히죽 웃으며 말했다.

"운이 좋군요! 그렇게 매정하게 거절하다니, 정말 너무합니다! 그날 밤 후작의 서재에서는 그렇게 고분고분하더니, 어디 두고 봅시다."

그녀는 더 이상 문을 열려고 하지 않았다. 그녀도 뒤로 물러서 있었다. 에를르몽 후작이 안으로 들어왔다. 그녀의 얼굴에 수심이 가득 찬 것을 보고 그가 물었다.

"무슨 일이니?"

그녀가 당황하여 얼른 대답했다.

"아무것도 아니에요. …아무 일도 없었어요. 아빠가 얘기하시기만을 기다리고 있었어요."

"뭐를?"

"아니에요. …별로 중요한 게 아니에요. …제가 오해했어요."

라울은 웃으며 그들이 하는 얘기를 듣고 있었다. 에를르몽이 의아한 눈초리로 바라보자, 라울이 그의 무언의 질문에 대답했다.

"앙토닌이 조금 오해했던 게 있었거든요. 제가 대신 말씀드려도 되겠습니까?"

"도대체 무슨 말을 하는 건지 알 수가 없군."

"별게 아니지만, 자초지종을 말씀드리겠습니다. 방금 오디가 변호사에게 밝힌 대로 저의 본명은 동 루이 프레나입니다. 파리에서는 개인적인 사정으로 라울이라는 가명을 쓰고 있습니다. 볼테르 부두에 있는 후작님 아파트 바로 밑의 중이층에 살고 있는 사람이 바로 접니다. 그런데 지난번에 이 아가씨가 실수로 제 집의 벨을 누른 적이 있었습니다. 그래서 제 이름은 라울이니까 아가씨가 집을 잘못 찾아온 게 틀림없다고 말하며 가르쳐 주었습니다. 그런데 오늘은 동 루이 프레나라고 하니까, 놀란 모양입니다."

오히려 에를르몽이 더 놀란 표정을 지었다. 행동거지도 아주 이상하고 사회적 신분도 불분명한 이 이상한 사내가 자기에게 원하는 것이 무엇인지 그는 몹시 궁금했다.

"누구이신데, 저에게 긴히 할 얘기가 있다는 겁니까? …하실 얘기가 뭡니까?"

"제가 하고 싶은 얘기는 어떤 문제에 대한 것인데…"

라울은 이 말이 끝날 때까지 그녀에게 시선을 주지 않았다.

에를르몽이 퉁명스럽게 말했다.

"문제라뇨? 저는 문제될 게 없습니다!"

라울이 맞장구를 쳤다.

"후작님께 문제가 될 거야 없죠. 그게 아니라 다른 문제 때문에…."

상황이 심각하게 돌아가는 것 같았다. 슬슬 본색을 드러내고 공갈 협박을 시작하려고 하는 것 같았다. 에를르몽은 주머니에 손을 넣고 리볼버를 잡았다. 그리고 앙토닌의 눈치를 살폈다. 그녀는 걱정스런 표정으로 그들의 대화를 지켜보고 있었다.

에를르몽이 재촉했다.

"간단하게 얘기합시다. 도대체 뭘 원하는 겁니까?"

"당신이 잃어버린 유산을 찾아드리고 싶습니다."

"유산이라뇨?"

"조부께서 물려주신 유산 말입니다. 사람을 시켜 그 유산을 찾아보았지만, 별로 성과가 없었을 겁니다."

에를르몽이 웃으며 말했다.

"아, 그래요? 그럼 당신은 흥신소 직원이구만!"

"아닙니다. 그저 그런 일을 아주 좋아하는 아마추어입니다. 그냥 미스터리 매니아라고 해두죠. 저는 진실을 밝혀내는 데 욕심이 있는 사람입니다. 제가 지금까지 얼마나 놀라운 성과를 거두었는지, 얼마나 많은 불가사의한 문제를 해결했는지, 역사적으로 귀중한 보물을 얼마나 많이 찾아냈는지, 음흉한 계획을 얼마나 많이 폭로했는지에 대해서는 자세히 설명을 드릴 수 없습니다만…."

에를르몽이 관심이 있다는 듯이 소리를 질렀다.

"브라보! 그러면 커미션을 받았겠군요?"

"한푼도 받지 않았습니다."

"그러면 돈도 생기지 않는데 왜 그런 일을 하는 겁니까?"

"그냥 좋아서 하는 일입니다."

이 마지막 말에는 조롱이 섞여 있었다. 그는 이 일로 2천만 프랑 내지는 3천만 프랑이 생기면 후작에게 그중 10%만 주겠다는 계획을 이미 쿠르빌에게 털어놓은 적이 있었다. 그러므로 그의 말은 원래의 계획과는 완전히 다른 것이었다. 그러나 그가 에를르몽 후작과 그녀 앞에서 이렇게까지 허세를 부린 이유는 자기가 돈을 번다는 생각보다 그에게 돈을 준다는 생각 때문이었다.

그는 단 하루 만에 에를르몽의 마음을 사로잡고 자신의 장기를 보여주었다는 기쁨에 머리를 꼿꼿이 세우고 그 넓은 방을 거닐고 있었다.

에를르몽은 뜻밖의 상황에 기가 꺾여 더 이상 웃음이 나오지 않았다.

"나에게 특별히 할 얘기가 있습니까?"

라울은 신이 났다.

"아니죠. 그 반대입니다. 후작님께서 제게 특별한 얘기를 해주셔야죠. 저야 그저 후작님을 돕기만 하면 되잖습니까. 저는 맡은 일에 착수할 때는 언제나 사전조사 기간을 둡니다. 처음부터 저를 믿으면 그 사전조사 기간이 짧아지겠죠. 하지만, 그러는 사람이 별로 없습니다. 의심할 만큼 의심하고 또 숨길 만큼 숨기는 게 보통입니다. 그러다 보면 저 혼자 다 조사를 해야 합니다. 남의 도움이 없이 모든 것을 조사한다는 것은 귀중한 시간낭비입니다. 제가 곧바로 단서를 파악할 수 있도록 도와주면 그것은 다 후작님에게 득이 되는 일입니다. 예를 들어, 수수께끼 같은 유산에는 뭐가 포함되어 있는지, 소송에 걸린 것은 없는지 저에게 가르쳐 주시면 더 좋다는 뜻입니다."

"그게 알고 싶은 전부요?"

라울이 손사래를 쳤다.

"아닙니다."

"그럼 뭘 또 원하는 거요?"

"이 집을 사시기 전에 이 집에서 일어난 비극적인 사건에 대해 앙토닌 앞에서 얘기해도 되겠습니까?"

에를르몽이 조금 떨리는 목소리로 대답했다.

"괜찮습니다. 엘리자베스 오르넹의 죽음에 대해서는 이미 그 애에게 얘기해 주었으니까."

"하지만 경찰에게도 밝히지 않았던 그 이상한 비밀에 대해서는 물론 얘기하지 않으셨겠지요?"

"비밀이라니, 뭘 말하는 거요?"

"엘리자베스 오르넹과의 사랑에 관한 얘기 말입니다."

라울은 그에게 생각할 시간을 주지 않았다.

"그것이 제게는 다른 어떤 것보다 이해가 되지 않는 문제입니다. 여자가 살해되고 그 여자의 목걸이가 없어졌다. 그래서 심문이 열렸다. 다른 목격자들과 똑같이 심문을 받았다. 하지만 죽은 여인과의 관계에 대해서는 한마디도 말하지 않았다. 그렇다면, 두 사람 사이의 관계에 대해 침묵을 지켰던 이유는 무엇일까요? 그리고 곧바로 그 뒤에 이 저택을 산 이유는 무엇일까요? 이 저택에 대해 미리 조사를 해두었던 것은 아닐까요? 그 당시에 이 지역 신문에 난 기사보다 더 많은 사실을 알고 있었던 것은 아닐까요? 볼닉의 비극과 유산의 행방 사이에 어떤 연관이 있는 게 아닐까요? 두 사건은 같은 요인으로, 같은 전개 과정을 거쳐, 같은 인물에 의해 저질러진 게 아닐까요? 제 질문에 정확하게 대답을 해주셔야 제가 곧바로 일에 착수할 수가 있습니다."

오랫동안 침묵이 흘렀다. 에를르몽은 계속 망설이고 있었다. 그러나 결국 입을 열지 않았다.

라울이 가볍게 어깨를 들어올리며 말했다.

"정말 유감이군요! 저를 믿지 못하는군요! 아직 사건이 매듭지어지지 않았다는 것을 모르시는 겁니까? 그 사건은 아직도 관계된 사람들의 마음속에 그대로 남아 있습니다. 인정하고 싶지는 않겠지만, 그 비밀을 굳이 숨기려고 하는 사적인 이유가 분명 있을 겁니다. 그런 생각을 해보지 않으셨습니까?"

라울은 에를르몽에게 다가가 그 옆에 앉았다. 그는 자신의 생각을 그에게 뚜렷이 밝혔다.

"제가 직접 이곳에 온 이유는 네 가지입니다. 첫째, 볼테르 부두의 중이층에 세를 얻어 살다가 여기에 와서 경매에 참가한 이유는 그저 다른 사람이 이 저택을 사지 못하도록 하기 위해서였습니다. 그래야 내가 다른 사람들의 방해를 받지 않고 마음껏 조사를 할 수 있으니까요. 둘째, 대도 폴의 애인인 클라라 라 블롱드 때문이기도 합니다. 클라라 라 블롱드가 파리에 있는 당신 집의 서재에 들어가 비밀 서랍을 열고 그 속의 사진들을 뒤진 일이 있었습니다."

라울은 잠시 한숨을 돌렸다. 그는 가능하면 앙토닌을 보지 않고 에를르몽에게 모든 시선을 집중시켰다. 그가 빤히 눈을 쳐다보자 에를르몽은 편치 않은 것 같았다. 그 기회를 놓치지 않고 라울은 일부러 목소리를 나지막하게 바꾸었다.

"셋째, 발데 때문입니다. …그는 후작님에게 가장 위험한 존재입니다."

에를르몽이 눈을 똥그랗게 뜨고 물었다.

"발데가 위험한 인물이라니, 그게 무슨 소리요?"

"발데라고 모르십니까? 조카인지, 사촌인지는 모르겠지만, 어쨌든 엘리자베스 오르넹의 친척이 있잖습니까?"

에를르몽이 수긍을 하지 않았다.

"터무니없는 소리 하지 말아요! 그럴 리가 없어요! 노름을 좋아하고 주색을 밝혀서 그렇지, 위험한 존재라니요? 말도 안 돼요!"

라울은 계속 에를르몽만을 쳐다보며 말을 이었다.

"발데는 다른 이름이 있습니다. 암흑가에서 통용되는 가명이 있습니다."

"범죄 세계에서 활동하고 있다는 얘깁니까?"

"발데는 경찰의 수배를 받고 있습니다."

"그럴 리가 없습니다!"

"발데가 바로 대도 폴입니다."

에를르몽 후작의 분노는 극에 달해 있었다. 그가 숨을 몰아쉬며 화를 냈다.

"대도 폴? 그럼 깡패 두목이란 얘기요? 난 그 말에 수긍할 수가 없습니다. 발데는 절대 폴이 아니오. 어떻게 그런 터무니없는 주장을 합니까? 절대, 발데가 절대 폴일 리가 없어요."

라울이 무례할 정도로 단정을 내렸다.

"발데가 바로 대도 폴입니다. 클라라 라 블론드가 침입했던 바로 그날 밤, 폴이 부두에 부하 몇 명을 세워놓고 숨어서 자기 옛날 애인을 기다리고 있는 현장을 제가 직접 목격했습니다. 클라라가 집에서 나오자, 그가 잡으려고 달려들었습니다. 그때 저도 그곳에 있었습니다. 그를 때려눕히고 보니까 발데였습니다. 마지막으로 네 번째 이유는 경찰 때문입니다. 공식적으로는 볼닉의 저택 사건에서 손을 뗐지만, 고르즈레 형사가 아직 미련을 버리지 못하고 개인적으로 수사를 하고 있습니다."

라울은 두 번씩이나 용기를 내어 앙토닌을 곁눈질해 보았지만, 그녀가 역광(逆光)의 위치에 서 있는 바람에 얼굴을 제대로 볼 수가 없었다. 그러나 그녀가 그의 말에 얼마나 괴로워하는지 충분히 짐작하고 있었다.

에를르몽 후작은 라울의 폭로에 심한 충격을 받은 것 같았다. 그가 고개를 끄덕이며 말했다.

"고르즈레 형사가 나를 심문한 적은 없지만, 그 사람의 이름은 기억합니다. 하지만 나와 엘리자베스 오르넹의 관계에 대해 알지는 못할 겁니다."

라울이 동의했다.

"그렇습니다. 하지만, 이 집의 경매 소식을 듣고 이미 이곳에 와 있습니다."

"정말입니까?"

"성루에서 봤습니다."

"그럼 경매장에도 왔었습니까?"

"아니오. 경매장에는 오지 않았습니다."

"아니 어떻게!"

"아직 그곳에서 떠나지 못했을 겁니다."

"아직 그곳에 있다니요?"

"끈으로 손과 발을 묶은 다음에 입에 재갈을 물리고, 눈도 천 조각으로 가려놓았으니까 꼼짝을 못하고 있을 겁니다."

에를르몽이 화를 벌컥 냈다.

"난 그런 일에 끼어들기 싫습니다!"

라울이 웃으며 말했다.

"후작님은 손가락 하나 까딱하지 않았는데요, 뭐. 전적으로 모든 책임은 저에게 있습니다. 예의상 말씀드린 것뿐입니다. 서로의 안전을 위해 그리고 우리의 계획을 차질 없이 수행하기 위해 필요한 모든 것을 하는 것이 제 의무입니다."

장 에를르몽은 그가 아무런 보상을 원치 않고 그냥 도와주겠다고 말했을 때 이미 그의 속셈을 알아차리고 있었다. 그러나 여러 가지 상황이나 라울의 단호한 의지를 살펴볼 때 그는 이미 그와 협력을 하지 않을 수 없는 처지였다.

라울이 말을 계속했다.

"상황이 이렇습니다. 꽤 심각합니다. 앞으로 더 심각한 상황이 벌어질지도 모릅니다. 특히 발데의 경우가 그렇습니다. 그런 상황이 벌어지면 저는 즉각적인 행동을 취할 수밖에 없습니다. 클라라 라 블롱드는 폴에게 위협을 받고 있습니다. 제가 알기로는 폴이 당신에게 기필코 복수를 할 겁니다. 제가 먼저 선수를 쳐서 내일 저녁에 경찰이 그를 체포하도록 해야 하겠습니다. 그러면 그가 어떻게 나올까요? 대도 폴이 바로 발데와 동인 인물이라는 것이 밝혀질까요? 후작님과 엘리자베스 오르넹의 관계를 폭로하고, 15년이 지난 사건을 다시 물고늘어지지는 않을까요? 저도 무슨 일이 일어날지 장담할 수가 없습니다. 그래서 제가 모든 내용을 알고자 하는 겁니다."

라울은 그가 입을 열기를 기다렸다. 그러나 이번에는 오래 기다리지 않아도 되었다. 에를르몽 후작이 잡아뗐기 때문이었다.

"나는 아는 게 없습니다. …말할 수가 없습니다."

라울이 자리에서 일어났다.

"좋습니다. 그럼 제가 직접 알아내겠습니다. 시간이 많이 걸릴 겁니다. 애로사항도 많고 곤란한 점도 많을 테니까요. 그러나 그것은 제 책임이 아닙니다. 여기에서 언제 떠날 예정입니까?"

"내일 아침 8시에 차로 떠날 예정입니다."

"좋습니다. 고르즈레 형사는 내일 아침까지는 꼼짝하지 못할 겁니다. 비시에서 10시 기차나 탈 수 있을지 모르겠습니다. 르바르동 부인이 고르즈레에게 두 분의 계획에 대해 발설한다면 모를까, 현재로서는 모든 것이 안전한 셈입니다. 파리에 머물 예정입니까?"

"하룻밤만 있을 겁니다. 약 3주 동안은 없을 겁니다."

"3주라? 그러면 25일 뒤, 그러니까 7월 3일 수요일 오후 4시에 저택의 테라스 앞에서 만납시다. 괜찮겠습니까?"

"좋습니다. 그때까지 생각해 보겠습니다."

"무엇을요?"

"지금까지 얘기한 문제에 대해 생각해 보겠습니다."

라울이 그 말에 웃기 시작했다.

"그럼, 너무 늦을 겁니다."

"늦다니요?"

"이 사건에 대해 그렇게 많은 시간을 쓸 필요가 없습니다. 25일 이내에 완전히 해결이 될 겁니다."

"뭐가 해결된다는 말입니까?"

"후작님의 문제가 해결된다는 말입니다. 7월 3일 오후 4시면, 그 비극적인 사건과 그 주변에 얽힌 미스터리에 대한 진실을 말해줄 수 있을 겁니다. 할아버지가 남긴 재산도 찾아 가지고 오겠습니다. …앙토닌은 이 집에 정이 가는 것 같더군요. 그러니까 그때 앙토닌이 원한다면, 제가 방금 지불한 수표를 돌려 받고 이 집을 다시 그대로 돌려드리겠습니다."

"정말 그때까지 성공할 수 있겠습니까?"

"성공하지 못할 수도 있겠죠."

"무슨 말입니까?"

"죽으면 성공할 수가 없겠죠."

라울은 모자를 들고 팔을 가슴에 대며 작별인사를 했다. 그는 아무 말 없이 돌아서서 방을 나갔다. 걷는 모습이 기분이 좋을 때의 모습 그대로였다.

현관을 지나가는 발자국 소리가 들렸다. 잠시 뒤 타워의 문이 닫히는 소리가 들렸다.

바로 그 순간, 에를르몽은 갑자기 정신이 번쩍 드는 것 같았다. 그는 허공을 바라보며 혼자 중얼거렸다.

"아냐. …아냐. …처음 만난 사람을 믿어서는 안 돼. …특별히 숨길 거야 없지만, 그런 사람과 같이 일을 할 수는 없어."

앙토닌은 아무 말을 하지 않았다. 그러자 그가 그녀에게 물었다.

"너도 나하고 같은 생각이니?"

그녀는 그의 물음에 당황했다.

"전 모르겠어요. …전 정말로 모르겠어요."

"그 사람은 사기꾼이야! 가명이 있다고 하잖아. 도대체 어디에서 나타난 사람인지 모르겠다. 더군다나 내 개인적인 문제나 캐고 있으니… 무슨 꿍꿍이속인지 모르겠다. 경찰을 희롱하기까지 하고… 대도 폴을 잡아 넘기겠다니."

그가 라울에 대해 이런저런 얘기를 하더니 갑자기 말을 멈췄다. 잠시 생각하는 것 같았다.

"대단한 친구야. 성공할 수 있을지도 모르겠다. …특별한 구석이 있어."

앙토닌이 조그만 목소리로 대답했다.

"정말 특별한 사람이에요."

대도 폴의 추적

　　　라울과 오디가 변호사 사이의 면담은 금방 끝났다. 오디가의 몇 가지 형식적인 질문에 라울의 대답은 막힘이 없고 자신이 있었다. 오디가는 그의 치밀하고 시원시원한 성격이 마음에 들어, 가능한 한 빨리 모든 행정 절차를 밟겠다는 약속을 했다.

　이제 거리낄 것이 없었으므로 라울은 직접 차를 몰고 그곳을 떠나 비시로 향했다. 그는 그곳에 방을 잡은 뒤 저녁을 먹었다. 그가 다시 볼닉으로 돌아온 것은 저녁 11시경이었다. 이미 철저하게 조사를 끝마친 뒤였으므로 그는 그곳 지리를 잘 알고 있었다. 볼닉 저택은 외부인의 접근이 완전히 차단된 곳이었다. 그러나 아무리 철옹성이라고 해도 들어갈 수 있는 구멍은 있기 마련이었다. 저택 안으로 들어가는 데 성공한 그는, 성루로 천천히 발걸음을 옮겼다. 고르즈레 형사가 담쟁이덩굴 아래에 있는 것이 눈에 보였다. 그는 아직도 손발이 묶인 채 꼼짝하지 못하고 있었다.

라울이 그의 귀에 대고 말했다.

"몇 시간 동안 이곳에서 푹 쉬도록 해주었으니 내게 감사해야 할 거요. 햄과 치즈, 그리고 레드 와인도 가져왔으니 들고 기운이나 차리시오."

라울은 그의 입에 물린 재갈을 가만히 풀어주었다. 그러자 그가 숨이 넘어갈 듯이 욕을 퍼부어 댔다. 어찌나 화를 내는지 그가 하는 말을 알아들을 수조차 없었다.

라울은 머리를 끄덕이며 말했다.

"아직 배가 덜 고픈 모양이군. 그럼 먹지 마. 이거 괜히 방해해서 미안해."

그는 다시 재갈을 물리고 끈이 제대로 묶여 있나 찬찬히 살펴본 뒤, 그곳을 떠났다.

정원에는 정적만이 감돌고 있었다. 테라스에도 사람의 모습이 보이지 않았다. 집 전체가 암흑처럼 캄캄했다. 라울은 그날 오후에 미리 보아두었던, 창고의 지붕 밑에 있는 사닥다리를 들어다 장 에를르몽의 방 창문 아래에 세웠다. 푹푹 찌는 한여름이었으므로, 창문은 활짝 열려 있었다. 그는 창문 앞에 쳐진 덧문의 걸쇠를 어렵지 않게 풀고 안으로 들어갔다.

에를르몽의 숨소리가 규칙적으로 들렸다. 그가 플래시를 켜자, 의자 위에 곱게 접어놓은 에를르몽의 옷이 보였다.

라울은 그의 코트 주머니에서 수첩을 꺼냈다. 그 안에는 앙토닌의 엄마가 보낸 편지가 들어 있었다. 그가 밤에 몰래 숨어든 이유는 바로 그것 때문이었다.

그는 편지의 내용을 읽고 나서 혼자 중얼거렸다.

'역시 내가 생각했던 대로군. 앙토닌의 엄마는 에를르몽의 애인이었어. 결국 앙토닌이 그의 딸이란 셈인데, 이 정도 결과면 충분해!'

그는 편지를 제자리에 넣은 다음 다시 창문 밖에 세워진 사다리를 타고 내려왔다.

그곳에서 오른쪽으로 세 번째 방이 앙토닌의 방이었다. 그는 사닥다리를 옮기고 그녀의 방으로 올라갔다. 역시 그녀의 방도 덧문은 닫혀 있었지만, 창문은 열려 있었다. 그는 창을 뛰어넘어 들어갔다. 플래시를 비추자 그녀의 침대가 보였다. 앙토닌은 벽 쪽으로 머리를 둔 채 잠이 들어 있었다. 금발의 머리가 침대 위에 헝클어져 있었다.

그는 가만히 서 있었다. 1분이 지나고 다시 또 1분이 지났다. 그리고 다시 또 1분이 지났다. 그가 움직일 수 없던 이유는 무엇일까? 무방비 상태로 자고 있는 그녀의 침대로 다가서지 못한 이유는 무엇일까? 며칠 전, 그 서재에서 일어났던 일이 떠올랐기 때문이었다. 라울을 보고 벌벌 떨던 그녀의 모습, 한 손으로는 그의 손을 꼭 쥐고 다른 한 손으로는 그의 팔을 어루만지던 그녀의 애처로운 모습 때문이었다. 그날 오후에 그녀가 이해할 수 없는 행동을 했다고는 하지만, 그녀가 감히 반항하지 못하리란 사실을 뻔히 알고 있으면서도 그가 그녀에게 다가갈 수 있는 그 좋은 기회를 마다한 이유는 바로 그 때문이었다.

그는 더 이상 머뭇거리지 않고 그녀의 방에서 나왔다.

그는 그 저택을 떠나며 혼자 중얼거렸다.

'나도 참 멍청하지! 잘난 척은 혼자 다 하면서, 결국 짝사랑하는 사람처럼… 그저 언제나 원하는 것은 하지도 못 하고….'

그는 다시 비시로 가는 길로 차를 돌렸다. 그는 그곳에서 하룻밤을 묵고 바로 그 다음 날 아침 파리로 돌아갈 작정이었다. 그는 에를르몽과 그녀가 있던 자리, 그 유서 깊은 저택에 있었다는 사실 하나에 스스로 위안을 느끼고 있었다. 이 사건에 뛰어든 지 며칠 되지 않았지만, 그 정도 성과를 거둔 것으로 만족을 하고 있었다.

그는 자신이 이 사건에 뛰어든 것은 보수를 바라서가 아니라 분명 에를르몽의 딸인 앙토닌에 대한 욕심 때문이란 생각이 들었다.

그가 다시 혼자 중얼거렸다.

'아냐. 이러면 안 돼. 자제를 하자. 욕심을 버리자. 체신을 잃지 말자. 아니지. 그럼 내가 원하는 것은 … 결국 무엇인가? 에를르몽의 유산이란 말인가? 그 저택이란 말인가? 성공에 대한 자부심이란 말인가? 그래, 내 목표는 앙토닌 하나뿐이야! 중요한 것은 바로 그거야. 나도 참 어리석은 놈이지! 후작의 비위나

맞추고 잘난 여자 하나 꼬시기 위해 억만금도 싫다고 하다니, 참 멍청해! 마치 돈키호테 같군!'

그녀의 모습이 계속 격렬하게 그의 뇌리를 스치고 있었다. 그러나 그에게 떠오르는 것은, 불안한 표정으로 도망치려 하던 수수께끼 같은 볼닉 저택에서의 그녀의 모습이 아니었다. 그렇다고, 며칠 전 파리에 있는 에를르몽의 아파트 서재에 몰래 들어왔다가 들켰을 때의, 슬픈 표정으로 고분고분 말을 듣던 앙큼한 여자의 모습도 아니었다. 떠오르는 것은, 그녀가 그의 아파트 문의 벨을 눌렀을 때 스크린에 언뜻 비쳤던 바로 그 모습이었다. 생기와 희망이 한없이 넘치는 매력적이고 해맑은 그녀의 모습이었다.

그는 속이 상했다. 도대체 그녀가 그런 행동을 보인 이유가 무엇인지 궁금했다. 에를르몽 후작이 자기 아버지란 사실을 알고 그녀가 그런 이상한 행동을 한 것은 아닐까? 그녀가 자기 아버지에게 복수를 하려는 것은 아닐까? 돈에 욕심이 나서 그러는 것은 아닐까?

라울은 앙토닌과 그녀 주변의 여러 가지 문제에 대해 생각하느라 그만 평소의 습관과는 달리 완행열차를 타고 말았다. 중간에 점심을 먹고 그가 파리에 도착한 것은 오후 3시였다. 쿠르빌이 이사할 준비를 제대로 해놓았는지 확인하기 위하여 그는 아파트로 갔다. 아파트 계단의 중간 부분에서부터 그가 갑자기 서너 칸씩 계단을 건너뛰어 오르기 시작했다. 그가 현관문을 박차고 안으로 들어가자 쿠르빌이 깜짝 놀란 표정을 지었다. 그러나 그는 아랑곳하지 않고 전화기를 집어들고 숨이 넘어갈 듯한 목소리로 교환을 불렀다.

"이런 참! 올가 여왕하고 점심 약속이 있다는 사실을 까맣게 잊고 있었네. 여보세요! 교환, 트로카데로 팔라스 호텔 부탁합니다. …올가 여왕님 방 좀 바꿔 주세요. …여보세요. 지금 전화를 받는 분은 누구시죠? 아! 여왕님의 미용사인 샬로트이시군요! 요즘 어떠세요? 어때요, 그곳 일은 재미있겠죠? 네? 내일 각하께서 도착하신다고요? 올가 여왕님이 속상하시겠는데요! 여왕님 좀 바꿔 주세요. …얼른요."

그가 잠시 기다리자, 나긋나긋하고 활기에 찬 목소리가 들렸다.

"올가 여왕님이시군요! 전화 통화하기가 이렇게 힘들어서야 어디 원! 전화하는 데 두 시간이나 걸렸어요. 정말 힘드네요. …불쾌하다니요? 뭐라고요? 제가 못된 사람이라고요? 올가, 화내지 말고 내 말 좀 들어봐요. 파리에서 80킬로미터 떨어진 곳에서 차가 고장나는 바람에 어쩔 수가 없었단 말이에요. 차가 고장났는데 내가 어쩝니까? …지금 뭐 하세요? 마사지 받아야 한다고요? …올가, 제발 내 말을 믿어줘요!"

상대편에서 찰칵 하고 전화를 끊는 소리가 들렸다. 올가가 화가 나서 전화를 끊은 것이 틀림없었다.

그가 웃으며 말했다.

"잘됐어! 화가 많이 났겠지. 하지만, 나도 이제 지겨워!"

쿠르빌이 나무라는 투로 중얼거렸다.

"보로스티리 여왕님이군요! 하긴 지겨울 때도 되었겠죠!"

라울이 그에게 말했다.

"이제 여왕 따위에는 관심 없어요. 쿠르빌, 며칠 전에 이곳에 들렀던 젊은 아가씨 알죠? 몰라요? 아니 그게 말이 돼요? …에를르몽을 찾아왔던 예쁘장하고 착하게 생긴 아가씨 말이에요. 지난 이틀 동안 그들과 같이 시골에 있다 오는 길이에요. 에를르몽도 내가 그녀와 사귀는 것을 허락했어요. 나는 이제 그녀와 결혼을 할 겁니다. 당신이 들러리를 서면 좋겠군요. 말이 났으니 말인데, 이제는 그의 비서직은 그만두세요."

"네에?"

"아니면 그가 당신을 해고할 거요. 그러니까, 먼저 선수를 치세요. 여동생이 아파서 간호해야 한다고 말하고 그만두세요."

"저는 여동생이 없는데요."

"괜찮아요. 그런 말 한다고 그 사람에게 해가 되는 것은 없으니까. 옷이나 챙겨 나가세요."

"그럼, 어디로 가야 하죠?"

"다리 밑에서 살든가, 아니면, 오퇴이유 교외에 있는 차고에서 살든가, 그건 맘대로 하세요. 알았죠? 그럼 서두르세요. 에를르몽 후작의 물건들은 손대지 말고 있던 그대로 두세요. 아니면, 내가 가만 있지 않을 겁니다."

쿠르빌이 겁을 먹고 서둘러 나갔다. 라울은 의심을 받을 만한 것들이 남아 있는지 살펴보고 필요 없는 서류는 파기한 다음 서둘러 차에 올랐다. 4시 30분이었다. 리옹 역에 도착하자마자 그는 비시 발(發) 열차의 도착 시간을 확인하고 열차가 도착할 플랫폼의 입구에 자리를 잡았다.

 기차에서 내린 사람들이 서둘러 출구로 오고 있었다. 고르즈레 형사의 딱 벌어진 어깨가 보였다. 그가 역무원에게 표를 주고 밖으로 나왔다.

 라울이 그의 어깨에 손을 얹고 미소를 지으며 말했다.

 "여행은 재미있었습니까?"

 고르즈레는 그렇게 쉽게 놀랄 사람이 아니었다. 그는 경찰 생활을 하는 동안 산전수전을 다 겪은 사람이었다. 하지만, 그런 그도 어쩔 수가 없었다. 그는 황당하다는 표정을 지을 뿐, 감히 말을 꺼내지 못하고 있었다.

 놀란 사람은 라울이었다.

 "그곳에서 무슨 일이 있었습니까? 병이 난 것은 아니겠지요? 여기에서 이렇게 다시 만나니 정말 반갑습니다!"

 고르즈레 형사가 그의 손을 잡아끌었다. 화가 몹시 난 것 같았다.

 "나쁜 놈! 내가, 어젯밤 네놈 얼굴을 못 본 줄로 아나 본데? 날 그렇게 골탕 먹이다니! …잘됐다. 같이 경찰서로 가자. 얘기할 게 있으면 가서 얘기하자."

 그가 목소리를 높이자, 지나가던 사람들이 주위에 몰려들었다.

 라울이 말했다.

 "맘대로 하시지. 하지만, 내가 여기에 나타나서 인사를 한 데에는 분명 무슨 이유가 있을 것 같은데… 한번 잘 생각해 보시오. 호랑이굴 속에 들어가는 놈이 아무 준비도 없이 들어가겠소?"

라울의 이 한마디에 그가 눈을 동그랗게 뜨고 물었다.

"네놈이 원하는 게 뭐지?"

"어떤 사람에 대한 정보를 알려주려고 했더니 틀렸군!"

"누구에 대한 얘기지?"

"당신이 제일 싫어하는 사람. 다 잡았다 놓쳤던 자 있잖아? 그자를 잡는 게 급선무일걸. 그래야 경력도 올라갈 테고. 누군지 이름을 얘기해도 되겠소?"

고르즈레가 사색이 되어 물었다.

"대도 폴 얘기인가?"

라울이 대답했다.

"그래. 폴에 대한 정보가 있지."

"그래서?"

"그래서라니?"

"폴에 대해 얘기하려고 여기 역까지 나왔다고 했잖아?"

"그건 그렇지."

"그래서, 그놈에 대해 무슨 얘기를 하려고 그러는 것이지?"

"별건 아니야. 그냥 제안이나 한번 해볼까 해서 말일세."

"제안?"

"대도 폴을 체포하면 어떻겠느냐고?"

고르즈레는 꼼짝하지 않았다. 그러나 라울은 약간의 변화도 놓칠 사람이 아니었다. 고르즈레의 콧구멍이 떨렸다. 그의 눈꺼풀이 씰룩 일그러졌다. 그가 동요하고 있는 것이 틀림없었다.

고르즈레가 라울을 넌지시 떠보았다.

"1주일 뒤? 아니면 2주일 후쯤…?"
라울이 단호하게 선을 그었다.
"오늘 밤."
그의 눈꺼풀이 다시 떨렸다.
"그에 대한 보상은?"
"3프랑50상팀이면 돼!"
"웃기는 소리 하지 마. 정말로 원하는 것이 뭔가?"
"나하고 클라라는 그냥 내버려두었으면 좋겠소."
"알았어. 약속하지."
"맹세할 수 있소?"
고르즈레가 웃으며 단호하게 말했다.
"그래 좋다! 내 명예를 걸고 맹세하지!"
라울이 그에게 말했다.
"그럼, 부하 다섯 명만 나한테 붙여 주시오."
"뭐야? 그놈 부하가 그렇게 많다는 얘긴가?"
"한둘이 아니지."
"알았어! 다섯 명 데리고 가지."
"혹시 아랍이 누군지 아시오?"
"그놈이야 내가 잘 알지! 굉장히 무서운 놈이야."
"그놈이 대도 폴의 오른팔이라더군."
"그렇겠지."
"그놈들이 매일 밤 한잔하러 모이는 데가 있어."
"거기가 어디지?"

"몽마르트에 있는 에크르비스라는 바야."

"그 술집은 나도 알고 있지."

"나도 그 술집에 대해서는 잘 알고 있으니까… 당신은 지하실로 내려가서 밖으로 난 비밀 출구를 지키고 있으면 되겠군."

"알았어. 그곳은 내가 지키도록 하지."

라울이 다시 한 번 못을 박았다.

"6시 45분까지 와야 하오. 지하실을 덮칠 때 반드시 리볼버를 꺼내들고 오고…. 나는 미리 그곳에 가 있을 거요. 하지만 기수(騎手)에게는 총을 쏘면 안 돼. 내가 기수로 변장하고 있을 테니까. 비밀 통로에는 부하 2명을 배치시키고 도망가는 놈은 무조건 잡으라고 하시오. 내 말 알아들었소?"

고르즈레는 우두커니 서서 그의 말을 곰곰이 되새겨 보았다. 그 술집까지 따로 가자고 하는 이유가 무엇일까? 다른 꿍꿍이속이 있어서 그러는 것은 아닐까? 다시 한 번 골탕을 먹이려는 게 아닐까?

고르즈레는 대도 폴만큼이나 라울이 싫었다. 그에게 너무 쉽게 당한 자신이 부끄러웠다. 더군다나 전날 밤 그가 폐허가 다 된 그 낡은 성루에서 자신에게 보여준 모욕적인 행동을 생각하면 피가 끓어올랐다. 그러나 대도 폴을 잡는다는 것은 그에게 무시할 수 없는 유혹이었다. 상상만 해도 대단한 일이었다.

라울과 클라라 라 블롱드는 나중에 함께 잡을 수 있다는 생각에, 고르즈레 형사는 큰 소리로 대답을 했다.

"좋아! 6시 45분에 그곳을 덮치겠소!"

에크르비스 바

　에크르비스 바는 삐딱한 사람들이 즐겨 찾는 술집이었다. 화단(畵壇)이나 언론계의 이단아, 구직에는 전혀 관심이 없는 실직자, 어딘지 모르게 앳되어 보이는 꽃미남, 요조숙녀처럼 모자를 쓰고 액세서리로 한껏 멋을 낸 영계가 이 술집의 주고객이었다. 그러나 대부분의 손님들은 대체로 조용한 편이었다. 좀더 이색적이고 특별한 분위기를 즐기려는 사람들은 정문을 이용하지 않고 외부의 비밀 통로를 따라 홀 뒤에 마련된 스페셜 룸을 이용하였다.
　이 스페셜 룸에는 살이 뒤룩뒤룩 찐, 몸집이 커다란 남자가 안락의자에 몸을 파묻고 있었다. 이 술집의 주인인 것 같았다.

낯선 손님이 들어오면 안락의자에 앉은 남자가 반드시 길을 가로막고 몇 마디를 물어본 뒤에야 쪽문으로 입장을 시켜주고 있었다. 쪽문으로 들어가면 좁은 통로가 나오고, 그 좁은 통로를 지나 징이 박힌 문을 열고 들어가야 스페셜 룸이 나왔다. 문을 열자, 음악 소리가 들렸다. 코를 찌르는 담배연기와 곰팡이가 핀 것처럼 축축한 냄새에 숨이 막힐 것 같은 분위기였다.

아치형의 지하 홀은 제법 크기가 컸다. 벽에는 위로 올라가는 계단이 설치되어 있었다. 15개나 되는 계단의 발판은, 발판이라기보다는 그저 쇠막대 가로장에 불과했다. 그 시간, 안에서는 너덧 커플이 늙은 장님 악사의 바이올린 연주에 맞춰 춤을 추고 있었다.

술집 주인의 아내는 지하 홀 끝에 있는 아연 철판으로 된 카운터 뒤에서 계산을 맡아 보고 있었다. 그녀는 남편보다 뚱뚱한 몸매에 목걸이로 한껏 멋을 부리고 있었다.

테이블은 무려 12개나 되었지만 이미 손님들로 만원이었다. 한 테이블에서는 남자 두 명이 말도 없이 담배만 피우고 있었다. 아랍과 폴이었다. 아랍은 펠트 모자에 올리브색 코트를 입고 있었다. 대도 폴은 칼라가 없는 셔츠 위에 밤색 스카프를 두르고 머리에는 캡(cap)을 쓰고 있었다. 꾀죄죄하고 늙수그레한 모습이었다.

아랍이 웃으며 말했다.

"야, 이러니까 진짜 백 살 정도 먹은 늙은이처럼 보이는데요!"

폴이 신경질을 냈다.

"입 다물고 있어!"

아랍이 되받았다.

"왜 그래요? 그렇게 보이면 어때요? 하지만, 얼굴색이 안 좋은 걸 보면 걱정되는 게 있는 것 같은데, 무슨 일이에요? 그럴 필요 없잖아요?"

"다 이유가 있어서 그래."

"걱정하는 이유가 뭔데요?"

"아무래도 감시를 당하고 있는 것 같아."

"누구에게 감시를 당하고 있는데 그래요? 지난 3일 동안 계속 잠자리를 바꾸었잖아요. '자라를 보고 놀란 가슴 솥뚜껑 보고 놀란다'고 하더니 괜한 걱정하지 말아요. 여기에 두목을 위해 충성을 바칠 애들이 20여 명이나 되는데 뭘 걱정해요?"

"그거야 내가 애들에게 돈을 대주니까 그러는 거지."

"그래서요? 그럼, 대통령처럼 경호를 받아야 한다는 얘기예요?"

손님들이 하나둘씩 들어오기 시작했다. 곧바로 테이블에 앉는 손님도 있었고, 춤을 추러 나가는 손님도 있었다. 아랍과 폴은 의심쩍은 눈초리로 새로 들어온 손님들을 하나하나 살펴보았다. 아랍이 웨이트리스에게 사인을 보냈다.

그녀가 다가오자 그가 낮은 목소리로 물었다.

"저 앞에 앉아 있는 영국인은 누구야?"

"사장님이 그러시는데, 기수래요."

"이곳에 오던 손님이냐?"

"제가 신참이라서 그건 잘 모르겠어요."

장님 악사가 탱고를 연주하자, 어떤 여자 가수가 마스크를 쓰고 나와 허스키한 목소리로 노래를 불렀다. 콘트랄토에 가까운 음정이었다. 묵직하게 깔리는 그녀의 음성이 홀 안의 음울하고 고요한 분위기와 조화를 이루고 있었다.

아랍이 넌지시 물었다.

"클라라 때문에 이러는 거죠? 그녀가 도망간 걸 용납할 수 없겠죠."

대도 폴이 손을 움켜쥐며 힘주어 말했다.

"가만히 잠자코 있어! …클라라가 도망간 건 문제가 아니야. …그녀가 그놈에게 홀딱 빠졌다면, 그게 정말 끔찍한 문제란 말이야."

"라울이라는 놈 말입니까?"

"후우! 언젠가는 그놈을 아주 박살을 내야 할 텐데."

"박살을 내려면, 우선 그놈을 찾아야 하는데… 지난 4일 동안 아무리 찾아봐도 그놈 행방이 묘연하더라고요."

"언젠가는 찾겠지. 안 되면…."

"안 되면, 우리만 곤란하게 되잖아요. 그놈 때문에 걱정이 쌓일 테고."

폴이 펄쩍 뛰었다.

"이 미친놈! 그놈 때문에 걱정할 게 뭐가 있어? 길고 짧은 건 대봐야 안다고. 둘 중에 한 사람이 죽어야 해결될 문제야!"

"당연히 폴이 이기겠죠?"

"그걸 말이라고 해?"

아랍이 멋쩍은 표정을 지으며 말했다.

"그래도 여자 하나 때문에…."

"클라라는 내 인생의 전부야. 그녀가 없으면 난 죽은 거나 마찬가지야."

"그녀가 싫다고 하면…."

"그러면 어쩔 수 없겠지. 그녀에게도 다른 사람을 사랑할 수 있는 권리는 있으니까. 그녀가 그날 오후에 라울이란 놈의 집에 들렀던 게 분명해?"

"틀림없어요. 그 정보를 얻으려고 관리인에게 100프랑이나 주었는걸요."

폴이 주먹을 움켜쥐고 몸을 부르르 떨더니, 부드득 이를 갈았다. 화가 난 것이 분명했다. 아랍은 그가 뭐라고 하든 아랑곳하지 않았다.

"그녀가 가장 먼저 들른 곳은 라울의 집이에요. 에를르몽 후작의 아파트에는 그 뒤에 들렀고요. 후작의 아파트에서 내려오다 그 건물의 중이층에서 한바탕 소란이 벌어졌는데 고르즈레 형사가 있으니까 도망을 친 거예요. 그리고 그날 저녁 둘이서 후작의 아파트에서 함께 수작을 벌인 겁니다."

폴이 궁금한 표정으로 물었다.

"도대체 두 사람이 찾으려고 한 게 뭐야? 내가 잃어버린 열쇠로 그 집에 들어갔던 게 분명해. 하지만, 무엇 때문에 그곳에 들어갔을까? 도대체 그 속셈을 알 수가 없잖아? …아, 생각난다! 에를르몽이 클라라의 엄마와 잘 아는 사이라고 얘기했던 적이 있어! 그리고 전할 말이 있다고도 했어. 하지만 그게 무엇인지는 말하지 않았는데! …그래, 그게 바로 수상해! 도대체 이해할 수가 없는 여자야! 거짓말을 한 건 아닐 테고… 자기 이름처럼 솔직한 여자니까. 하지만 도통 그 속내를 알 수가 없어."

아랍이 빙긋 웃으며 말했다.

"폴, 힘내요! …그렇게 시무룩하게 있을 필요 없어요! 오늘밤 새로 여는 카지노에 간다고 하지 않았어요?"

"블루 카지노?"

"그 블루 카지노에서 좋은 여자 하나 새로 구해요. 그게 속 편한걸요."

홀에 사람들이 차기 시작했다. 담배연기가 자욱한 홀에는 15쌍의 커플들이 춤을 추고 노래를 부르고 있었다. 장님 악사와 마스크를 한 가수가 열심히 그 분위기를 맞추고 있었다. 여자들이 어깨를 드러낼 정도로 흥분하자 파트너들이 옷을 단정히 하라고 충고할 정도로 열광적인 분위기였다.

폴이 물었다.

"지금이 몇 시지?"

"6시 40분 정도 됐을 거예요."

잠시 시간이 흘렀다.

폴이 다시 입을 열었다.

"저기 있는 젊은 친구 있지? 벌써 나하고 두 번씩이나 눈이 마주쳤어!"

아랍이 대수롭지 않다는 듯이 말했다.

"경찰 끄나풀쯤 되겠죠. 같이 한잔 하자고 해봐요!"

두 사람은 더 이상 서로 말을 하지 않았다. 바이올린을 켜는 소리가 줄어드는 듯싶더니 이내 끊겼다. 고요한 침묵만이 흘렀다. 마스크를 쓴 가수가 길게 호흡을 가다듬고 기다리는 모든 손님을 위해 마지막 소절을 저음으로 깔려는 순간이었다. 이때, 갑자기 위에서 호루라기 소리가 날카롭게 들렸다. 그리고 곧이어 쿵쾅거리며 계단을 내려오는 소리가 시끄럽게 들렸다.

계단 끝의 문이 확 열렸다. 어떤 남자의 모습이 보였다. 다시 다른 두 남자의 모습이 보였다. 드디어 고르즈레 형사가 등장했다. 그가 리볼버를 겨누며 소리를 질렀다.

"모두 손을 머리 위로 올려! 까부는 놈은 무조건 쏴버릴 테니까!"

그가 공포를 한 방 쏘았다. 그의 부하 세 명이 계단 밑으로 내려와 큰 소리로 외쳤다.

"모두 손들고 꼼짝하지 마!"

홀 안에 있던 사람들이 경찰 앞에 무릎을 꿇었다. 모두 40명은 되는 것 같았다. 그러나 무섭게 카운터로 돌진하는 사람들이 있었다. 기수라고 하면서 미리 와 있던 영국 사람도 폴이 도망치는 것을 막을 수는 없었다. 술집의 여주인이 막아보려 했지만, 결국 카운터는 난장판이 되고 말았다. 카운터에는 비밀 통로가 있었다. 너도나도 그 틈으로 빠져나가려고 하는 바람에 카운터는 완전히 아수라장이었다. 이 순간적인 난장판 속에서 동시에 그곳을 빠져나가려는 사람 2명이 있었다. 의자 위에 올라서 있던 영국인은 그들이 아랍과 폴이란 것을 한눈에 알아볼 수 있었다.

육탄전이 벌어졌다. 가까이 다가오고 있는 경찰의 손에 잡히고 싶은 사람은 없었다. 총성이 두 발 울렸다. 그러나 모두 빗나갔다. 결국 잡힌 것은 아랍이었다. 폴은 이미 그 컴컴한 비밀 통로를 빠져나가 문을 닫고 사라진 뒤였다. 바로 그 순간 경찰이 들이닥쳤다.

고르즈레 형사가 달려왔다. 의기양양한 모습이었다. 그의 부하 5명이 몸으로 닫힌 문을 열려고 해보았지만 소용이 없었다.

고르즈레가 씩씩거렸다.

"다된 밥에 코 빠트렸어."

영국인 기수가 빈정댔다.

"그놈의 대도 폴을 다 잡았다가 놓쳤으니 그런 셈이겠지."

고르즈레 형사가 영국인 기수를 쳐다보았다. 라울이었다.

"빠져나갈 구멍은 없어. 사명감이 투철한 플라망을 밖에 배치해 두었으니까 걱정하지 않아도 돼."

"하지만 나가서 확인해보는 게 좋을 거요."

고르즈레 형사의 지시에 따라 폴의 부하들에게는 수갑이 채워졌다. 다른 사람들은 한쪽 구석으로 몰린 채 총을 보고 벌벌 떨고 있었다.

라울이 고르즈레 형사를 붙들고 말했다.

"저기 있는 아랍과 잠시 얘기를 해도 괜찮을까? 불게 있는 것 같은데… 당장 다그치면 뭔가 나올 거야."

고르즈레 형사가 괜찮다는 승낙을 했다.

라울이 아랍의 옆에 앉아 조용히 물었다.

"나를 기억하겠지? 볼테르 부두에서 만났을 때 2천 프랑을 주었던 사람 기억 안 나? 돈이 더 필요하지 않아?"

아랍이 속사포처럼 쏘아댔다.

"난 배신하고 싶지 않아. …특히 지금은."

"좋아! 폴의 추적을 막기 위해 살신성인의 정신을 발휘했다고 치자. 하지만 곧 밖에서 잡힐걸."

아랍이 발끈하며 소리를 질렀다.

"그렇게 마음대로 되지는 않을걸! 빠져나갈 구멍은 따로 있으니까. …비밀 통로로 올라가는 계단이 있거든."

라울이 분통을 터뜨렸다.

"망할 자식! 그 문제는 고르즈레 형사에게 맡겨두자고."

"라울, 당신 경찰 끄나풀 아니야?"

"아니야. 하지만 가끔 협력할 때가 있지. 그래, 내가 뭘 도와줄까?"

"지금은 아무것도 필요 없어. 당신에게 돈을 받아봐야 다 빼앗기고 말걸. 나는 아무런 혐의가 없으니까 곧 풀려날 거야. 내가 풀려나면 나중에 내 사서함으로 부쳐. 사서함 번호는 A. R. B, E. 79야."

"나를 어떻게 믿지?"

"믿을 수밖에 없잖아."

"그래. 네 말이 맞군. 얼마면 되겠나?"

"5천 프랑."

"욕심이 과하군!"

"그 이하로는 안 돼."

"좋아. 그 대신 조건이 두 가지 있어. 첫째, 정확한 정보를 제공할 것. 둘째, 클라라 라 블롱드에 대해서는 입을 다물 것. 그나저나, 폴을 찾을 수 있는 방법이 없을까?"

"왜 없어? 있어. 치사한 놈이 나를 곤경에 빠뜨렸어. 오늘 밤… 10시에 나타날 거야. 새로 오픈하는 카지노 블루에 가봐."

"혼자 나타날까?"

"그럴 거야. 클라라 라 블롱드에게 미쳐 있으니까. 이젠 당신의 여자겠지만. 오늘 밤 오프닝 행사에는 반드시 나타날 거야. 하지만, 당신이 알고 있는 대도 폴이 아냐."

"그럼, 발데?"

"그래."

라울이 몇 가지 더 물어보았지만, 그는 더 이상 대답을 하지 않았다. 그때, 고르즈레 형사가 밖에서 돌아왔다. 아주 시무룩한 표정이었다.

라울이 그에게 다가가며 농을 던졌다.

"성과가 좋지 않았군. 안 그런가? 그래서 어떻게 형사 노릇을 하는지 모르겠군. 아무런 계획도 없이 무대포로 처들어와서 도대체 뭘 어쩌자는 건지…? 그렇다고 실망하긴 아직 일러."

"아랍이 털어놓은 게 있나?"

"아니, 아직은 아무것도 없소. 그래도 괜찮아. 이번의 실수를 보상할 기회가 있으니까. 오늘 저녁 10시에 카지노 블루 입구에서 다시 만납시다. 나올 때, 다른 사람이 알아볼 수 없게끔 멋있게 차려입고 나오도록 하고."

고르즈레 형사가 의아한 표정으로 그를 쳐다보았지만, 그는 신경을 쓰지 않는 것 같았다.

"양복을 입고 광 좀 내고 와야 할 거요. 뺨하고 코에 분도 좀 바르고. …모두 다 시뻘거니 술 취한 사람처럼 보이잖아! 그럼, 그때 다시 봅시다."

라울은 근처의 길가에 세워둔 차에 올랐다. 차는 파리를 지나 어느덧 오퇴이유로 접어들고 있었다. 그 당시에 그가 주로 머물던 오퇴이유의 집은 사무실이자 곧 작전본부였다. 한적하고 넓은 길을 따라 들어가면 조그만 정원의 끝에 아담한 이층집이 보였다. 남의 눈에 띄지 않을 정도로 수수한 집이었다. 각 층의 양면에는 방이 하나씩 있었다.

뒤쪽의 방에서는 마당이 훤히 내려다 보였다. 마당에는 차고가 있었지만, 거의 사용을 하지 않고 있었다. 차고 옆으로는 샛길이 나 있었다. 그 샛길이 바로 라울이 가장 중요시하는 모든 시설의 안전장치였다. 1층에는 넓은 식당이 있었다. 방 2개를 합쳐놓은 크기였지만 가구는 거의 없었다. 2층에는 욕실이 딸린, 편안하고 커다란 베드룸이 있었다. 늙은 요리사뿐만 아니라 집안에서 일하는 사람들은 모두 빈 차고 위에서 잠을 잤다. 라울은 보통 100m 떨어진 곳에 자동차를 주차시켰다.

8시에 라울이 식당의 테이블에 앉자, 쿠르빌이 들어왔다.

"에를르몽 후작께서는 6시에 도착하셨습니다. 하지만 그 아가씨는 어디로 갔는지 모르겠습니다."

라울은 걱정이 되었다.

"파리 어디에 있겠지. 혼자서는 발데를 당해낼 수 없을 텐데… 쿠르빌, 아무래도 서둘러야겠습니다. 같이 식사를 하고 카지노 블루로 가죠. 정장을 하세요. 그러면 제법 그럴듯할 겁니다."

라울은 스트레칭을 하면서 준비를 하느라 시간이 꽤 걸렸다. 아무래도 그날 밤의 외출은 쉽게 끝나지 않을 것 같다는 생각이 들었다.

잠시 뒤 쿠르빌이 다시 나타나자 라울이 탄성을 질렀다.

"브라보! 위대한 공작(公爵) 같은 분위기가 물씬 풍기는군요."

그는 멋쟁이처럼 와이셔츠 앞부분까지 수염을 길게 늘어뜨리고 있었다. 거기에다 불룩 튀어나온 배는 영락없이 외교관의 모습 그대로였다.

카지노 블루

 샹젤리제 가에 카지노 블루가 문을 연다는 소식은 파리 사교계에 많은 화제를 낳았다. 카지노 블루의 개업식에는 유명 예술가와 연예인 등 총 2천 명의 저명인사들이 초대되었다.
 샹젤리제 가의 커다란 나무들 밑에는 블루 라이트가 켜져 있었다. 카지노의 출입문 기둥과 벽에 붙은 플래카드도 예외가 아니었다. 블루 특유의 불빛으로 그 주변에는 차가우면서도 청아한 분위기가 감돌고 있었다. 카지노 직원들은 밀려드는 손님들을 안내하느라 정신이 없었다.
 라울이 초대장을 손에 들고 그곳에 나타난 것은 10시 정각이었다.

그는 쿠르빌에게 미리 일러두었다.

"들어가는 순간부터, 아는 척하면 안 돼요. 내 옆이나 고르즈레 형사 옆에서 왔다갔다하세요. 나와 폴을 한꺼번에 잡겠다고 설쳐댈 테니까, 그대로 두어서는 안 돼요. 잘 지켜보면서 무슨 말을 하는지 알아보세요. 부하들에게 직접 지시를 내리거나 사인을 보낼 테니까, 그의 행동을 하나도 놓치지 않고 관찰해야 합니다."

쿠르빌은 머리를 앞으로 내밀고 그가 하는 말을 주의 깊게 들었다.

"알았습니다. 하지만 제가 알리기도 전에 그들이 먼저 공격을 하려고 하면?"

"그때에는 두 팔과 그 긴 수염으로 그들의 앞을 가려 내가 도망칠 틈을 만들어요!"

"그래도 나를 밀치고 쫓아가면 어떻게 하죠?"

"그러지는 못할 거예요. 감히 당신 같은 고관대작을 건드리지는 못할 겁니다."

"그래도?"

"그럼, 저도 어찌 할 수 없죠, 뭐. …잠깐! 드디어 고르즈레 형사가 나타났어요. 뒤로 물러서서 저 사람 주변을 떠나지 말아요. 잘 감시해야 돼요."

고르즈레는 라울이 지시한 대로 말쑥하게 차려입고 있었다. 눈이 부실 정도였다. 하지만, 옷이 너무 몸에 꽉 끼어 소맷부리가 곧 터질 것 같았다. 머리에 쓴 오페라 모자(용수철이 들어 있어 접어서 들고 다닐 수 있는, 춤이 높은 남성용 실크 모자)도 용수철이 고장났는지 금방 벗겨질 것 같았다. 얼굴에는 화장을 한 흔적이 그대로 보였다. 어깨에 걸친 트렌치 코트에는 오래된 땟자국이 덕지덕지 붙어 있었다.

라울이 조심스럽게 옆으로 다가가 말을 걸었다.

"와우! 대단한 변신이군요! 신사가 다 되셨군요! 귀신도 못 알아보겠는걸요."

고르즈레는 그가 놀리고 있다는 생각에 얼굴을 붉혔다.

라울이 물었다.

"그래, 부하들은 데리고 왔습니까?"

고르즈레 형사가 머리를 끄덕였다.

"네 명을 데리고 왔소."

그러나 사실 데리고 온 부하의 숫자는 7명이었다.

라울이 다시 물었다.

"모두 변장하고 왔겠지요?"

라울은 주위를 살펴보았다. 건장한 사내 6, 7명이 눈에 띄었다. 사복으로 변장한 형사들이 틀림없었다. 고르즈레가 부하들의 사인을 알아볼 수 없도록 라울은 그의 앞으로 바짝 다가섰다.

손님들이 끊임없이 몰려들어 오고 있었다.

라울이 조그만 목소리로 말했다.

"저기를 보시오."

고르즈레가 생기를 띠고 물었다.

"어디 말이오?"

"저기 입구 쪽에 여자가 두 명 있죠? 그 뒤에 서 있는… 멀대처럼 생긴 남자 있잖소? …하얀 실크 스카프를 맨 사람 말이오."

고르즈레가 얼굴을 돌리며 물었다.

"저 사람은 대도 폴이 아니잖아요?"

"저놈이 바로 폴이오!"

고르즈레 형사는 그를 유심히 살펴보았다.

"가만 있자… 아무래도 당신 말이 맞는 것 같군요. 저놈을 당장…."

"제법 기품이 있어 보이잖소? 지금까지 저런 모습은 보지 못했을 거요."

"본 적이 있어요. 도박장에서 본 놈이오. …하지만 저놈이 폴이라고는 미처 생각지 못했군… 저놈의 진짜 이름이 뭐요?"

"때가 되면 밝혀지겠죠. …하지만, 지금은 괜한 소란을 피우지 맙시다. 아직 일러요. 그가 밖으로 나가면 덮칩시다. 우선 그가 여기에 온 이유가 무엇인지 알아봐야 하니까."

고르즈레 형사가 부하들에게 다가가 폴이 있는 위치를 가르쳐 주고 다시 돌아왔다. 두 사람은 가만히 안으로 들어갔다. 폴이 오른쪽으로 들어가자 라울과 고르즈레는 왼쪽으로 들어갔다.

20여 개의 블루 라이트가 커다란 홀을 구석구석 훤히 비추고 있었다. 테이블 주변에는 수용 인원의 두 배 정도나 되는 사람들이 모여 있었다. 샴페인을 터뜨리자 사람들이 다 같이 노래를 합창하기 시작했다.

홀의 중앙에 마련된 조그만 무대에서는 새로이 춤판이 벌어졌다. 춤이 끝날 때마다 금방 무대의 곡이 바뀌었다. 모두 리듬에 맞춰 신나게 몸을 흔들어 대며 같이 노래를 따라 불렀다.

고르즈레와 라울은 어느 정도 사이를 두고 발데를 감시하고 있었다. 발데는 한껏 어깨를 구부리고 눈에 띄지 않게 움직이고 있었다. 발데의 뒤에는 고르즈레의 부하들이 지키고 있었다.

탱고가 끝나자 인도 마법사의 마술 공연이 펼쳐졌다. 잠시 왈츠가 흐르는 듯하더니, 코미디가 시작되었다. 코미디가 끝나자 서커스 공연이 이어졌다. 사람들의 열기가 달아오르고 있었다.

그때, 무대가 갑자기 찬란하게 빛났다. 스크린에는 아름다운 댄서의 모습이 커다랗게 실루엣으로 비쳤다. 20개의 조명이 '베일의 댄서'의 등장을 예고하고 있었다. 오케스트라의 연주가 시작되자, 드디어 '베일의 댄서'가 무대 위에 모습을 드러냈다. 어깨에서 가슴까지 내려오는 커다란 블루 리본, 금박으로 장식이 된 블루 스커트, 그리고 그 틈으로 보이는 뽀얀 다리. 모습 그 자체만으로도 환상이었다.

그녀가 가만히 서 있었다. 타나그라 인형과 같은 모습이었다. 얼굴이 베일에 가려 그녀가 누구인지 알 수가 없었다. 그러나 머리에서 얼굴까지 가린 얇은 망사로 된 베일 사이로 그녀의 아름답고 부드러운 금발이 얼핏 눈에 보였다.

라울의 입에서 저절로 탄식이 나왔다.

"맙소사!"

바로 옆에 서 있던 고르즈레가 물었다.

"무슨 일인데요?"

"아무 일도… 아무 일도 아니오."

그러나 라울은 댄서의 금빛 머리카락을 계속 호기심 있게 바라다보았다.

그녀의 춤이 시작되었다. 그 움직임조차 알아챌 수 없을 만큼 부드러운 동작이었다. 극도로 절제된 몸놀림이 한순간에 바뀌는가 싶더니 그녀는 어느새 발끝으로 무대를 두 바퀴나 돌고 있었다.

갑자기 고르즈레가 속삭였다.

"폴의 얼굴을 봐요!"

라울은 폴의 심리 변화를 발견하고 깜짝 놀랐다. 폴의 표정은 완전히 일그러져 있었다. 꼭 미친 사람 같았다. 그는 꼿꼿이 서서 댄서의 움직임을 하나하나 유심히 관찰하고 있었다. 그녀의 베일에 눈을 고정하고 있었다.

고르즈레가 음흉한 미소를 지었다.

"저 무대 위의 여자가 바로 클라라라는 여자겠지. …그렇지 않다면…."

갑자기 떠오른 생각을 표현하지 못하고 망설이던 그가 마침내 다시 말을 계속했다.

"그렇지 않다면… 그래, 저 여자가 바로 클라라야! …틀림없어! 결국 이제 폴도 끝장이군."

라울이 무뚝뚝한 표정으로 한마디 툭 던졌다.

"정신나갔군!"

그러나 라울도 처음부터 그와 똑같은 생각을 하고 있었다. 그 아름다운 금발 때문이었다. 발데의 감정과 노력이 그대로 드러나는 순간이었다. 발데는 클라라의 재능을 누구보다도 더 잘 알고 있는 사람이었다. 그는 그녀가 무대에서 춤을 추는 모습을 누구보다도 더 많이 본 사람이었다. 이처럼 우아하고 환상적인 춤을 출 수 있는 여자는 그녀밖에 없다는 사실을 그가 모를 리 없었다.

라울이 속으로 생각했다.

'그래, 저 여자는… 저 여자는… 클라라야. 하지만 어떻게 이런 일이 있을 수가 있을까? 작은 시골에서 왔다고 하는 여자가, 에를르몽 후작의 딸이라는 여자가, 어떻게 저렇게 뛰어난 재능을 가지고 있을 수가 있을까? 볼닉에서 돌아오자마자 집으로 돌아가서 옷을 갈아입고 화장을 하고 이곳 카지노 블루로 올 시간적 여유가 있었을까?'

그러나 아무리 부인을 해도, 사실은 사실이었다. 지금 춤을 추고 있는 댄서는 클라라가 아닐 수도 있다는 생각이 들기도 했지만, 그녀가 틀림없다는 생각이 더 컸다.

그녀는 손님들의 환호에 따라 점점 뜨거워지고 있었다. 발끝으로 도는 동작에도 흐트러진 자세라고는 조금도 보이지 않았다. 오케스트라의 연주에 맞춰 잠시 멈췄다가 곧 나래를 펴는 그녀의 모습은 너무 아름다웠다. 그녀의 가느다란 팔과 다리가 완벽한 조화를 이루고 있었다.

고르즈레 형사가 말했다.

"폴이 무대 뒤로 들어가려나 봅니다. 아무나 들어갈 수 있는 것 같은데요."

무대 좌우편의 계단 앞에는 많은 사람들이 무작정 그녀에게 접근하려고 떼를 쓰고 있었다. 직원들이 말려도 소용이 없었다.

라울도 폴이 움직이려는 기색을 알아차렸다.

"맞아요. 출연자 대기실에서 그녀를 잡아가려고 그러는 겁니다. 출연자 전용 출입구에 부하들을 배치하세요. 비상시에는 안으로 들어올 수 있도록 준비를 시키세요."

고르즈레 형사는 머리를 끄덕이며 급히 밖으로 나갔다. 3분 뒤 그가 부하들을 이끌고 나타났을 때 라울의 모습은 보이지 않았다. 라울은 미리 밖으로 나가 카지노 주변을 살피고 있었다.

쿠르빌이 그를 보고 다가와 상황을 전했다.

"고르즈레 형사가 당신과 댄서를 함께 체포하라고 지시하던데요."

라울이 항상 두려워하던 것이 바로 그것이었다. 그는 그녀가 앙토닌인지 아닌지 확신할 수 없는 상태였다. 그러나 고르즈레 형사는 그녀가 앙토닌이든 다른 사람이든 손해볼 것이 전혀 없었다. 만약 그녀가 정말로 앙토닌 다시 말해 클라라라는 사실이 확인되면 그녀는 경찰이나 폴에 의해 잡힐 것이 뻔한 상황이었다.

라울은 서둘러 안으로 뛰어들어갔다. 걱정이 앞섰다. 일단 그녀를 잡으면 가만두지 않겠다고 협박하던 폴의 모습이 떠올랐기 때문이었다.

라울과 쿠르빌은 다른 사람들의 눈에 띄지 않게 출연자 전용 출입구 앞으로 다가갔다.

라울이 경찰 신분증을 내보이자 문을 지키고 있는 직원이 통과시켜 주었다.

복도를 따라 계단을 몇 개 오르자 곧바로 대기실이 나왔다.

바로 그때, '베일의 댄서'가 대기실 밖으로 나오는 것이 보였다. 손님들이 환호를 하고 있었지만, 그녀는 제2부 공연에 필요한 커다란 숄을 가지러 밖으로 나온 것이었다. 그녀가 다시 대기실 문을 닫고, 양옆으로 늘어선 손님들 틈을 지나 다시 무대 위로 올라서자 열광하는 손님들의 박수갈채가 요란하게 울렸다.

그때 갑자기, 폴이 바로 근처에 있으리라는 예감이 들었다. 아니나다를까, 그는 손을 꽉 움켜쥐고 있었다. 얼마나 힘을 주고 있는지 이마에는 핏줄이 다 튀어나와 있었다. 라울은 더 이상 '베일의 댄서'의 신원을 의심할 필요가 없었다. 그리고 정말 심각한 위험이 그녀에게 닥치고 있다는 사실을 깨달았다.

그가 고르즈레를 찾기 위해 주변을 두리번거리며 투덜거렸다.

'멍청한 놈! 도대체 무엇을 하고 있는 거야? 지금 이 제한구역에서 사건이 터지면 부하들도 필요한데 도대체 뭘 생각하고 있는 거야?'

라울은 일단 폴을 공격하여 그의 시선을 자신에게로 끌기로 작정했다. 라울이 가볍게 어깨를 치자 그가 돌아다보았다. 그는 자기 어깨를 친 사람이 바로 자기가 가장 미워하고 두려워하는 사람 라울이라는 것을 알아차렸다.

발데가 얼굴을 찌푸리며 끓어오르는 화를 참느라 애를 썼다.

"네놈이 여기에? …너도 그녀 때문에 이곳에 왔겠지. …그녀를 이리 데려온 놈이 너냐?"

그는 더 이상 말을 할 수가 없었다. 오가는 사람들이 너무 많기 때문이었다. 조금만 목소리를 크게 내도 금방 사람들이 눈치챌 것이 뻔하기 때문이었다.

라울이 재미있다는 투로 낄낄 웃으며 조그맣게 말했다.

"응. 내가 데려왔어. 나보고 돌봐달라고 그러던데. …아마 따라다니는 놈들 때문에 귀찮아하는 것 같더라고. 아주 재미있는데!"

발데가 성을 냈다.

"뭐가 그렇게 재미있는데?"

"내가 일단 손을 대는 일은 다 성공하거든. 그게 재미있다는 거야."

발데가 약이 올라 몸을 떨었다.

"정말 성공할 수 있을까?"

"그럼!"

"까불지 마. 내가 살아 있는 한, 파리에 머무는 한, 네놈 맘대로는 안 될 거야."

"같은 곳에서 같이 있는 것도 굉장한 인연이네. …몇 시간 전에는 지하 술집에서도 같이 있었는데."

"무슨 얘기야?"

"기수 복장을 하고 있던 사람이 바로 나야."

"치사한 놈!"

"너를 체포하려고 경찰을 달고 갔었거든."

발데가 억지웃음을 지으며 말했다.
"그래도 성공하지 못했잖아?"
"하지만, 이번에는 다를걸."
발데가 바싹 다가와 라울의 눈을 빤히 처다보며 다그쳤다.
"그게 무슨 소리야?"
"고르즈레 형사가 부하들하고 이곳에 나타나셨거든."
"웃기는 소리 하지 마!"
"아냐, 사실대로 얘기하는 거야. 도망칠 기회를 주려고 말이야. 빨리 튀어. 아직 시간이 있으니까."

발데는 주위를 샅샅이 살폈다. 라울은 그가 사라져 주기만 해도 오늘 저녁에는 앙토닌에게 아무 일이 없을 것 같았다. 발데만 사라지면 그가 경찰로부터 그녀를 보호하는 것은 식은죽 먹기나 다름없었다.

"얼른 도망쳐. …여기 있으면 잡혀. 얼른 도망가란 말이야!"

그러나 이미 때는 늦고 말았다. 그녀가 무대 위에서 내려오는 모습이 보였다. 그와 동시에 고르즈레 형사가 계단에서 내려와 대기실로 달려오는 것이 보였다. 그의 뒤에는 부하 5명이 따라 오고 있었다.

발데는 성난 얼굴로 그 자리에 그냥 서 있었다. 그는 '베일의 댄서'를 유심히 바라보더니 겁을 먹은 사람처럼 주위를 살폈다. 고르즈레 형사가 달려오고 있었지만, 그는 빤히 지켜보고만 있었다. 왜 저럴까 하는 생각이 든 바로 그 순간, 라울은 발데에게로 몸을 던졌다. 그러나 발데는 옆으로 피하며 주머니에서 총을 꺼내어 그녀를 향해 방아쇠를 당겼다.

총소리에 홀 안은 아수라장이 되었다. 그러나 라울이 이미 발데의 팔을 잡아채어 총알이 빗나간 뒤였다. 그녀는 바닥에 쓰러져 정신을 잃고 말았다.

고르즈레 형사가 폴을 덮치는 데에는 10초도 걸리지 않았다. 곧이어 그가 부하들에게 지시하는 소리가 커다랗게 들렸다.

"플라망! 이리 와! 다른 사람들은 라울하고 클라라를 잡아!"

그때 허연 수염을 길게 기른 노인이 나타나 경찰들의 앞을 가로막았다. 불룩 나온 배에 다리를 딱 벌리고 화난 표정으로 서 있는 모습이 마치 경찰의 난폭한 행동에 항의하는 것만 같았다. 홀 안의 사람들은 공포에 떨고 있었다. 라울은 이 틈을 이용하여 몸을 웅크린 채 무대 위로 올라가 그녀를 어깨에 들쳐업었다. 쿠르빌이 경찰의 앞을 막고 있는 동안 그는 사람들이 춤을 추고 있는 홀 안으로 몸을 숨겼다. 그곳이 숨기에 가장 안전한 곳 같았다.

그의 예상은 빗나가지 않았다. 사람들은 무대 뒤에서 무슨 일이 벌어지고 있는지 전혀 알지 못하고 있었다. 흑인의 재즈 뮤직이 흥겹게 흐르자, 사람들은 다시 너도나도 탱고 춤을 추기 시작했다. 웃음소리와 노랫소리가 홀 안을 메우기 시작했다. 라울이 그녀를 들쳐업고 무대의 오른쪽 계단으로 올라갔다가 내려와도 사람들은 그것이 흥을 돋우기 위해 마련된 고의적인 장난이나 곡예 프로그램 정도로 믿고 있었다.

그때 별안간 무대 뒤에서 커다란 소리가 들렸다.

"저놈 잡아라! …잡아라!"

홀 안에는 한바탕 웃음바다가 일었다. 정말 훌륭한 즉흥연극 같았다. 악기소리와 노랫소리가 커지면서 재즈 뮤직은 더욱 격렬한 방향으로 흐르고 있었다. 라울을 잡으려고 나서는 사람이 없었다. 라울은 저절로 웃음이 나왔다. 그는 고개를 똑바로 들고 사람들의 열렬한 박수갈채를 받으며 유유히 출입문 쪽으로 걸음을 옮겼다.

그는 한쪽 문을 몸으로 밀고 나갔다. 사람들은 모두 그가 카지노를 돌아 다시 무대 위로 갈 것이라 생각하고 있었다. 문을 지키고 있던 직원들과 경찰들도 뜻밖의 상황에 당황하여 그가 나가는 것을 막지 못했다. 그러나 밖으로 나온 라울은 일단 그녀를 바닥에 내려놓았다가 다시 어깨 위에 들쳐업고 샛길로 달음질을 쳤다. 그의 그림자가 가로등과 흔들리는 나무 사이로 춤을 추고 있었다.

카지노에서 15미터 가량 도망갔을 때였다. 다시 그를 잡으라는 소리가 들렸다. 그러나 그는 더 이상 서두르지 않았다. 그의 차가 바로 그 근처에 있었기 때문이었다. 길가에는 차들이 길게 주차하고 있었다. 운전사들은 대부분 차 안에서 졸고 있거나 아니면 끼리끼리 모여서 잡담을 나누고 있었다. 그들은 무슨 소리가 나든 상관하지 않았다. 무슨 일이 일어났는지 알지도 못 했으므로 의아한 표정으로 서로 얼굴만 빤히 쳐다볼 뿐 움직이지 않았다.

라울은 그녀를 차 안에 태웠다. 그녀는 아직도 실신한 상태 그대로 축 늘어져 있었다. 얼굴에는 핏기가 없고 숨소리조차 제대로 내지 못하고 있었다. 움직이는 기색도 없었다. 그는 시동을 건 다음 천천히 차를 뺐다.
　라울이 혼잣말로 중얼거렸다.
　'이제 운 좋게 길만 막히지 않으면, 소기의 목적을 달성할 수 있을 거야.'
　라울은 언제나 운을 중요하게 생각했다. 오늘도 그는 운이 좋았다. 교통 정체가 없었다. 그가 출발할 때 6m 정도까지 따라붙었던 경찰도 이제는 뒤로 처져 보이지 않았다.
　차의 속도를 높였다. 그러나 조심하여 운전을 했다. 아무리 운이 좋아도 너무 서두르지 않는 것이 그의 또 다른 철칙이었다. 어느새 콩코르드 광장이 보였다. 그는 세느 강을 건너 강변 길을 달렸다. 일단 안심이 되자 차의 속력을 줄였다.
　갑자기 혼자가 아니란 생각이 들었다. 차 안에 태운 여자를 다시 본 순간 그녀가 앙토닌이 아닐지도 모른다는 생각이 퍼뜩 들었다.
　그는 확신도 빨랐지만 포기도 빨랐다. 그녀가 앙토닌이 아니라고 생각하는 것은 너무 속단인지도 몰랐다. 하지만 두 가지의 정반대 상황이 하나의 사실처럼 충돌하고 있었다. 그는 좀더 자세히 알아보지 않고 별개의 상황을 모두 사실로 받아들인 꼴이었다. 폴이 미친놈이란 생각이 들었다. 클라라에 대한 애정에 눈이 멀어 진실을 보지 못한 놈이란 생각이 들었다.
　라울은 씨익 웃으며 혼자 중얼거렸다.

'내가 바보지! 저런 이상한 여자가 뭐가 좋다고 따라다녀? 나도 참 순진한 놈이야. …하지만 순정파이기도 하지. 그래도 한 사람 목숨은 구한 셈이니까 괜찮아.'

그는 다시 액셀러레이터를 힘껏 밟았다. 여러 가지 호기심이 그를 흥분시키고 있었다. 그녀가 베일로 얼굴을 가리고 춤을 춘 이유가 무엇일까? 혹시 얼굴에 흉터가 있는 건 아닐까? 눈 뜨고 볼 수 없을 만큼 못생긴 건 아닐까? 만약 얼굴이 예쁘다면, 무슨 이유로, 무엇이 두려워, 무슨 마음으로 사람들에게 얼굴을 보여주지 않는 것일까?

그는 세느 강을 다시 건너 강변 길을 달렸다. 오퇴이유가 눈앞에 보였다. 좁은 길로 들어서자 곧이어 커다란 길이 나왔다. 그는 그곳에 차를 세웠다.

그녀는 아직 꼼짝을 하지 않고 있었다.

그가 허리를 굽히고 물었다.

"내릴 수 있겠어요? 내 말 들려요?"

그러나 아무런 대답이 없었다.

대문을 열고 벨을 누른 뒤, 그는 그녀를 팔에 안고 들어올렸다.

하인이 나타나자, 라울이 지시를 내렸다.

"차만 차고에 갖다두면 되네."

그가 집 안으로 들어갔다. 가벼운 짐을 운반하듯이 여자를 팔에 안고 계단을 올라 방문을 열었다. 그는 그녀를 소파 위에 눕히고 그 옆에 앉아 그녀의 금색 베일을 벗기기 시작했다.

그의 입에서 저절로 환호의 탄성이 쏟아져 나왔다.

"앙토닌!"

3초 가량 침묵이 흘렀다. 그는 그녀의 코에 후자극제(嗅刺戟劑)를 대고 관자놀이와 이마에 차가운 물찜질을 해주었다. 마침내 그녀가 눈을 뜨고 멍하니 그를 쳐다보았다. 조금씩 의식이 돌아오고 있었다.

그가 황홀한 표정으로 그녀의 이름을 반복해 불렀다.

"앙토닌! 앙토닌!"

그녀가 그를 보고 눈물을 글썽이며 슬픈 미소를 지었다. 그러나 한없이 부드러운 미소였다.

그는 그녀의 입술을 찾았다. 볼닉의 저택에서처럼 그녀가 거부할지 아니면 기꺼이 그를 받아들일지는 알 수가 없었다.

그러나 그녀는 저항하지 않았다.

두 가지 미소

 라울과 앙토닌은 창문을 활짝 열어놓고 하인이 차려준 점심을 같이 먹고 있었다. 상큼한 꽃내음이 창문 밖의 정원에서 안으로 들어오고 있었다. 집 양옆으로 커다랗게 자란 마로니에 나무들 사이로 멀리 떨어진 길이 보였다. 파란 하늘에서는 맑은 햇살이 빛나고 있었다.
 고르즈레 형사에 대한 승리, 대도 폴에 대한 승리, 아름다운 클라라에 대한 승리. 이 모든 승리는 코미디 영화처럼 재미가 있었다. 아니, 이상한 한 편의 서정시였다. 아니, 허풍이었다. 아니, 수다였다. 정말 말도 되지 않는, 이 기기묘묘하고 매력적인 승리는 그들 모두에 대한 냉소에 다름이 아니었다.

앙토닌은 라울이 어제 있었던 사건에 대해 설명을 하는 동안 눈을 떼지 않고 빤히 그를 쳐다보고 있었다. 그녀의 눈에는 젊은 여인의 발랄함과 우수가 함께 섞여 있었다.

그녀가 졸랐다.

"다시 한 번 얘기해 봐요. …너무 재미있어요. 그러니까, 처음부터 다시 한 번 얘기해 봐요. 볼닉의 저택에 있는 그 낡은 성에서 고르즈레 형사를 만난 데서부터 그 저택의 경매에 대한 얘기하고 또 에를르몽 후작과 나누었던 대화에 대해서도 다시 말해 줘요."

"당신도 그곳에 있었잖아요?"

"상관없어요! 내가 알고 있는 것도 다 얘기해줘요. 난 당신의 얘기가 듣고 싶단 말이에요. 아빠가 자는 동안 아빠 방에 몰래 들어갔었다고 했죠?"

"네, 그래요."

"그럼, 그때 나에게 접근할 용기는 없었어요?"

"왜 없었겠어요! 당신이 걱정돼서 그런 거예요. 볼닉 저택에서 당신은 겁을 먹고 있었잖아요."

"그럼 아빠 방에 들어간 이유는요?"

"사닥다리를 타고 몰래 들어간 이유는, 당신 엄마가 그 사람에게 보낸 편지를 찾아내어 당신이 정말 그 사람 딸인지 알아보기 위해서였어요."

그녀가 그의 눈치를 살피며 말했다.

"그날 밤 파리에 있는 그 아파트의 서랍을 뒤져 발견한 엄마 사진을 보고 나서야 나도 그 사실을 알았어요. 당신도 기억하죠? 하지만 지금 중요한 건 그게 아니란 말이에요. 빨리 얘기해 줘요. 다시 얘기해 달란 말이에요."

결국 그는 똑같은 얘기를 다시 하지 않을 수 없었다. 오디가 변호사가 잘난 척하는 모습에서부터 장 에를르몽 후작이 당황하던 모습까지, 그 목소리와 상황을 그대로 흉내를 내며 설명을 해주었다. 그리고 그가 앙토닌의 우아한 모습에 얼마나 가슴을 졸였는지에 대해서도 다시 설명을 해주었다.

그녀가 수줍은 표정을 지으며 말했다.

"설마, 그럴 리가요. …내가 뭐가 예쁘다고 그래요."

"그저께 본 당신의 모습이 그랬다니까요. 내 아파트에 왔을 때 처음 본 모습과 똑같았어요. 이렇게… 아니 이렇게… 삐치는 모습도 똑같았어요."

그녀가 웃음을 터뜨렸다. 그러나 지지 않았다.

"말도 안 돼요. …잘못 본 거겠죠. …나는 지금 이 모습 그대로예요."

라울이 말했다.

"알아요. 그날 보니까 촌닭처럼 눈만 둥글둥글하더라고요. 거기에다가 이빨은 호랑이처럼 날카롭고. 에를르몽 후작의 딸이라는 게 도저히 믿어지지가 않더라고요. 전혀 보고 싶지 않은 모습을 보고 만 셈이죠. 하지만, 그 수줍은 듯한 미소야 어디 가겠어요? 그때의 모습도 어젯밤에 본 모습 그대로였어요. 그 우아하고 부드러운 댄서의 모습 그대로였어요."

그녀는 어젯밤 춤출 때 입고 있던 옷을 아직도 그대로 입고 있었다. 액세서리와 별 모양의 금박이 새겨진 블루 스커트도 모두 그대로였다. 와락 껴안고 싶은 충동이 일 만큼 아름다운 모습 그대로였다.

라울이 말했다.

"이 세상에서 한눈에 나를 사로잡은 여자는 당신밖에 없어요. 베일 속의 여자가 누구인지 알아보고 싶은 생각이 들기에 용기를 내서 베일을 벗겨보았어요. '베일의 댄서'가 누구였겠어요? 바로 당신이었지요. 지금 이 자리에 앉아 있는 여자! 알아요? 앞으로도 평생 이렇게 있고 싶어요."

그때 방문을 두드리는 소리가 들렸다. 하인이 신문과 우편물을 가지고 들어왔다. 우편물은 쿠르빌이 봉투를 뜯어 잘 분류를 해놓은 상태였다.

라울이 환호성을 질렀다.

"야아! 에크르비스 바와 그 역사적인 현장에 대한 기사가 분명 실려 있을 테니까, 카지노 블루와 고르즈레 형사 그리고 대도 폴에 대해 뭐라고 쓰여 있는지 읽어봅시다!"

하인이 나가자 라울은 신문에 난 기사를 살펴보았다.

"이런 제기랄! 주요 기사를 다 읽어봐야겠네."

라울은 신문의 헤드라인을 쭉 훑어보았다. 환하던 그의 얼굴이 갑자기 흑색으로 변했다. 곧이어 김빠진 목소리가 들렸다.

"이런 멍청한 놈! 정신은 어디에다 팔고 다니는 거야."

그가 들릴 듯 말 듯한 목소리로 신문을 읽었다.

대도 폴 체포 작전 실패!

어제 아침 몽마르트 부근의 에크르비스 바에서 도주했던 대도 폴이 저녁에 다시 카지노 블루의 오프닝 행사에 나타났지만, 고르즈레 형사반장과 경찰이 안이하게 대응을 함으로써 그에 대한 경찰의 체포 노력은 결국 수포로 돌아가고 말았다.

앙토닌이 한숨을 쉬었다.
"이제 어떡해요? 너무 무서워요."
"무섭기는 뭐가 무서워요? 며칠 내로 잡힐 거예요. 그건 내게 맡겨요."
그러나 라울도 속으로는 몹시 걱정이 되었다. 다 잡았던 폴을 놓쳤다는 사실에 속이 상했다. 결국 원점으로 돌아간 셈이었다. 폴이 자유의 몸이라는 것은 곧 앙토닌이 다시 그의 추적을 받는다는 뜻이었다. 무자비한 적의 끊임없는 위협 아래에 놓인다는 뜻이기도 했다. 그는 기회만 닿으면 그녀를 죽이려고 달려들 게 뻔했다.
라울은 남은 기사를 서둘러 읽어보았다. 아랍과 폴의 부하들이 체포되었다는 소식이 대문짝만하게 실려 있었다. '베일의 댄서'를 살해하려던 그의 계획이 미수에 그쳤다는 사실과 그녀가 어떤 사람에게 납치되었다는 사실도 상세하게 설명이 되어 있었다. 그녀를 납치한 범인은 손님들 속에 숨어 있던 대도 폴의 라이벌로 추정된다고만 쓰여 있었다. 범인의 신상에 대해서는 아무런 언급이 없었다.

 댄서의 얼굴을 아는 사람은 없었다. 그녀의 댄스가 인기를 끌기 시작한 것은 지난 겨울 베를린에서 베일을 쓰고 댄스 공연을 시작한 뒤부터였다. 카지노 블루의 디렉터는 베를린에 있는 에이전시의 추천만 믿고 그녀를 고용한 상태였으므로 그녀의 얼굴을 전혀 알 수가 없었다.

 그가 신문기자와 인터뷰한 내용은 아래와 같았다.

2주일 전엔가, 그녀가 카지노 블루에서 일하고 싶다는 전화를 했습니다. 시간은 정확히 지킬 테니까 걱정하지 말라고 하면서, 개인적인 사정으로 베일을 쓰고 나오겠다는 조건을 달았습니다. 그것도 재미있겠다 싶어 그녀의 조건을 순순히 받아들였습니다. 공연이 시작되기 전에 그 이유를 물어볼 작정이었습니다. 9시가 되어서야 그녀가 나타났는데, 이미 베일을 쓰고 있었습니다. 카지노에 도착하자마자 그녀가 곧바로 대기실로 들어가 문을 잠그는 바람에 이것저것 물어볼 틈이 없었습니다.

라울이 물었다.
"이 기사 내용이 맞아요?"
그녀가 머리를 끄덕였다.
그가 다시 물었다.
"댄서로 일한 지는 얼마나 됐어요?"
"어렸을 때부터 그냥 춤을 좋아했으니까, 나도 몰라요. 엄마가 돌아가신 뒤에 어떤 늙은 댄서에게서 제대로 배울 기회가 있었어요. 그리고 여기저기 돌아다녔죠."

"어떤 종류의 인생이었는데요?"

"그런 식으로 물어보지 말아요. 저는 언제나 혼자였어요. 그러다 보니까 남자들의 유혹이 많았죠. 나는 그 유혹을 물리치는 방법을 전혀 모르고 있었어요."

"발데는 어떻게 만났어요?"

"발데요? 베를린에서 만났어요. …별로 마음에 들지 않았지만 어쩔 수가 없었어요. 어느 날 밤 그가 몰래 내 숙소 문을 따고 들어와 위협을 하는 바람에 관계를 갖게 되었어요."

"정말 안됐군요! 그래도 두 사람의 관계가 오래 지속되지 않았나요?"

"그가 파리에서 나쁜 일을 하고 있다는 사실을 안 것은 사귄 지 몇 달 지나지 않았을 때였어요. 그와 같이 있는데 경찰이 집을 포위했어요. 그때 그가 대도 폴이란 사실을 알게 되었어요. 그가 경찰과 싸우는 틈에 간신히 그곳에서 도망을 쳤어요. 정말 겁이 났어요!"

"그래서 시골로 도피했던 거군요?"

그녀가 잠시 머뭇거리더니 마지못해 입을 열었다.

"네. 다른 일을 찾아보려고 노력도 해보았지만, 소용이 없었어요. 수중에 가진 돈도 없고. 그래서 블루 카지노의 디렉터에게 전화를 해서 일자리를 구한 거예요."

"그러면… 에를르몽 후작을 방문한 이유는 뭐예요?"

"이런 생활에서 벗어나고 싶었어요. 그래서 도움을 요청하러 갔던 거예요."

"볼닉에 갔다온 다음은요?"

"그런데 어제 저녁에 혼자 있게 되니까 갑자기 무대에 서고 싶은 충동이 일더라고요. 댄싱의 즐거움이라고나 할까. 출연 약속을 어기고 싶지도 않았고요. 8일 동안만 하고 끝내려고 했어요. 하지만 겁이 났어요. 내가 걱정하던 일이 어제 현실로 나타났잖아요."

라울이 그녀를 달랬다.

"걱정하지 말아요. 어젯밤에도 당신 곁에 있었지만, 오늘 지금 이 자리에도 내가 당신 곁에 있잖아요. 그러니까 이제 안심해도 돼요."

그녀가 손에 얼굴을 파묻었다.

라울이 말했다.

"나약한 맘 먹지 말아요! 그건 우연히 그렇게 된 거예요. 누구도 예상치 못한 일이었잖아요."

그들은 그날부터 3일 동안 밖에 나가지 않고 집 안에만 있었다. 그들은 신문이란 신문은 모두 뒤져 그 사건과 경찰의 추적에 대한 기사를 읽어보았다. 진실에 가까운 기사는 '베일의 댄서'가 바로 클라라라는 것뿐이었다. 하지만 클라라라는 이름은 이미 대도 폴에 대한 기사에서 수도 없이 언급이 되었던 이름이었다. 발데라는 이름은 어느 신문에도 보이지 않았다. 고르즈레와 그의 부하들은 범인의 진짜 이름이 무엇인지를 아직 모르고 있는 것이 분명했다. 아랍에게서 어떤 단서를 찾아내지도 못한 것 같았다.

라울은 매일같이 남다른 관심으로 그녀를 보살펴 주었다. 그녀가 폴로부터 안심하고 있을 수 있는 곳은 그곳뿐이었다. 그는 그녀의 끊임없는 호기심을 만족시키기 위해 그녀가 어떤 질문을 해도 싫은 내색을 보이지 않고 자세히 가르쳐주었다. 그러나 시간이 지날수록 그녀는 더욱 말수가 적어지고 몸을 사렸다. 그가 그녀의 인생과, 그녀의 엄마 그리고 에를르몽 후작에 관한 계획에 대해 물어보면 그녀는 언제나 말문을 닫아버렸다. 그녀의 대답은 오직 비통한 표정뿐이었다. …아니면 갑자기 화제를 돌린다거나, 얘기를 하려다가도 마는 것이 고작이었다.

"그만해요, 라울. 아무것도 묻지 말아요. 내 인생, 내 사고방식이 중요한 게 아니잖아요. 지금 이대로의 내 모습을 사랑해 주세요."

"그래요. 하지만, 당신이 누군지는 알아야 하잖아요."

"그럼 당신의 눈에 비친 모습만을 사랑해 주세요."

그녀가 이 말을 하던 바로 그 순간, 그는 웃으며 그녀를 거울 앞에 세워 보았다.

"자, 자신의 모습을 잘 봐요! 지금 보이는 당신의 모습은 정말 아름다워요. 아름다운 머릿결, 초롱초롱한 맑은 눈동자, 뽀얀 미소. …그렇지만 자세히 살펴보면 밝은 표정이 아니에요. …내가 싫어 그런 표정을 짓는다고 생각하고 싶지는 않아요. 하지만, 당신의 그 어여쁜 모습과는 전혀 어울리지 않는 무엇인가가 당신 마음속에 담겨 있는 게 분명해요. 내일이면 또 달라지겠죠. 날마다 미소가 달라지는 여자, 날마다 표정이 바뀌는 여자, … 당신의 표정이 날마다 바뀌고 있어요. 아니, 시간마다 바뀌고 있어요. 지금 당신이 시골에서 갓 올라온 처녀라면 조금 있으면 당신은 세파에 지친 한물간 여자로 바뀌어 있을 거예요."

"그 말이 맞아요. 나에게는 이중의 성격이 있어요."

라울이 꿈을 꾸듯 중얼거렸다.

"그래요. 당신 마음속에서는 서로 다른 자아가 싸우고 있어요. 그 두 자아가 갖고 있는 미소가 달라요. 그 때문에 당신의 미소가 매번 다르게 보이는 겁니다. 당신의 입술에는 아리따운 아가씨의 뽀얀 미소가 흐르다가도 한순간 삶에 지친 여인의 슬픈 미소가 흘러요."

"라울, 어떤 미소가 더 좋아요?"

"어젯밤부터였을 거예요. …나는 당신의 슬픈 미소가 더 좋아요. 보다 신비스럽고 심오한 맛이 담긴 미소가…."

그녀가 대꾸를 하지 않자 그가 좋은 생각이 떠올랐는지 밝은 표정을 지었다.

"앙토닌! '두 가지 미소를 가진 앙토닌' 아니면 '두 가지의 미소를 가진 여자'란 말 어때요? 근사하지 않아요?"

그들은 열린 창문 앞으로 자리를 옮겼다. 그때 그녀가 갑자기 말을 꺼냈다.

"라울, 부탁할 것이 있어요."

"뭔데요? 걱정하지 말고 얘기해요."

"앞으로는 앙토닌이라고 부르지 않았으면 좋겠어요."

그가 놀란 표정으로 말했다.

"알았어요. 앞으로는 그렇게 부르지 않을게요."

"앙토닌은 내가 시골에 살 때 쓰던 이름이에요. 꿈도 많고 해맑던 시절의 이름이에요. 이제 그 시절은 잊고 싶어요. 클라라라고 불러주세요."

"그래요?"

"내가 다시 그 시절의 여자로 돌아갈 수 있을 때까지 그렇게 불러주세요."

"다시 클라라로 돌아가겠다고요? 앙토닌이란 이름으로는 나를 사랑하고 싶지 않다는 뜻이군요."

"나는 지금의 당신 그대로가 좋아요."

"정말 그럴까요? 당신이 지금 보고 있는 나는 나의 본모습이 아니에요. 나는 이름이 수도 없이 많아요. 내가 하는 일이 바뀔 때마다 내 이름도 바뀌죠. 나도 어떤 게 내 진짜 이름인지 모르겠어요. 당신이 원하는 대로 클라라라고 부를게요. 클라라! 혹시 나쁜 짓을 저지른 게 있어도, 부끄럽게 생각하지 말아요. 나는 당신보다 더 많이 나쁜 짓을 저질렀으니까요."

"라울, 그게 무슨 말이에요?"

"나는 아마추어가 아니라, 프로예요. 그렇게 좋은 사람이라고는 볼 수 없을 거예요. 아르센 뤼팽이란 이름 들어봤어요?"

그녀가 갑자기 몸을 벌벌 떨기 시작했다.

"뭐라고요? 누구요?"

"아무것도 아니에요. …그냥 비교삼아 해본 말이에요. …당신 말이 맞았어요. 당신이 클라라이든 앙토닌이든 무슨 상관이 있겠어요. 같은 여자인데. 내가 나쁜 사람처럼 보이겠지만, 그래도 착한 데가 있을 거예요."

라울이 웃으며 그녀에게 키스를 하기 시작했다.

"클라라… 클라라, 사랑해요. …나는 당신이 슬픈 표정을 지어도 좋아요. 이상한 표정을 지어도 좋아요."

그녀가 천천히 고개를 끄덕이며 말했다.

"나를 사랑한다는 당신의 그 마음이 변하면, 나는 그 고통을 어떻게 이겨낼지 모르겠어요."

그가 자신 있게 대답했다.

"당신을 행복하게 해줄게요. 나를 믿지 못하는 모양인데, 지금까지 내가 당신을 실망시켰던 적은 없잖아요?"

모든 신문은 일 주일 내내 카지노 블루 사건에 대한 기사로 지면을 도배하고 있었다. 그러나 추가로 밝혀낼 수 있는 것이 없었다. 고르즈레 형사 또한 더 이상 정보를 제공하지 않았다. 결국 자료가 떨어지자 언론의 보도는 수그러들기 시작했다.

클라라는 차츰 안정을 되찾고 있었다. 오후에는 쇼핑을 나가기도 하고, 불로뉴의 숲에서 산책을 하기도 하였다. 라울도 오후에는 약속이 있어 자주 외출을 하였지만, 그녀와 같이 나가는 법은 없었다. 쓸데없이 남의 주목을 받을까 걱정이 되었기 때문이었다.

그는 가끔 볼테르 부두 63번가를 어슬렁거려 보았다. 대도 폴도 그곳에 다시 나타나리란 생각 때문이었다. 물론 그는 경찰이 미리 진을 치고 있으리란 점은 잘 알고 있었다.

그러나 의심할 만한 징후는 전혀 발견되지 않았다. 시간이 흐르자 그 주변을 감시하는 일은 쿠르빌이 맡게 되었다. 쿠르빌이 손에 책을 들고 열심히 그 주변을 맴돌던 어느 날이었다. 클라라가 카지노 블루에서 행방을 감춘 지 2주일이 되는 날이었다. 라울이 쿠르빌에게 상황을 보고받기 위해 그곳에 들렀을 때, 클라라가 에를르몽의 건물에서 나와 택시를 타고 반대 방향으로 가는 것이 보였다.

라울은 그녀를 뒤쫓으려 하지 않았다. 그는 쿠르빌을 불러 그 건물의 관리인에게 다녀오라는 사인을 보냈다. 잠시 뒤 돌아온 쿠르빌은 에를르몽 후작이 아직 출타 중이며 클라라가 전에도 두 번이나 같은 시각에 그 집에 들렀지만 집에 아무도 없자 그냥 돌아갔다는 사실을 라울에게 전했다.

라울은 이상하다는 생각이 들었다.

"나한테는 아무 얘기도 하지 않았는데. …여기에 왔다간 이유가 뭘까?"

그는 서둘러 오퇴이유로 돌아왔다. 그가 도착한 지 15분쯤 뒤에 그녀가 안으로 들어왔다. 활기가 넘치는 얼굴이었다.

라울이 슬쩍 그녀에게 물었다.

"불로뉴 숲에 갔었나 봐요?"

그녀가 대답했다.

"네. 너무 공기가 좋더라고요. 산책을 하고 나니까 기분이 상쾌해요."

"시내에 갔다온 게 아니고요?"

"아니오. 왜 그래요?"

"내가 거기에서 보았는데요."

그녀가 가볍게 웃어넘기려고 애를 썼다.

"그럴 리가요? 잘못 본 거 아니에요? 딴 사람을 나로 착각했겠지요."

"아니오. 당신이 틀림없었어요."

"말도 안 돼요."

"내가 본 사람은 분명 당신이었어요. …내 눈으로 똑똑히 보았으니까요."

그녀가 라울을 쳐다보았다. 그의 말투가 심상치가 않았다. 다소 나무라는 투였다.

"나를 보았다는 곳이 어디예요?"

"볼테르 부둣가에 있는 그 집요. 나와서 택시를 타고 가던데."

그녀가 씁쓸한 미소를 지었다.

"그렇게 자신 있어요?"

"내 눈으로 똑똑히 보았으니까. 관리인에게 물어보니까 이번이 세 번째라고 하던데요."

그녀의 얼굴이 홍당무가 되었다. 그녀는 안절부절못했다.

라울이 다시 말했다.

"세 번씩이나 그곳에 간 게 아무래도 이상하군요. 왜 그런 새빨간 거짓말을 하죠?"

그녀가 대답을 하지 않자 그는 그녀의 옆에 앉았다. 그리고 그녀의 손을 가만히 잡고 타일렀다.

"클라라! 정말 이러지 말아요! 그러면 우리 둘 사이가 어떻게 되겠어요? 서로 불신밖에 더 남겠어요?"

"라울, 나는 당신을 불신하지 않아요."

"지금 당신은 자신을 속이고 있어요. 그러면 둘 사이에 위험만 쌓이게 돼요. 클라라, 이제 솔직해 봐요. 언젠가는 모든 게 밝혀지지 않겠어요? 나중에 밝혀지면 그때는 시간이 없어요. 모든 사실을 얘기해 줄래요?"

그녀는 마지못해 모든 것을 털어놓을 것 같은 표정을 지었다. 그녀가 긴장을 푸는 것 같았다. 그러나 갑자기 시무룩하고 슬픈 표정을 지었다. 말하기가 두려운 것 같았다. 그녀는 용기를 잃고 눈물을 떨어뜨리기 시작했다. 눈물이 뺨을 타고 손으로 흘렀다.

그녀가 울먹이며 말했다.

"미안해요. 내가 말하거나 말거나 그냥 내버려두세요. …지금도, 앞으로도, 그런 건 중요한 게 아니에요. 당신하고는 상관없는 일이에요. 순전히 내 문제란 말이에요. 여자들만의 비밀이란 말이에요. 내 판단이 잘못되었는지 모르지만, 말하고 싶지 않아요. 말할 수 없어요. 미안해요."

라울이 더 이상 참을 수 없다는 제스처를 취했다.

"맘대로 해요. 하지만 다시 그곳에 가면 안 돼요. 다시 또 그곳에 갔다가 폴이나 경찰한테 잡히면 나도 몰라요. 알았어요?"

그녀가 망연자실한 표정을 지었다.

"그럼, 라울 당신도 그곳에 가지 말아요. 당신도 그곳에 가면 위험하단 말이에요."

라울은 그녀의 말대로 따르기로 약속을 했다. 그녀도 다시는 그곳에 가지 않고 앞으로 2주 동안 집 안에만 있기로 약속을 했다.

함정

라울의 추측은 틀리지 않았다. 볼테르 부두에 있는 에를르몽 후작의 건물은 이미 감시의 대상에 올라 있었다. 그 건물에 대한 감시가 규칙적이고 꾸준한 것은 아니었지만, 아무래도 그가 우려하는 쇼킹한 일이 곧 벌어질 것 같은 느낌이었다. 경찰의 관점에서 보면 고르즈레 형사의 잘못이 컸다. 그는 모든 임무를 전적으로 부하들에게 맡긴 채 현장에는 거의 나타나지 않았다. 쿠르빌과 클라라 라 블롱드가 그들의 감시를 피해 제 집 드나들 듯 그 건물에 드나들 수 있었던 이유는 바로 그 때문이었다. 고르즈레는, 라울의 심복인 쿠르빌뿐만 아니라 발데의 부하에게도 매수된 관리인이 건네주는 애매모호한 정보와 역정보에 이중으로 속고 있었다.

지난 3일 동안 그 건물에 대한 발데의 감시는 보다 용의주도하게 진행이 되고 있었다. 매일 아침 10시가 되면, 구부정한 자세로 화구통과 이젤, 접이 의자를 들고 나타나 건너편 길에 자리를 잡는 사람이 있었다. 길게 자란 허연 머리에 펠트 모자까지 쓰고, 에를르몽 후작의 건물에서 50m 정도 떨어진 곳에 앉아 센느 강 주변과 루브르 박물관의 모습을 유화 물감으로 캔버스 위에 그리는 모습이 영락없이 화가처럼 보였다. 그가 바로 대도 폴이었다. 아니, 발데였다. 경찰은 이 이상한 사람을 예의주시하지 않았다. 대도 폴이 남의 이목을 끌기 쉬운 장소에 그리 대담하게 나타나리라고는 미처 생각을 하지 못했기 때문이었다.

화가가 자리를 뜨는 시각은 언제나 오후 5시 반이었다. 그러므로 그가 자리를 뜬 뒤에야 나타나는 클라라가 그와 마주칠 기회는 없었다.

라울이 그 건물을 방문한 바로 다음 날이었다. 라울의 출현을 고대하던 그가 막 붓놀림을 끝내려던 참이었다. 그때 옆에서 가만히 말을 거는 사람이 있었다.

"소스덴입니다. 움직이지 말고 듣고만 계세요."

그의 주위에는 구경꾼이 서너 명 있었다. 그들이 떠나가자 다른 사람들이 주위를 둘러싸고 그의 그림을 구경하고 있었다.

낚시꾼 차림으로 나타난 소스덴의 목소리는 발데 이외의 다른 사람들은 알아들을 수 없을 만큼 작았다. 그가 마치 미술품

감정가처럼 이젤 위에 걸린 그림을 유심히 쳐다보며 말했다.

"오늘 석간신문 봤어요?"

"아니. 아직 못 봤어."

"경찰이 아랍을 재심문하고 있다는 기사가 났어요. 당신이 카지노 블루에 나타나리란 사실을 경찰에게 찌른 놈이 바로 그놈이 맞아요. 하지만 그놈이 계속 오리발을 내미는 바람에 경찰이 더 이상 얻어낸 게 없다고 합니다. 발데라는 이름이나 라울이라는 이름에 대해서는 입도 뻥끗하지 않았다고 합니다. 클라라의 이름도 마찬가지고요. 그러니까 현재로서는 안심해도 괜찮을 겁니다."

소스덴이 허리를 펴고 다른 각도에서 그림을 살펴보며 세느강의 풍경을 힐끗 쳐다보았다. 이윽고 그가 시선을 분산시키기 위해 썼던 안경을 벗어 손에 들며 허리를 굽힌 채 보고를 계속했다.

"에를르몽 후작이 내일모레 스위스에서 돌아온대요. 관리인이 그러는데, 그 여자가 어제 왔던 이유는 그 사실을 하인들에게 알리려는 것 때문이었대요. 그 여자가 에를르몽 후작과 계속 연락을 하고 있는 것은 분명한데 지금 있는 곳은 알 수가 없어요. 쿠르빌이 중이층에 있던 가구를 다시 옮긴 걸 보면 아무래도 그놈은 라울의 앞잡이인 게 틀림없어요. 그리고 라울도 이곳에 기웃거리는 게 분명해요."

폴은 소스덴이 하는 얘기를 귀담아들으면서도 가끔 붓을 들어 풍경의 크기를 재는 시늉을 하였다. 그러한 제스처는 일종의 신호였다. 붓이 가리키는 방향에는, 남루한 차림의 늙은 남자가 가판대 앞에서 책을 읽고 있었다. 그가 돌아서자 하얀 멋진 콧수염이 보였다. 한눈에도 쿠르빌이 분명했다.

소스덴이 작은 소리로 말했다.

"쿠르빌이에요. 내가 미행할게요. 어제 만났던 장소에서 저녁에 만나요."

그는 화가와 헤어져 천천히 쿠르빌의 뒤를 쫓았다. 쿠르빌은 여러 번 길을 바꿔 빙빙 둘러가고 있었다. 혹시도 있을지 모르는 추적자를 따돌리기 위한 행동이었다. 그러나 다른 일에 정신이 팔려 주위를 제대로 살피지 않는 바람에 대도 폴과 그의 공범의 존재를 알아채지 못한 상태였다. 그가 오퇴이유로 가는 동안 낚시꾼 차림을 한 사내는 계속 그의 뒤를 미행하고 있었다.

대도 폴은 그 자리에서 한 시간을 더 있었다. 그날 저녁 클라라는 아직 그곳에 나타나지 않고 있었다. 그러나 고르즈레 형사의 모습이 어렴풋이 보이자 그는 얼른 화구를 챙겨 그 자리를 떴다.

그날 저녁 폴과 그의 부하들은 파리 남쪽, 세느 강 왼쪽 기슭에 위치한 몽파르나스의 프티-비스트로에 모였다. 에크르비스 바 대신 새로 개발한 술집이었다.

그들의 모임에는 소스덴이 합류하고 있었다.

그가 말했다.

"드디어 알아냈어요. 주소는 모로코 가(街)의 오퇴이유 27번지예요. 쿠르빌이 대문의 초인종을 누르는 것을 내 눈으로 똑똑히 보고 오는 길입니다. 대문이 자동문이던걸요. 7시 45분에 클라라가 돌아오는 것을 봤어요. 그녀가 초인종을 누르자 문이 역시 자동으로 열리더라고요."

"라울은 봤어?"

"아니오. 하지만, 그놈이 그 집에 살고 있는 게 분명합니다."

폴이 잠시 생각을 하더니 말을 꺼냈다.

"아무래도, 행동에 옮기기 전에… 상황부터 정확히 파악해야겠다. …내일 아침 10시에 나한테 차를 갖고 와. 네 말이 사실이라면 이번에는 절대 클라라를 놓쳐서는 안 돼."

다음 날 아침 폴의 새로운 아지트 앞에 택시가 도착했다. 밀짚모자를 쓴 뚱뚱하고 혈색이 좋은 운전사는 소스덴이었다.

"자, 얼른 출발하자!"

소스덴은 운전에는 일가견이 있었다. 차가 오퇴이유로 접어드는 듯싶더니 어느새 모로코 가를 지나고 있었다. 길 양옆으로는 어린 나무들이 빽빽이 들어서 있었지만, 숲이 울창하고 집들이 낡은 것으로 보아 새로 개발 중인 지역 같았다. 라울의 집은 낡고 오래된 집들 중의 하나였다.

소스덴이 조금 멀리 떨어진 곳에 차를 대자, 폴은 택시 안에 몸을 숨긴 채, 뒷좌석의 유리창으로 그 집을 관찰하기 시작했다. 30미터 정도 떨어진 곳에 위치한 집의 2층 창문은 활짝 열려 있었다. 소스덴은 운전석에 앉은 채로 신문을 읽기 시작했다.

폴은 가끔 소스덴에게 말을 걸었다. 폴은 점점 안달이 나기 시작했다.

"이런 거지 같은! 쥐새끼 한 마리도 보이지 않잖아. 벌써 한 시간이나 지났는데… 빈 집 아냐?"

소스텐이 대답했다.

"조금 더 기다려 보세요. 가서 일어나라고 깨울 수도 없잖아요."

다시 20분이 지나갔다. 11시 30분이었다.

폴이 투덜거렸다.

"이런 제기랄! 이제야 나타나? 저기 보이지? …저놈 말이야!"

창문으로 라울과 클라라의 모습이 보였다. 그들은 조그만 발코니에 몸을 기대고 서 있었다. 폴은 그들이 다정하게 웃는 얼굴로 서로 가까이 서 있는 것을 똑똑히 보았다. 클라라의 금발이 반짝이는 햇살에 눈이 부셨다.

폴이 약이 올라 인상을 찌푸리며 소리를 질렀다.

"그만 가자! …이 정도면 이제 됐어. …잡히면 죽었어!"

차는 그곳을 떠나 사람들이 좀더 북적이는 곳으로 향했다.

폴이 말했다.

"여기서 차 세워! 그리고 날 따라와."

차에서 내린 그들은 카페로 들어갔다. 안에는 손님이 거의 없었다.

"베르무트 두 잔하고 쓸 것 좀 갖다줄래요?"

폴이 한동안 말이 없이 생각에 잠겨 있었다. 화가 몹시 난 표정이었다. 이윽고 그가 혼잣말을 하듯이 중얼거렸다.

"그럼 그렇지. …그래. …그럴 줄 알았어. 이제 드디어 걸렸지.

안됐지만 넌 내 거야."

다시 침묵이 흘렀다. 한참 뒤에 그가 다시 입을 열었다.

"라울의 필체가 있어야 하는데… 소스텐, 자네 혹시 그놈이 쓰던 종이쪽지라도 갖고 있는 게 있나?"

"없는데요. 하지만, 볼테르 부둣가의 중이층에서 찾아냈던 건데, 쿠르빌이 끼적거린 쪽지는 있어요."

폴의 표정이 환하게 바뀌었다.

"이리 줘 봐."

그가 유심히 관찰하더니 그 위에 종이를 대고 열심히 쿠르빌의 필체를 베끼는 연습을 시작했다. 연습이 끝나자 그는 종이 위에 몇 줄을 적은 다음 쿠르빌의 사인을 써넣었다.

그는 겉에도 같은 필체로 주소를 적었다.

모로코 가 27번지
마드모아젤 클라라

그가 소스텐에게 단단히 일렀다.

"내 말 잘 들어. 지금부터 내가 하는 말을 절대 잊으면 안 돼. 나는 지금 이곳을 떠날 테니까 혼자 점심 식사를 한 뒤에 근처에 가서 계속 두 사람을 감시해. 라울과 클라라가 따로 나갈 거야. 라울이 먼저 나간 다음에야 그녀가 산책을 나갈 거야. 그놈이 나가면, 한 시간쯤 있다가 그 집으로 가서 초인종을 눌러. 사람이 나와서 문을 열면, 될 수 있는 한 난처한 표정을 지으며 이 편지를 그녀에게 전달하고 그 내용을 말해 줘."

소스덴이 편지의 내용을 읽어보더니 머리를 가로저었다.

"오라는 장소가 영 맘에 들지가 않네요. 아무래도 그녀는 볼테르 부둣가 쪽으로는 가지 않을 것 같은데…."

"그런 걱정은 할 필요가 없어. 그녀는 아무런 의심 없이 곧바로 그리로 갈 거야. 내가 그곳에 함정을 파놓았다고는 생각하지 못할 테니까."

"알았습니다. 하지만 그녀가 고르즈레 형사에게 들키면… 두목도 들킬 수가 있잖아요?"

"자네 말이 옳아. 그러니까 근처에 있는 우체국에서 경찰에 이렇게 전보를 치라고."

그가 전보 칠 내용을 불러주었다.

"대도 폴과 그의 부하들이 요즘 매일 모이는 장소는 몽파르나스의 프티-비스트로입니다. 아마 오늘도 나타날 것 같습니다."

폴이 자세히 자신의 계획을 설명했다.

"전보를 받으면 고르즈레 형사는 틀림없이 그곳으로 달려갈 거야. 그리고 사실 여부를 확인한 다음 우리가 나타나기를 죽치고 기다리겠지. 우리가 모이는 장소는 나중에 다른 곳으로 정해도 돼. 애들에게 알리기만 하면 되니까."

"라울이 외출을 하지 않던가, 너무 일찍 나가버리면 어떡하죠?"

"상관없어. 내일로 연기하면 되니까."

폴과 헤어진 뒤, 그곳에서 점심 식사를 끝마친 소스덴은 라울을 감시하기 위하여 먼저 있던 자리로 되돌아갔다.

라울과 클라라는 집 앞의 정원 한쪽 구석에서 네 시간 이상 앉아 있었다. 더위가 장난이 아니었다. 그러나 그들은 시원한 그늘 밑에 앉아 한가로이 잡담을 나누고 있었다.

라울이 자리를 뜨면서 클라라에게 물었다.

"예쁜 아가씨가 오늘은 왜 그렇게 우울한 표정을 지어요? 걱정되는 거라도 있어요? 무슨 나쁜 일이라도 있어요?"

"당신을 만난 다음부터는 예감 따위는 믿지 않아요. 하지만, 당신이 나갈 때면 왠지 모르게 불안해요."

"몇 시간 뒤면 돌아올 텐데요, 뭐."

"몇 시간이 짧은 게 아니잖아요. 나가서 도대체 무엇을 하는지 알 수도 없고."

"내가 나가서 무엇을 하는지 얘기해 줄까요? 몰래 나쁜 짓도 하고 좋은 짓도 해요."

잠시 뒤 그녀가 그의 말에 대꾸를 했다.

"그런 얘기라면 알고 싶지 않아요."

그가 웃으며 말했다.

"당신 말이 옳아요. 나도 내가 무슨 일을 하는지 알고 싶지 않으니까. 하지만 눈을 감고 있어도 모든 게 훤히 보이는데 어쩌겠어요? 갔다올게요. 밖으로 나가지 않겠다고 한 약속 잊지 말아요."

"당신도 볼테르 부두 근처에는 얼씬도 하지 않겠다고 한 말 잊지 말아요."

클라라가 기어들어 가는 목소리로 쏘아붙였다.

"위험하니 어쩌니 하면서, 자기만 매일 나가고…."

"나는 위험한 짓은 안 해요."

"그렇겠죠. 그래서 나가면 매일 날파리가 꼬이는군요. 폴하고 경찰이 눈에 불을 켜고 있는데… 얼마나 위험한지도 모르고."

"그만해요. 개에게 물려죽거나, 머리 위로 떨어지는 타일에 맞아죽거나, 무서운 화마에 휩쓸려 죽을 염려는 없으니까."

그녀가 웃음을 터뜨리며 말했다.

"그건 그래요."

그녀가 그를 꼭 껴안았다. 그녀는 대문까지 따라나오며 다시 한 번 강조했다.

"라울, 얼른 갔다와요. 이제 내게 중요한 건 당신뿐이에요."

그가 떠난 뒤, 그녀는 정원에 앉아 잠시 책을 읽다가 뜨개질을 시작해 보았다. 그러나 그것도 얼마 가지 않았다. 그녀는 다시 안으로 들어가 잠을 자려고 노력해 보았지만, 왠지 불안하여 마음이 놓이지 않았다.

그녀는 그동안 가끔 조그만 거울에 얼굴을 비춰본 적이 있었다. 그녀의 몰골은 말이 아니었다. 눈은 퀭하니 들어가고 입술은 바싹 탄 모습이 영락없이 병자 같은 모습이었다. 그녀의 웃음에도 생기가 없었다.

그녀가 혼자 중얼거렸다.

'그래도 이런 내 모습이 좋다는데, 어떡하겠어?'

그 사이 시간이 흐르고 있었다. 5시 반이 되었다.

그때, 집 밖에 차가 멈추어서는 소리가 들리자 그녀는 얼른 창으로 달려갔다. 차는 대문 앞에 서 있었다. 통통한 운전기사가 차에서 내려 벨을 누르는 모습이 보였다.

하인이 마당을 가로질러 나가더니 편지봉투를 들고 돌아왔다. 그가 놀란 표정으로 내민 편지봉투에는 이렇게 쓰여 있었다.

모로코 가 27번지
마드모아젤 클라라

봉투를 뜯고 편지를 읽는 순간 그녀는 비명소리를 지르며 중얼거렸다.

"서둘러요. …빨리 가봐야 돼요."

하인이 그녀를 제지하며 말했다.

"라울 씨가 신신당부하고 나가셨는데…."

그녀가 편지를 건네주자 그가 다시 읽었다.

마드모아젤.
라울 씨가 층계참에서 심한 부상을 당하셨습니다. 그래서 지금 중이층의 서재에 눕혀 놓았습니다. 크게 걱정할 정도는 아니지만 계속 당신 이름만 부르고 계십니다.
_쿠르빌

편지의 필체가 쿠르빌의 것과 너무도 똑같았으므로 하인도 그녀가 나가는 것을 말릴 수가 없었다.
 클라라는 서둘러 옷을 입고 마당으로 나갔다. 그곳에는 소스덴이 얌전하게 기다리고 있었다. 그녀는 자초지종을 물어보고서도 대답은 듣지도 않은 채, 택시에 올랐다.

라이벌

　　　클라라는 자신이 비열한 음모의 희생양이 될지도
모른다는 의심을 단 1초도 하지 않았다. 라울이 부상을 입었다
면, 아마도 치명적일 것 같았다. 그녀가 추측할 수 있는 것이라
고 해봐야, 라울이 볼테르 부두에 있는 그 집을 방문했다가 고
르즈레 형사나 폴을 만나 싸움을 벌이다가 그런 사고를 당해
중이층으로 옮겨졌으리란 짐작뿐이었다. 그녀는 자꾸 불길한
생각만 떠올랐다. 그가 큰 상처를 입어 피를 흘리는 모습만이
눈에 아른거렸다.
　라울이 그저 상처만 입었으면 하는 것이 그녀의 가장 큰 바람
이었다. 그 이상은 믿고 싶지가 않았다. 그러나 그가 죽었을지

도 모른다는 생각이 머릿속을 떠나지 않았다. 사태가 그리 심각하지 않다면 쿠르빌이 다른 사람을 시켜 서둘러 편지까지 보낼 필요가 없을 것 같았다. 아무래도 라울이 죽은 게 분명하다는 생각이 들었다. 결국 그렇게 죽고 말 운명이었구나 하는 생각도 들었다.

 그녀는 그가 죽은 것을 확인하러 그곳에 갔다가 자기에게 어떤 결과가 초래될지에 대해서는 생각할 겨를이 없었다. 라울과 고르즈레 사이의 싸움이었든, 라울과 폴 사이의 싸움이었든, 경찰이 중이층에 죽치고 있을 게 뻔한 상황이었다. 경찰이 그녀를 발견하면, 지금까지 그녀를 잡기 위해 혈안이 되어 있던 경찰이 그녀를 체포할 게 뻔한 상황이었다. 그러나 그녀는 그런 상황 따윈 걱정되지 않았다. 라울이 죽었다면 설사 붙잡혀 감옥에 가도 그게 무슨 대수냐 하는 생각이 들었다.

 그녀는 자꾸 이상한 생각이 떠오르는 것을 스스로 억제할 힘이 없었다. 머릿속에는 온통 갖가지 생각과 광경이 그려지고 있었다. 이미 이성을 잃고 있었다. 차의 속도가 너무 느린 것 같았다. 그녀는 계속 좀더 빨리 가자고 운전기사를 재촉했다.

 "빨리요! 서둘러 주세요! 늦었단 말이에요."

 소스덴이 뒤를 돌아다보며 점잖게 말했다.

 "걱정하지 마세요. 곧 도착할 겁니다."

 볼테르 부두에 도착하자 그녀는 서둘러 차에서 내렸다.

 그녀가 돈을 주려고 하자 소스덴은 극구 사양을 했다. 그녀는 돈을 팽개치듯 좌석 위에 던지고 건물 안으로 뛰어들어갔다. 관리인은 자리에 없었다. 그녀는 서둘러 계단을 올라갔다. 놀랍게도 모든 것이 너무 조용하고 경찰의 모습도 보이지 않았다. 층계참에도 아무도 없었다. 아무 소리도 들리지 않았다.

분위기가 이상했다. 그러나 어떤 것도 그녀를 막지는 못했다. 아무리 혹독한 운명이라도 피할 수 없다면 용기 있게 맞서 싸우고 싶었다. 차라리 라울과 함께 같이 죽고 싶었다.

문이 빠끔히 열려 있었다.

그녀가 안으로 들어가자 전혀 예기치 못한 일이 벌어졌다. 갑자기 누군가가 한 손으로 그녀의 입에 둘둘 말린 손수건을 밀어 넣었다. 그녀가 반항하자 다른 한 손으로 그녀의 어깨를 꽉 잡았다. 그 바람에 그녀는 몸의 중심을 잃어 마룻바닥에 코를 대고 쓰러지고 말았다.

그녀를 공격한 사람은 발데였다. 그녀가 바닥에 쓰러지자 그의 공격이 멈추었다. 분이 풀렸는지 발데가 현관문을 잠근 뒤, 응접실 문을 닫았다.

그녀는 완전히 기절한 상태는 아니었다. 곧 정신이 든 그녀는 자신이 함정에 빠졌다는 것을 알아차렸다. 무턱대고 들어온 것이 실수였다. 눈을 뜨자 발데의 모습이 보였다. 그녀는 너무나 무서워 몸을 떨었다.

발데는 그녀가 대자로 뻗어 꼼짝하지 못하는 것을 보고 낄낄거리며 웃기 시작했다. 지금까지 들어보지 못한 기분 나쁜 웃음이었다. 그의 잔인한 웃음소리에 소름이 끼쳐 살려 달라고 애원할 수도 없을 정도였다.

그가 그녀를 일으켜 세우더니 커다란 안락의자 옆에 있는 소파에 앉혔다. 그 집에 남아 있는 것이라고는 그것들뿐이었다. 그는 옆에 딸린 방문을 열어 보여주며 말했다.

"이 안에는 우리 둘밖에 없어. 너는 이 집에 완전히 갇힌 거야. 살려 달라고 소리를 질러도 너를 구하러 올 사람이 없어. 클라라, 이제 라울의 도움 따위는 기대하지 않는 게 좋을 거야. 내가 손을 써놓았으니까 경찰의 추적을 받고 있을 거야. 너는 끝났어. 자, 이제 기도나 하시지."

그가 창문의 커튼을 열었다. 소스덴은 아까 그 자리에 차를 세워 둔 채 인도에 서서 망을 보고 있었다.

폴이 다시 낄낄 웃으며 말했다.

"이곳은 안전해. 한 시간 정도는 조용할 거야. 그 정도 시간이면 무슨 짓이든지 다 할 수 있어. 그리고 도망치면 그것으로 끝이야. 아래에 차도 있으니까. …기차를 타고 도망쳐서 여행이나 하며 살지 뭐."

그가 한 걸음 앞으로 다가왔다.

클라라는 발끝에서 머리끝까지 온몸에 소름이 끼쳤다.

그가 말했다.

"그래, 겁이 나지?"

그녀가 떨리는 목소리로 대답했다.

"죽는 건 무섭지 않아."

"그렇다면, 맛을 좀 보여주지."

그녀가 머리를 가로저었다.

"이러지 마."

그가 다가왔다. 그녀는 앉았던 자리에서 물러나며 그의 손을 뿌리쳤다.

그녀는 무서웠다. 그가 꼭 미친 사람같이 보였다. 증오로 일그러진 모습이 악마처럼 보였다. 그가 두 손으로 그녀의 목을 잡으려고 달려들었다.

그녀는 자리에서 벌떡 일어나 얼른 의자 뒤로 숨었다. 반쯤 열린 테이블 서랍 속에 권총이 있는 것이 보였다. 그녀는 권총을 낚아채려고 해보았지만 소용이 없었다. 그녀는 밖으로 도망을 치려고 뛰어나가다가 그만 넘어지고 말았다. 그가 힘껏 그녀의 목을 잡고 있는 손가락에 힘을 주었다. 그녀는 곧 온몸에 힘이 빠졌다.

그녀는 다시 바닥에 쓰러지고 말았다. 그가 그녀를 안으로 질질 끌고 들어갔다. 그녀는 정신이 점점 혼미해지는 것을 느낄 수 있었다.

그때, 갑자기 목을 죄던 그의 손목에서 힘이 풀렸다. 현관문에서 벨을 누르는 소리가 들렸다. 벨소리가 오랫동안 방 안에 울려 퍼졌다. 폴이 소리나는 쪽으로 머리를 돌리고 귀를 쫑긋 세웠다. 그러나 다시 벨을 누르는 소리는 들리지 않았다. 문은 잠겨 있었으므로 폴은 걱정할 필요가 없었다.

다시 그녀의 목을 조이려는 순간, 그가 깜짝 놀라 외마디 비명을 질렀다. 창문 사이로 번쩍 하는 것이 보였기 때문이었다. 그는 이 기적 같은, 도저히 이해할 수 없는 현상에 놀라 넋을 잃고 있었다.

그가 벌벌 떨면서 중얼거렸다.

"저놈이! …저놈이!"

허깨비를 본 것은 아닐까? 괜히 겁을 먹은 게 아닐까? 라울의 환한 얼굴이 투명 스크린에 분명히 보였다. 그러나 영화의 한 장면이 아니었다. 살아 있는 사람의 모습이었다. 눈동자가 움직이고 있었다. 환하게 웃고 있는 모습이 마치 이렇게 얘기하는 것 같았다.

'그래. 나야. 내가 오리라고는 생각하지 못했겠지? 내 꼴이 보기 싫어? 조금 늦었지만 그 보답을 해줄게. 내가 왔다니까!'

그때 갑자기 문에 열쇠를 집어넣는 소리가 들렸다. 그리고 다시 자물쇠가 돌아가는 소리가 들렸다. 발데가 벌떡 일어났다. 그러나 공포에 질려 눈만 동그랗게 뜨고 멍하니 서 있었다. 클라라도 그 소리를 들었다. 그녀는 점차 굳은 표정이 풀렸다.

난폭한 침입자처럼 문을 부수는 소리는 들리지 않았다. 오히려 그 반대였다. 기쁜 마음으로 집에 도착하여 가족이 나오기만을 기다리던 남편이 문을 여는 것처럼, 아니면 친한 친구를 찾아온 사람이 들어오는 것처럼, 문이 부드럽게 열렸다.

라울은 아무 거리낌없이 발데 옆으로 다가가 투명 스크린을 닫으며 말했다.

"아아 그런 불쌍한 표정은 짓지 마. 아직 목에 칼이 들어간 게 아니니까 현재로서는 안심해도 돼."

라울이 다시 클라라에게 말했다.

"내 말을 듣지 않으니까 이런 일이 생기잖아요. 저 친구가 분명 편지를 썼을 텐데, 무슨 내용인지 읽어봅시다."

그는 그녀가 건네준 편지를 유심히 살펴보았다.

"저 친구가 이따위 더러운 장난을 치리라고 생각 못한 내가 잘못이에요. 아무리 고전적인 수법이라도 여자가 이런 편지를 받으면 속아넘어갈 수밖에 없겠죠. 하지만 이제 걱정하지 말아요. 클라라, 얼굴을 펴요. 저 친구는 이제 당신을 괴롭히지 못해요. 순한 양처럼 얌전히 있잖아요! 지난번에 나한테 혼났으니까, 무모하게 다시 덤비지 못해요. 안 그런가, 발데? 똑똑한 척은 혼자 다하면서…. 운전기사를 길가에 세워둬? 운전기사처럼 생긴 놈을 세워놔야지! …오늘 아침에 모로코 가에서 얼쩡거리던 놈이 바로 그놈이라는 것을 한눈에 알아볼 수가 있었지. 그따위 짓을 하고 싶으면 다음부터는 먼저 나한테 물어보고 해!"

발데는 자제력을 되찾으려고 애를 쓰고 있었다. 그가 주먹을 꽉 쥐고 미간을 찌푸렸다. 라울의 조롱에 더 이상 참을 수 없다는 표정을 지었다.

라울이 말을 계속했다.

"이봐, 얼굴 펴! 아직은 네가 안전하다는 것을 얘기하는 거니까. 단두대의 맛은 나중에 봐도 돼. 아직 시간이 많이 남아 있어. 이리 와. 네놈 팔과 다리를 아주 부드럽게 신사적으로 묶어줄게. 그러면 오늘 행사는 끝이야. 경찰서에 전화를 해서 고르즈레 형사에게 데려가라고는 해야겠지? 그러면 끝나는 거야."

발데는 그의 말 한마디 한마디에 마음에 가시가 박히는 것 같았다. 라울과 클라라 사이의 깊은 교감에 그는 화가 머리끝까지 치밀어 올랐다. 클라라는 더 이상 두려워하지 않고 있었다. 클라라가 환히 웃자 그는 그녀가 자신을 비웃고 있다는 생각이 들었다.

여자 앞에서 조롱을 당하고 있다는 생각이 들자, 가슴속에서 불꽃이 일었다. 이제 그가 침착하고 정확하게 공격할 차례였다. 그는 품고 있던 비수를 사용하기로 결심했다.

그가 안락의자에 앉은 채 바닥을 발로 구르며 힘을 주어 말했다.

"그래서 나를 법정에 넘기겠다 그 말이냐? 그러면, 몽마르트의 술집과 카지노 블루에서는 왜 실패했어? 아하, 오늘 드디어 내 꼬리를 밟았다고, 그 기회를 이용하자 그 얘기군. 좋았어. 하지만 그렇게 마음대로 되지는 않을걸. 어쨌든, 길고 짧은 건 대봐야 하겠지. 클라라, 너도 똑바로 명심해 둬."

클라라는 소파 위에 앉아 꼼짝하지 않고 있었다. 다소 진정이 된 듯하였지만, 아직 긴장하고 불안한 모습이었다.

라울이 말했다.

"이봐, 네놈이 젖 먹던 시절 얘기나 해봐."

발데가 대꾸했다.

"네놈에게는 젖 먹던 시절 얘기처럼 들리겠지. 하지만 클라라에게는 아주 중요한 얘기일걸. 무슨 얘기인가 하고 귀를 쫑긋 세운 그녀의 꼴을 좀 봐. 내가 실없는 소리는 하지 않는 사람이란 걸 그녀는 잘 알고 있지. 나도 여러 말 하고 싶지 않아. 몇 마디면 충분해."

폴이 그녀를 쏘아보며 말했다.

"에를르몽 후작과 네 관계는 네 스스로가 잘 알 거야."

그녀가 물었다.

"에를르몽 후작과의 관계?"

"그래. 에를르몽 후작이 네 엄마와 알던 사이라고 했던 적이 있지?"

"그래요. 알던 사이예요."

"너는 그런 추정만 했을 뿐, 증거가 없었어."

"무슨 증거요?"

"어물쩍 넘어가려고 하면 안 되지. 그날 밤 에를르몽 후작의 집에 숨어들어가 찾던 것 말이야. 책상 속의 비밀 서랍을 열어 봤겠지. 그리고 네가 에를르몽의 딸이라는 글씨가 써진 엄마 사진도 발견했을 테고. 그런데 나는 너보다 먼저 다 뒤져보고 알고 있었거든."

클라라는 대꾸를 하지 못했다. 그녀는 그가 무슨 말을 할지 기다리고만 있었다.

그가 말을 계속했다.

"그런 것은 부차적인 문제야. 내 추측으로 볼 때, 네 아버지는 분명 장 에를르몽이야. 네가 그 사람에 대해 어떻게 생각하고 있는지는 모르겠어. 하지만, 너의 그러한 행동에 영향을 미칠 수 있는 사실이 하나 있지. 그게 뭐냐 하면 말이야…."

발데가 목소리를 낮게 깔고 엄숙한 표정을 지으며 말을 계속했다.

"그게 뭐냐 하면 말이야, 볼닉 저택의 성루에서 일어난 사건에서 네 아버지가 무슨 역할을 했는지 아느냐 하는 거야. 그 사건에 대해 들었겠지? 네 친구가 얘기해주지 않았어? 나의 친척인 엘리자베스 오르넹이란 가수가 피살되었는데 그녀의 보석이 감쪽같이 없어졌다는 사건 말이야. 이제 네 아버지란 사람이 무슨 짓을 했는지 알겠지?"

라울이 어이가 없다는 듯 어깨를 으쓱했다.

"터무니가 없군! 에를르몽이 한 역할이라고는 손님들을 초대했다는 것뿐이야. 그때 그가 그 성루에 있었던 것은 우연이야. 그게 전부야, 이 멍청한 친구야!"

"경찰하고 똑같은 소리를 하고 있군. 이봐, 사실은 그게 아니야."

"그래 네가 밝혀낸 사실이 뭔데?"

"엘리자베스 오르넹을 죽인 사람은 바로 저 여자의 아버지야. 보석을 훔친 사람도 그 사람이고."

발데가 이 말을 마치자마자 주먹으로 의자를 치며 일어섰다. 라울은 기가 막혀 웃음이 다 나왔다.

"소설을 써도 되겠다! 이 친구, 알고 보니 대단한 휴머니스트인데!"

클라라가 약이 올라 소리를 질렀다.

"거짓말하지 마! 알지도 못 하면서…."

발데가 더욱 큰 목소리로 더욱 거세게 같은 주장을 되풀이했다. 잠시 뒤, 그는 평정을 되찾고 자리에 앉아 에를르몽의 혐의에 대해 늘어놓기 시작했다.

"내가 20세 때였으니까, 엘리자베스 오르넹과 장 에를르몽의 관계를 알 수가 없었지. 내가 그 사건에 대해 알게 된 것은 그로부터 10년 뒤였어. 내 집에서 두 사람의 편지를 발견한 뒤였으니까. 그가 경찰의 심문 과정에서 그 사실을 밝히지 않았다는 점이 아무래도 수상하다는 생각을 지울 수 없었지. 그래서 내가 직접 조사를 해보았어. 어느 날 그 성루의 담을 넘어들어가 보았지. 그런데 말이야, 에를르몽 후작이 관리인과 함께 그곳을 샅샅이 뒤지고 있더라고! 그래서 나도 발벗고 나서서 그 사건에 대한 기사가 실린 신문이란 신문은 다 뒤져보았지. 그 지역에서 발행되는 신문뿐만 아니라 파리에서 발행되는 신문까지 말이야. 볼닉 저택에 열 번쯤 다녀왔지. 여기저기 쑤시고 다니며 동네 사람들에게 물어보기도 했지. 에를르몽을 감시하다가 그가 자리를 뜨면 서랍을 뒤져 그가 받은 편지들을 꺼내보기도 했지. 내가 언제나 내린 결론은 그가 그 사건의 해결에 아주 중요한 단서를 숨길 수밖에 없는 데에는 분명 어떤 아주 심각한 이유가 있다는 사실이었어."

"머리가 좋군. 그래, 새로 발견한 게 있어?"

발데가 차분하게 대답했다.

"발견한 게 많지. 장 에를르몽의 이상한 행동을 논리적으로 풀 수 있는 여러 가지 사실을 발견했지."

"신이 났군! 계속 하시지 그래."

"주벨 부인에게 엘리자베스 오르넹을 초대하도록 시킨 사람이 바로 에를르몽이었어. 다 쓰러진 성루에서 노래를 하도록 시킨 사람도 그 사람이었고. 노래 부를 장소를 지정해 준 사람도 그 사람이었어. 그녀에게 그곳으로 가는 정원과 계단을 안내해 준 사람도 그 사람이었어."

"다른 사람들이 지켜보는 앞에서였지."

"꼭 그랬다고 할 수는 없지. 첫 번째 계단을 돌아서는 순간 나무들 사이로 보인 것은 엘리자베스 오르넹의 모습뿐이었거든. 1분 정도의 간격이 있었지. 그 짧은 오솔길을 지나가기에는 너무 긴 시간이었지. 그러면 바로 그 1분 동안 무슨 일이 일어났을까? 경찰의 심문을 받은 동네 사람들의 얘기와 다른 모든 정황 증거로 볼 때, 엘리자베스 오르넹이 그 성루에 나타났을 때에는 이미 목걸이를 하고 있지 않았던 게 분명해."

라울이 다시 믿기지 않는다는 표정을 지었다.

"그럼 그가 목걸이를 빼앗는데도 그녀가 가만히 있었다는 얘기 아냐?"

"목걸이를 하고 있으면 아무래도 노래를 부르는 데 지장이 있으니까, 에를르몽에게 맡겼겠지. 그녀가 원래 그런 성격이었거든."

"에를르몽 후작이 그 목걸이를 돌려주지 않으려는 욕심에 그녀를 살해했다고? 그렇게 먼 곳에서? 귀신이 곡할 소리네!"

"그녀를 살해한 사람은 에를르몽 후작이라니까!"

라울은 더 이상 참을 수가 없었다.

"루비와 사파이어가 박힌 목걸이라고 하지만 그것은 모조품이었어. 그런데 그런 무대용 장신구를 훔치려고 사랑하는 여인을 죽이는 사람이 있을까?"

"그렇겠지. 하지만, 그 보석들이 진짜일 수도 있다는 사실을 알아야지. 진짜라면 그 값이 수백만 프랑은 나갈걸."

"헛소리 그만해! 그 보석들이 모조품이라는 것은 그녀 스스로가 밝힌 얘기야."

"그렇게 얘기할 수밖에 없었겠지?"

"뭐라고?"

"그녀는 유부녀였거든. …아르헨티나 출신의 남편에게서 결혼 선물로 목걸이를 받았지만, 에를르몽과 동료들에게도 그 사실을 비밀로 하고 있었지. 내게 그 증거 서류가 있지. 그 아름다운 보석들이 진짜라는 증거 말이야."

라울이 불안한 표정으로 가만히 클라라를 쳐다보았다. 클라라는 손으로 얼굴을 가리고 있었다.

"그래, 좋아. 그럼 그녀를 살해한 사람은 누굴까?"

"그 성루에 나타나리라고는 미처 생각하지 못한 사람이겠지. …가시우라는 양치기 알아? 좀 덜 떨어진 데가 있어서 그렇지, 그래도 순진한 사람이지. 에를르몽 후작이 그 저택에 머물 때면 종종 그에게 가서 옷과 담배도 사주고 돈도 주었다는 증거가 있어. 그가 그런 선행을 베푼 이유가 뭐였을까? 내가 그 친구를 살살 꼬드겨 보았지. 그러니까 어떤 여자가 노래를 부르다가 쓰러지는 것을 본 적이 있다고 털어놓더라고. …앞뒤가 맞지 않는 게 있기는 하지만 말이야. …어느 날 불시에 찾아가니까, 커다란 새총을 이리저리 돌리고 있더군. 머리 위로 새가 날아가니까 한 방 꽝! 날아가던 새는 한 방에 끝났지. 그때 번뜩 떠오르는 게 있었지. '그래 바로 이거다' 하고 말이야."

그가 여기에서 말을 마치자, 잠시 뒤 라울이 물었다.

"그게 어쨌다는 얘긴데?"

"뭐야? 이제 이 정도 얘기하면 알아들어야지. 그놈이 에를르몽의 사주를 받고 그날 그 성루의 담벼락 위에 앉아 있다가 엘리자베스 오르넹에게 치명타를 날린 거란 말이야. 그리고 도망쳤겠지."

"추리 한번 멋있군!"

"추리가 아니라 사실이야."

"그에 대한 증거가 있어?"

"그럼. 빼도 박도 할 수 없는 증거가 있지."

라울이 난처한 표정으로 물었다.

"무슨 얘기야?"

"무슨 얘기냐고? 만의 하나라도 내가 법정에 서게 되면 에를르몽 후작이 엘리자베스 오르넹의 살인 사건과 관련이 있다는 사실을 다 까발릴 거야. 경찰에 모든 관련 서류를 넘겨주면 그만이야. 그러면 그 당시에 에를르몽 후작이 얼마나 돈이 궁했는지 밝혀지겠지. 흥신소에 자신의 잃어버린 유산을 되찾아 달라고 의뢰했다는 사실과 그 목걸이를 훔치지 못했다면 지난 15년 동안 그렇게 호위호식하며 살 수 없었다는 사실도 밝혀지겠지.

그러면 나는 그녀의 친척으로서 그녀가 잃어버린 목걸이의 권리를 주장하거나 적어도 그 가치에 상응하는 돈을 요구할 수 있을 거야."

"정말 그럴까? 단 한푼도 얻어낼 수 없을걸."

"그럴 수도 있겠지. 그러면 에를르몽만 망신당하는 거야. 감옥에나 가면 되겠지. 내가 무슨 증거를 들이밀지 모르니까 겁이 나서 감히 나의 돈 요구를 거절하지는 못할 테니까 두고 보자고."

살인

라울은 방 안을 성큼성큼 왔다갔다하면서 곰곰이 생각해 보았다. 클라라는 자리에서 움직이지 않고 얼굴을 손으로 감싸고 있었다. 발데는 팔짱을 낀 채 오만한 태도로 서 있었다.

라울이 그의 앞으로 다가서며 말했다.

"그래 봐야, 그것은 공갈밖에 되지가 않아."

"엘리자베스 오르넹의 복수를 하려는 것뿐이야. 증거 서류가 내 수중에 있는 한 나는 안전해. 그 서류를 최대한 이용해야 되지 않겠어? 이제 나는 그만 가봐야겠군!"

라울이 그에게서 눈을 떼지 않고 물었다.

"나가서 어떻게 하려고?"

"나가서 어떻게 하다니?"

발데는 결국 자기가 이겼다고 믿고 있었다. 자신의 협박이 라울에게 먹혀들었으므로 승리를 만끽하는 선에서 끝내고 싶었다.

"클라라, 너는 이제 다시 내 파트너가 되는 거야. 내가 가르쳐 주는 장소로 한 시간 이내에 와."

라울의 표정이 하얗게 변했다.

"자신만만하군 그래? …꿈도 야무지군."

발데가 열을 올렸다.

"꿈도 야무지다? 클라라만 다시 나에게 돌려보내면 돼. 원래 내 여자였으니까. …그녀를 중간에 채간 놈은 너야."

라울의 표정이 험악하게 변하자 발데는 하던 말을 멈추고 주머니 속의 권총을 손으로 만지작거렸다.

두 사람은 한 치의 양보도 없이 서로를 노려보았다. 그러나 그러한 대치도 오래 가지 않았다. 라울의 강력한 발차기 일격에 발데는 발목 바로 윗부분을 정통으로 얻어맞고 그 자리에 무릎을 꿇었다. 곧이어 라울의 억센 손에 의해 두 팔이 뒤로 꺾였다.

발데는 그 고통에 더 이상 버틸 수가 없었다. 결국 라울의 힘에 밀려 바닥에 코를 박고 엎어지고 말았다.

클라라가 그에게 달려가면서 소리쳤다.

"라울! 라울! …제발 이러지 말아요. …싸우지 말아요."

라울은 폴을 바닥에 엎어놓고 무지막지하게 두들겨 패기 시작했다. 라울은 소름이 끼칠 정도로 무섭게 표정이 변해 있었다. 그녀가 아무리 말려도 소용이 없었다. 발데가 악다구니를 써도 소용이 없었다. 라울이 사정없이 손으로 때리고 발로 차며 분풀이를 하는 것이 아무래도 사람 하나 잡겠다는 생각이 들 정도였다.

클라라가 통사정을 했다.

"멈춰요, 라울! 제발 그만 때려요! 풀어줘요. 경찰에 넘기지 말아요. 나를 봐서 참아요. …우리 아빠를 봐서 참아요. 그러지 말아요. 그냥 풀어줘요."

그러나 라울은 멈추지 않았다.

"걱정하지 말아요, 클라라. 당신 아버지에 대해서는 입도 뻥긋하지 못할 거예요. …이놈 얘기가 모두 사실이란 증거가 어디 있어요? 만약 사실이라면, 아예 입을 틀어막아버려야 해요. 한 푼도 요구하지 못하도록 말이에요."

그녀가 흐느껴 울며 매달렸다.

"그러지 않을 거예요. 그렇게 하면… 천벌을 받을 테니까."

"이런 개만도 못한 놈은 죽어도 싸요. 지금 풀어주면 언젠가는 당신이 해를 입어요."

클라라가 물러서지 않았다. 그녀는 라울을 가로막고 그만 때리라고 빌었다.

"그러면 아빠의 모든 비밀이 탄로나요. 그러니까 이러면 안 돼요."

그러나 결국 라울이 지고 말았다.

그가 분을 삭이며 말했다.

"좋아요, 풀어줄게요. 발데, 어서 이곳에서 꺼져! 하지만, 앞으로 클라라와 에를르몽 후작의 손가락 하나라도 건드리면, 그때가 초상날인 줄 알아라. 어서 이 자리에서 꺼져!"

잠시 동안 발데는 꼼짝도 하지 않고 그대로 있었다. 라울에게 너무 심하게 얻어맞는 바람에 정신을 차리는 데 시간이 걸리는 것 같았다. 이윽고 그가 꿈틀거리며 팔꿈치를 바닥에 대고 몸을 일으켰다. 그러나 다시 쓰러졌다. 그는 안락의자가 있는 쪽으로 기어갔다. 의자를 짚고 일어서려는 것 같았다. 간신히 일어난 그가 몸의 균형이 잡히지 않는지 다시 무릎을 꿇고 쓰러졌다. 그러나 그 모든 행동은 위장 전술이었다. 그의 유일한 목표는 테이블까지 가는 것이었다. 테이블이 바로 코앞에 보이자, 그는 서랍 속에 든 권총을 잽싸게 꺼내들었다.

그가 돌아서며 외쳤다.

"꼼짝하지 마!"

어느새 라울의 어깨에 권총을 겨누고 있었다. 미처 예상치 못한 재빠른 행동이었다. 그러나 그에게는 총을 쏠 시간적 여유가 없었다. 클라라가 먼저 그에게 달려들었기 때문이었다. 그녀는 옷속에서 칼을 꺼내어 곧바로 발데의 가슴을 찔렀다. 그는 그녀의 공격을 피할 틈이 없었다. 라울도 그녀를 막을 틈이 없었다.

발데는 아무런 충격을 받지 않은 것처럼 보였다. 아무런 고통도 없는 것 같았다. 그러나 누르스름했던 그의 얼굴빛이 점점 창백하게 변했다. 멀대같이 큰 몸집이 곤추서는 것 같더니 순식간에 장작개비처럼 쓰러졌다. 머리와 팔이 소파 위로 떨어지며

헉하고 숨막히는 소리가 몇 번 크게 들렸다. 그리고 잠잠했다. 꼼짝하지 않았다.

클라라는 핏자국으로 얼룩진 칼을 꽉 움켜쥔 채 그가 무너지는 모습을 멍하니 바라보고만 있었다. 발데가 쓰러지자 라울은 그녀를 진정시키려고 애를 썼다. 그러나 그녀는 겁에 질려 완전히 제정신이 아니었다.

그녀가 중얼거렸다.

"사람을 죽였어요. …내가 사람을! …라울, 이제 우리 사랑도 끝이에요. … 너무 끔찍해요."

라울이 그녀를 달랬다.

"나는 언제나 당신 곁에 있을 거예요. …당신에 대한 사랑은 변함없어요. …하지만, 왜 이렇게까지….."

"당신을 권총으로 쏘려고 하니까… 권총을 들고 있었단 말이에요."

"순진하기는… 총알을 미리 빼버렸던 건데… 빈총이니까 일부러 그냥 놔두었던 거예요."

그는 발데의 시체가 보이지 않도록 그녀를 의자에 돌려 앉혔다. 그리고 몸을 굽혀 그를 살펴보고, 심장에도 귀를 대보았다.

그가 가만히 말했다.

"아직 숨이 멎지는 않았어요. …하지만 이대로는 얼마 버티지 못할 거예요."

그때, 라울은 우선 그녀를 피신시키는 것이 급선무란 생각이 들었다.

그는 그녀가 알아들을 수 있게끔 또렷한 목소리로 말했다.

"클라라, 지금 당장 피해요. …이곳에 있으면 안 돼요. 사람들이 몰려올 거예요."

그녀가 갑자기 화를 냈다.

"나보고 도망가라고요? …당신을 혼자 이곳에 두고?"

"그럼 어때요? 사람들이 당신이 이곳에 있는 것을 발견하면…."

"그럼 당신은 어떡해요?"

"발데를 이렇게 놔두고 갈 수는 없잖아요."

라울은 망설이고 있었다. 발데가 거의 죽은 상태라는 것은 알고 있었다. 하지만, 그를 그냥 내버려두고 가기에는 영 마음이 찜찜했다.

클라라가 고집을 피웠다.

"당신이 피하지 않으면 나도 피하지 않겠어요. 일을 저지른 사람은 나예요. 이곳에 남아 경찰에 잡혀가야 할 사람은 나란 말예요."

그녀의 생각에 라울이 난처한 표정을 지었다.

"그럼 안 돼요! 고집 피우지 말아요! 경찰이 체포하러 올 때까지 기다리겠다니… 그게 말이나 돼요? 그럴 수는 없어요. 발데는 원래 못된 놈이었잖아요. 이렇게 죽는 것도 다 자기 팔자예요. 그럼, 같이 이곳에서 피해요. 당신 혼자 이곳에 남겨두고 갈 수는 없으니까."

그가 창문으로 달려가 커튼을 열어보고 돌아왔다.

"고르즈레 형사가 나타났어요!"

클라라가 겁을 먹은 목소리로 물었다.

"뭐라고요? 고르즈레 형사가… 이리로 올라오고 있단 말예요?"

"아니오. …부하 2명을 데리고 이 건물을 지키고 있어요. …아무래도 여기에서 빠져나가기는 힘들 것 같은데…."

두 사람은 이러지도 저러지도 못 하고 있었다. 잠시 뒤, 라울이 발데의 몸을 테이블보로 덮었다. 클라라는 방 안을 서성이고 있었다. 반쯤 혼이 나간 것 같았다. 자기가 무슨 짓을 하고 있는지 무슨 말을 하고 있는지 알지 못하는 것 같았다. 테이블보로 덮인 발데의 몸이 이따금 꿈틀거렸다.

클라라가 중얼거렸다.

"이제 틀렸어. …다 틀렸어."

라울이 그녀를 나무랐다.

"왜 그런 나약한 소리를 해요?"

질책하는 바로 그 순간, 그는 평상시와 다름없이 침착하고 자신에 찬 표정이었다.

그가 잠시 생각을 하더니 시계를 본 뒤, 전화를 들고 급하게 교환을 불렀다.

"여보세요! 여보세요! 내 말 들려요, 아가씨? 전화번호를 물으려는 건 아니고요. 담당주임 좀 바꿔주시겠어요? …여보세요? 아! 카롤린? 마침 자리에 있었군요. 안녕하세요. …지금부터 5분 동안만 계속 전화벨을 울려줄래요? …이곳에 급한 환자가 있어서 그래요. 관리인이 전화벨 소리를 듣고 올라오도록 하려고요. …되겠어요? 카롤린 걱정하지 말아요. …별일 아니니까 다 괜찮을 거예요. …그럼 수고하세요."

그는 전화를 끊자마자 클라라의 손을 꼭 잡고 말했다.

"걱정하지 말아요! 2분 후면 건물을 관리하는 여자가 올라와서 필요한 조치를 취할 겁니다. 고르즈레 형사와 안면이 있으니까 그 사람을 부를 거예요. 이제, 얼른 이곳을 빠져나갑시다."

그가 손을 꼭 쥔 채 차분하게 설명을 하자 그녀는 더 이상 아무 말도 하지 않았다. 아니, 할 수가 없었다.

라울은 지문을 남기지 않기 위해 칼을 주머니에 넣고 전화기를 닦았다. 그 뒤, 발데의 몸에 덮어준 테이블보를 걷어내고, 투명 스크린 장치의 선을 끊었다.

그들은 문을 활짝 열어놓은 채 그곳을 떠났다. 그들이 에를르몽의 하인들이 거주하는 4층에 거의 다다랐을 때 전화벨이 날카롭게 울리기 시작했다. 벨소리는 끊어지지 않고 계속 울리고 있었다.

라울은 4층의 문을 가볍게 열었다. 그들이 안으로 들어가 막 문을 닫으려는 순간, 아래층에서 비명소리가 들렸다. 그것은, 전화벨 소리가 계속 울리자 무슨 일인가 확인하러 올라왔다가 난장판이 된 집안의 소파 위에서 발데의 시신을 발견한 건물 관리인이 지른 소리였다.

라울이 말했다.

"잘됐어요. 이제 그녀가 알아서 다 처리할 겁니다. 책임감이 강한 여자니까 이제 우리는 신경 쓸 필요가 없어요."

아이러니컬하게도 라울의 말에는 그 자신 특유의 침착함이 배어 있었다.

4층은 하인들의 숙소였으므로 그날 그 시각에는 안에 사람이 없었다. 트렁크와 온갖 낡은 물건들이 가득 채워진 고미다락은 문이란 문은 모두 잠겨져 있었다. 라울이 그들 중 하나를 비틀어 열었다. 지붕에서 빛이 들어오고 있었으므로 안으로 들어가는 것은 어렵지 않았다.

클라라의 얼굴에는 절망한 표정이 역력히 보였다. 그녀는 그가 시키는 대로 순순히 따랐다. 그저 가끔 혼잣말을 지껄일 뿐이었다.

"발데를 죽였어요. …난 살인자예요. …당신은 이제 이런 내가 싫을 거예요."

클라라는 자신이 살인을 저질렀다는 사실과 그 살인이 라울에게 어떤 영향을 끼칠 것이냐 하는 문제만을 생각하고 있었다. 고르즈레 형사가 곧 뒤따라올지도 모른다는 것과 지붕으로 탈출하는 방법에 대해서는 아무런 관심이 없었다.

그러나 라울은 무사히 그곳을 빠져나갈 수 있는 기회를 마련하느라 바빴다.

그가 말했다.

"이제 됐어요. 정말 운이 좋군요. 옆 건물의 6층집이 바로 우리가 지금 있는 이 지붕의 끝과 높이가 같으니까, 이 정도면 그래도 내 실력이…."

그러나 클라라는 아무 말도 하지 않았다.

라울은 얼른 화제를 바꿨다.

"괜찮아요. 발데가 먼저 공격을 했으니까, 정당방위예요."

그것이 정당방위였건 아니건, 중요한 문제는 그곳에게 도망가는 것이었다. 라울은 앞으로 움직이면서도 긴장을 늦추지 않았다. 그가 먼저 옆집으로 건너갔다. 조금 뒤, 그는 그녀가 건너올 수 있도록 공간을 만들어 주었다. 역시 행운의 여신은 그들의 편이었다. 그들이 도착한 집에도 사람이 없었다. 살던 사람이 아직 이사를 완전히 끝마치지 않았는지, 방 안에는 쓰던 가구 일부가 그대로 남아 있었다.

그들은 현관을 지나 계단으로 내려갔다. 계단을 하나씩 지나 중이층에 도착하자 라울이 속삭였다.

"잠깐만요. 파리의 아파트에는 어디나 다 관리인이 있어요. 우리가 나가는데도 이 건물의 관리인이 그냥 보고만 있을지 어떨지 모르니까, 만약의 경우에 대비해서 따로 나갑시다. 당신부터 나가봐요. 밖으로 나가면 바로 앞에 볼테르 부두가 보일 겁니다. 그러니까 나가서 왼쪽으로 돈 다음, 세느 강을 등 뒤로 하고 쭉 가세요. 그러면 세 번째 건널목 오른쪽, 그러니까 그곳이 5번지쯤 될 거예요. 그곳에 뒤-포부르-에-뒤-자퐁이란 호텔이 있어요. 그 호텔 라운지에 있으면 내가 곧 뒤따라갈게요."

그는 그녀의 목을 끌어안고 키스를 했다.

"자, 기운을 내요… 그렇게 슬픈 표정은 하지 말아요. 당신이 내 목숨을 구했다고 생각해요. 아니, 내 목숨을 구해준 은인이에요. 사실, 권총에는 총알이 들어 있었거든요."

그는 그녀에게 일부러라도 거짓말을 하지 않을 수 없었다. 하지만, 그가 어떤 행동을 하든, 어떤 말을 하든, 그녀는 얼굴을 펴지 않았다. 그녀는 머리를 푹 숙인 채 슬픈 표정으로 떠났다.

그는 난간에 기대어 그녀가 왼쪽으로 돌아가는 모습을 지켜보았다.

그녀가 완전히 그곳을 떠날 때까지 그는 100을 세었다. 그리고 다시 한 번 더 100을 세었다. 잠시 뒤, 그는 외알안경을 쓰고 모자를 푹 눌러쓴 채 그곳을 떠났다.

사람들이 북적이는 좁은 길을 쭉 따라가자, 세 번째 건널목 오른쪽에 그가 말했던 호텔의 간판이 눈에 보였다. 밖에서 보기에는 조그만 호텔이었지만, 그래도 라운지의 천장이 유리로 꾸며진 제법 안락하고 시설이 좋은 호텔이었다.

그는 라운지를 쭉 둘러보았다. 그러나 클라라의 모습이 보이지 않았다. 구석구석까지 살펴보았지만 그가 찾는 여자는 없었다.

라울은 갑자기 불안한 생각이 들었다. 그는 방금 나왔던 건물로 다시 돌아가 보았다. 그곳에도 그녀는 없었다. 그는 다시 유심히 길을 살피며 호텔로 돌아왔다. 그래도 그녀는 없었다.

그가 중얼거렸다.

'도저히 이해할 수가 없네. …조금 더 기다려 봐?'

그는 30분을 기다렸다. 그러나 한 시간이 지나도 클라라는 나타나지 않았다. 가끔 밖으로 나가 주변 도로를 살펴보았지만 소용이 없었다.

그때, 그는 클라라가 오퇴이유에 있는 집으로 돌아갔을지도 모른다는 생각이 불현듯 들었다. 그는 서둘러 호텔을 떠났다.

그는 택시를 불러 자신이 직접 운전을 하고 서둘러 집으로 돌아갔다.

정원에 있던 하인에게 물어보아도, 집 안에 있던 쿠르빌에게 물어보아도, 그들 모두 그녀의 행방에 대해 시원한 답을 하지 못했다. 그가 아무리 숨이 넘어가는 목소리로 물어도 그들의 답은 모른다는 것뿐이었다.

그것은 그에게 커다란 충격이었다. 어디 갔을까? 어떻게 해야 할까? 어쩔 수 없이 기다려야 하는 처지에 그는 속에서 부아가 치밀었다. 자꾸 나쁜 쪽으로만 생각이 미쳤다.

'그래! 당연히 그럴 수밖에 없었겠지. 스스로 저지른 일에 대해 얼마나 중압감을 느꼈으면, 그랬을까? 살인자라는 사실을 자책하고 있는 거야. 그래서 내가 그녀의 경외의 대상이 되겠지. 이러다 그녀가 자살이라도 하면 어떡하나? 정말 그녀가 사라진 것이 그 때문일까? 다시는 날 만나고 싶지 않다는 뜻이 아닐까?'

아름다운 불빛이 수없이 반짝이는 어둠 속에서 그녀가 세느 강의 물 위로 뛰어드는 모습이 그의 눈에 선하게 어렸다.

라울은 그날 밤을 거의 뜬눈으로 새웠다. 매사를 너무 정확히 따지는 그의 성격이 문제였다. 일단 분명하다 싶으면 그것을 사실이라고 믿는 것이 문제였다. 그는, 발데의 그 교묘한 술책을 미연에 방지하지 못하고 그녀를 홀로 집에 남겨두었다는 사실이 못내 괴로웠다.

그는 아침까지 잠을 이루지 못하고 뒤척였다. 8시가 되자 그는 자리에서 벌떡 일어났다. 마치 즉시 행동에 옮길 만한 일이라도 있는 사람 같았다.

라울이 벨을 눌러 하인을 불렀다.

"클라라에 대해 새로운 소식이 있었나요?"

"없었는데요."

"그럴 리가?"

"쿠르빌 씨에게 물어보시는 게 좋을 것 같은데요."

쿠르빌이 들어오자 라울이 물었다.

"무슨 소식 있었나요?"

"없었는데요."

라울이 버럭 소리를 지르며 쿠르빌을 구석으로 밀었다.

"거짓말하지 마세요. …왜 그래요? …그렇게 벌벌 떨지만 말고, 빨리 말해요. 내가 걱정할까 봐 일부러 그러는 거죠?"

쿠르빌이 주머니에서 신문을 꺼내놓았다. 라울이 얼른 펼쳐 보았다. 첫 페이지의 헤드라인에는 커다란 글자로 이런 기사가 실려 있었다.

대도 폴 피살!

대도 폴이 어젯밤 볼테르 부두의 한 저택에서 누군가에 의해 피살된 채로 발견되었다. 그의 애인 클라라 라 블롱드는 고르즈레 형사반장에 의해 그 근처에서 체포되었는데, 경찰은 그녀와 그녀의 새로운 애인인 라울이란 이름의 남자를 이 사건의 유력한 용의자로 보고 그 뒤를 쫓고 있다. 라울은 카지노 블루의 개업식에서 그녀를 빼돌린 장본인이기도 하다. 아직 그의 행방에 대해서는 알려진 게 없지만, 경찰은 그가 곧 체포되리라고 확신하고 있다.

조조트

 이번에는 고르즈레 형사의 승리였다. 폴의 전보를 받자마자 그는 경시청을 떠나, 클라라 라 블롱드가 나타난다는 바로 그 시각에 볼테르 부두에서 경계망을 펴고 있었다. 그러므로 그는 라울의 집에서 여자의 비명소리가 들리자마자 신속하게 대응을 할 수가 있었다.
 서둘러 계단을 올라간 그는 라울의 아파트 안으로 들어가려다 말고 흠칫 뒤로 물러섰다. 대도 폴이 고통스런 모습으로 누워 있기 때문이 아니었다. 창문 사이에 있는 안락의자가 눈에 띄었기 때문이었다.
 그가 따라온 부하들에게 잠시 기다리라는 지시를 내렸다. 그리고는 권총을 빼들고 경계를 하면서 천천히 의자 옆으로 다가갔다. 조그만 움직임만 보여도 방아쇠를 당길 참이었다.

그의 부하들은 놀란 표정으로 그의 행동을 바라보고만 있었다. 의자가 빈 것을 확인한 고르즈레 형사가 자신의 행동에 스스로 흐뭇하고 만족스런 표정을 지으며 말을 꺼냈다.

"언제나 경계를 소홀히 하면 절대 안 돼."

그가 움츠렸던 긴장을 풀고, 꼼짝하지 않고 누워 있는 사람에게 시선을 돌렸다.

"심장이 아직도 뛰고 있어. 하지만, 오래 가지는 못할 것 같군… 얼른 의사를 불러. 옆 건물에 병원이 있을 거야."

그는 경시청에 전화를 걸어 훈령을 요청했다. 피해자의 상태가 심각해서 연행하기가 힘들 것 같다는 보고도 올렸다. 어쨌든, 그들은 앰뷸런스가 필요했다. 그는 관할 경찰서장에게도 전화로 상황을 알린 다음, 건물 관리인을 심문하기 시작했다. 그녀는 그의 심문에 순순히 응했다. 고르즈레 형사는 그녀의 증언과 모든 정황으로 볼 때 클라라와 라울이 이번 사건의 범인이 틀림없다는 결론을 내렸다.

결론이 내려지자 그는 이상하리 만치 흥분이 되었다. 의사가 도착하자 그가 허둥대며 말했다.

"너무 늦어 손을 쓸 틈이 없었어요. …이미 죽은 뒤였으니까. 하지만 목숨만은 건질 수 있도록 최선을 다해 주세요. 이 사람이 살아야 경찰에 도움이 됩니다. 특히 저한테는… 물론 선생님에게도 그 보답을 해드릴 겁니다."

그때 정말 흥분하지 않을 수 없는 일이 벌어졌다. 그의 부하 플라망이 뛰어들어오며 소리를 질렀다.

"클라라를 잡았습니다."

"뭐라고? 지금 뭐라고 그랬어?"

"클라라 라 블롱드를 잡았습니다. 부두 근처를 배회하던 것을 잡았습니다."

"지금 어디 있어?"

"관리실에 가둬두었습니다."

고르즈레 형사는 서둘러 아래층으로 내려가서 그녀를 앞세우고 다시 라울의 집으로 올라왔다. 그는 그녀를 폴이 쓰러져 있는 소파 앞에 세우고 거칠게 몰아붙였다.

"똑똑히 봐. 얼마나 못된 짓을 했는가를…."

그녀가 놀라 흠칫하며 뒤로 물러섰다. 고르즈레는 그녀를 무릎 꿇린 다음 플라망에게 몸을 수색하라고 지시했다.

"몸을 뒤져봐! 분명 몸에 칼을 지니고 있을 거야. …드디어 내 손에 잡혔군! …미꾸라지 같은 라울도 곧 잡히겠지. 사람을 죽이고도 경찰의 추적을 따돌릴 수 있다고 생각했겠지?"

플라망이 그녀의 몸에서 칼을 발견할 수 없다는 보고를 하자, 고르즈레가 벌컥 화를 내며 자신이 직접 그녀의 몸을 수색하기 시작했다. 그녀는 겁을 집어먹고 그와 몸싸움을 하다 경련을 일으키더니 그만 정신을 잃고 말았다.

고르즈레는 흥분한 상태였다. 화가 치민 그는 물불을 가릴 틈이 없었다. 그가 그녀의 팔을 잡아당기며 강제로 일으켜 세우려고 했다.

"플라망, 나가지 말고 이 자리에 있어. 곧 앰뷸런스가 도착할 거야. …10분쯤 있으면 되니까, 그때 폴을 병원으로 호송해."

그때 어떤 사람이 새로 나타나자 고르즈레 형사가 인사를 하며 말했다.

"아, 소장님 오셨군요. 고르즈레 형사반장입니다. 이쪽은 플라망 형사구요. 사건의 전말에 대해서는 플라망 형사가 설명해 드릴 겁니다. 이번 사건의 배후에는 라울이란 사람이 있는데, 그 사람의 체포는 소장님이 맡아주셔야겠습니다. 저는 살인범을 직접 호송해야겠습니다."

앰뷸런스가 도착했다. 다른 세 명의 형사들이 택시를 타고 부랴부랴 도착했다. 그는 그들을 플라망에게 올려보낸 뒤, 클라라를 앰뷸런스에 태워 범죄수사국으로 호송했다.

클라라는 기절한 상태 그대로 작은 방에 감금되었다. 야전침대와 의자가 두 개뿐인 감방 같은 곳이었다.

고르즈레 형사는 곧바로 심문을 할 수 있다는 꿈에 부풀어 만족한 표정으로 그녀가 깨어나기만을 기다렸다. 그러나 그녀가 정신을 차린 것은 두 시간이 지난 뒤였다. 그는 그녀에게 간단하게 저녁을 먹인 다음 곧바로 심문을 시작할 작정이었다. 그러나 담당 간호원은 아직 그녀가 심문을 받을 만한 상태가 아니라고 하면서 더 이상 그의 접견을 허용하지 않았다.

고르즈레 형사는 볼테르 부두로 돌아갔지만, 더 이상 새로운 정보는 없었다. 장 에를르몽 후작이 현재 어디에 있는지는 알 수가 없고, 이틀 뒤에 돌아올 예정이란 사실만을 파악할 수 있었다.

저녁 9시가 다 되서야 클라라의 접견이 허용되었다. 그러나 그의 희망은 물거품이 되고 말았다. 그녀는 그의 심문에 거부권을 행사했다. 그가 아무리 다그쳐 물어봐도, 살인 사건의 추정 개요를 들이밀어도, 그녀의 여죄에 대해 추궁을 해도, 라울의 개입 여부에 대해 심문을 해도, 또 그가 곧 체포될 것이란 점을 누누이 강조해도, 그녀는 완강하게 답변을 거부했다. 그녀는 눈물도 보이지 않았다. 그녀의 표정은 거의 변함이 없었다.

그 다음 날 오전과 오후에도 그녀의 태도는 변함이 없었다. 클라라는 진술을 거부하고 있었다.

고르즈레 형사가 내일이면 치안판사의 심문이 있을 것이라는 사실을 전하자, 그때서야 그녀가 입을 열기 시작했다. 그녀는 자신의 결백을 주장하면서 대도 폴이란 사람은 일면식도 없는데 경찰이 생사람을 잡고 있다고 항의를 했다. 그녀는 치안판사의 심문을 받으면 그 즉시 석방이 될 것이라고 우겼다.

고르즈레 형사는 그녀가 라울을 믿고 저러는 게 아닐까 하는 생각이 들자, 불안해지기 시작했다. 그는 경계를 이중으로 강화하라는 지시를 내렸다. 저녁 식사를 하러 나가면서는 경찰 두 명을 그녀의 방문 앞에 배치했다. 10시경에 돌아와 마지막으로 그녀를 심문해볼 작정이었다. 그녀는 지친 게 분명했다. 그러므로 다시 한 번 가혹하게 몰아붙이면 그녀가 결국 불지 않고는 배겨내지 못하리라고 믿고 있었다.

고르즈레 형사의 집은 생-앙토닌 근처에 있었다. 조금 낡고 방이 3개뿐이었지만, 그래도 가구가 제법 잘 갖춰진 집이었다. 방 안의 정돈 상태로 보아 깔끔한 여자의 손때가 묻은 집 같았다.

고르즈레는 결혼한 지 10년이 지난 유부남이었다. 연애결혼을 했지만, 그 결과는 별로 좋지 않았다. 형사라는 직업적 특성 때문이랄까, 그는 결코 아기자기한 남편이 아니었다. 그의 아내는 우아하면서도 매력적이기는 했지만, 고분고분한 여자는 아니었다. 자주 외출을 하는 것이 흠이었지만 그래도 훌륭한 가정주부였다. 고르즈레 형사는 놀기 좋아하는 그녀가 종종 춤을 추러 나가도 말릴 수가 없었다. 더군다나 그가 야단이라도 치려고 하면, 오히려 그녀가 더 길길이 날뛰었다.

고르즈레 형사가 식사를 하러 집에 들른 바로 그날 밤, 그의 아내는 외출하고 집에 없었다. 그녀가 이렇게 늦는 법은 별로 없었다. 그러나 그가 그렇게 귀가 시간만은 지키라고 부탁을 했는데도 이번에도 그녀가 늦게까지 들어오지 않자 그는 몹시 화가 났다.

그는 속이 부글부글 끓었다. 그녀가 나타나기만 하면 정말 한번 호되게 야단을 쳐야겠다는 생각을 하면서 그는 현관문을 열어놓고 그 앞에 서 있었다.

9시가 되어도 그녀는 나타나지 않았다. 더 이상 참을 수가 없었다. 그는 어린 하녀를 다그친 결과, 아내가 댄스 드레스를 입고 나갔다는 사실을 알게 되었다.

"춤추러 나갔다고?"

"네."

"어디로?"

"생-앙토닌에 가신다고 했는데…."

고르즈레 형사는 걱정과 불안감에 휩싸인 채 기다렸다. 오후에 나간 사람이 아직 돌아오지 않는 것을 보면 아무래도 무언가가 잘못된 것 같았다.

9시 반이 되자 그는 더 이상 기다리고만 있을 수 없다는 생각이 들었다. 그는 생-앙토닌 근처의 댄스홀을 직접 뒤져보기로 작정을 했다. 그가 도착했을 때 홀 안에는 춤을 추는 사람이 없었다. 술이나 음료수를 마시는 사람들뿐이었다.

고르즈레 형사는 지배인을 불러 물어보았다. 그는 고르즈레 부인이 다른 남자들과 합석을 했던 사실을 정확하게 기억하고 있었다. 그는 그녀가 떠나기 전까지 칵테일을 마시던 테이블을 보여주었다.

"저 테이블에 어떤 남자분하고 앉아 있었는데… 아, 그분이 저기 있군요."

고르즈레는 지배인이 가리키는 방향으로 얼굴을 돌렸다. 그 순간 갑자기 심장이 멎는 것 같은 기분을 느꼈다. 그 사람의 등 윤곽밖에 볼 수 없었지만, 고르즈레는 그가 누구인지 금방 알아차렸다. 의심할 여지가 없었다.

그는 아무래도 부하들을 불러와야겠다는 생각이 들었다. 그러는 것만이 그러한 무례에 대한 해결책이자 응징이 될 것 같았다. 그러나 찜찜한 구석이 있었다. 일단 경찰의 소명의식은 접어두고 자기 아내에게 무슨 일이 없는지 알아보는 것이 더 급했다. 속이 부글부글 끓었지만, 애써 태연한 표정으로 그는 서둘러 그 테이블로 다가가 그 남자 옆에 앉았다.

고르즈레는 목을 비틀고 욕이라도 퍼붓고 싶었지만, 라울이 먼저 말을 꺼내기를 꾹 참고 기다렸다. 그러나 아무리 기다려도 라울은 입을 떼지 않았다.

결국 고르즈레 형사가 더 이상 참지 못하고 먼저 화를 냈다.

"나쁜 녀석!"

"무식한 녀석!"

"정말 나쁜 자로군!"

라울이 되받아쳤다.

"정말 무식한 자로군!"

서로 말로 치고 받은 뒤, 잠시 침묵이 흘렀다. 그러나 이러한 침묵은 종업원이 주문을 받으러 오자 곧 깨졌다.

라울이 크림 커피 두 잔을 시켰다. 커피가 나오자 라울이 건배를 제안하며 먼저 한 모금 마셨다.

고르즈레는 정말 그의 목이라도 움켜쥐고 싶은 심정이었다. 아니, 그의 콧구멍에 총이라도 들이밀고 싶은 심정이었다. 그러나 꾹 참을 수밖에 없었다. 범인을 잡을 때면 으레 그러는 게 보통이지만, 라울에게 그런 식으로 나갈 수는 없었다.

사실, 고르즈레 형사는 라울 앞에 서는 바로 그 순간 온몸이

마비되는 것 같은 기분을 느꼈다. 그는 볼닉의 낡은 성루와 리용 역 대합실과 카지노 블루에서 라울을 만났을 때의 일을 그대로 기억하고 있었다. 그 때문에 그는 일종의 무기력증에 빠져 있었다. 그는 감히 라울을 공격할 용기가 나지 않았다. 마치 손발이 다 묶인 사람처럼 꼼짝을 하지 못했다.

라울이 그에게 은밀하게 말했다.

"과일을 아주 좋아해."

고르즈레는 그가 말하는 여자가 클라라이겠거니 하고 다시 물었다.

"누구를 말하는 거야?"

"나도 이름은 몰라."

"그럼 성이 뭔데?"

"고르즈레라고 하던데?"

고르즈레 형사는 현기증이 다 났다. 숨이 넘어갈 것 같았다.

"그럼 내 마누라하고 같이 있었다는 얘기냐? …나쁜 녀석… 감히 조조트를 납치해!"

"조조트? 부인 이름 한번 멋진데! 친근감을 주는 이름이군! 조조트… 그래, 그녀에게 아주 잘 어울리는 이름이야. …예뻐! 조조트 고르즈레? 고르즈레 조조트? 아무려면 어때? 조조트면 됐지!"

고르즈레가 눈에 불을 켜고 물었다.

"내 아내 지금 어딨지? …어떻게 납치했어?"

라울이 차분히 대답했다.

"납치? 납치는 무슨… 칵테일 두 잔밖에 안 마셨어. 조금 있다가 탱고도 한 곡 추었고. 그리고 파리 동쪽 교외의 뱅센으로 드라이브도 갔었지. 내 차로 말이야. …아, 돌아오는 길에 한잔 더 하자고 해서 내 친구 집에 잠깐 들렀던 것뿐이야."

고르즈레는 거의 미칠 지경이었다.

"내 아내, 지금 어디 있어? 대체 무슨 짓을 한 거지?"

"무슨 짓을 했냐고? 난 아무 짓도 안 했어. 내 오랜 친구인 자네에게, 그것도 그 어여쁜 자네의 아내에게 내가 해를 끼칠 사람인가? 털끝 하나 건드리지 않았으니까 걱정하지 마!"

고르즈레는 다시 한 번 어려운 곤경에 빠져 있었다. 만약 그가 라울을 체포하여 법정에 세운다면, 결국 세상 사람들의 조롱의 대상이 될 사람은 자신이고 또 아내도 찾을 수 없으리란 사실을 그는 충분히 이해하고 있었다. 그는 결국 라울과 타협을 할 수밖에 없다는 사실을 깨달았다.

고르즈레 형사가 말했다.

"그래, 네놈이 원하는 게 뭐냐? 목적이 있을 거 아냐….

"그럼 있지."

"그게 뭐냐고?"

"클라라 라 블롱드는 언제 만나지?"

"지금 곧 만나러 갈 거야."

"그녀를 심문하기 위해서?"

"그래."

"그럼 그만둬."

"왜? 이유가 뭐지?"

"너희들의 마지막 심문 방법은 내가 다 알고 있어. 잔인하기 짝이 없지. 치안판사가 심문을 할 때까지는 그녀를 가만히 내버려둬!"

"요구 조건이 그게 다야?"

"아니."

"그럼 또 뭐가 남았는데?"

"신문에서 보니까 대도 폴이 살아났다고 하던데, 그게 사실이야?"

"사실이야."

"클라라도 알고 있어?"

"아니."

"그럼 폴이 죽었다고 알고 있을 거 아냐?"

"그렇겠지."

"그녀에게 그 사실을 왜 말해주지 않았어?"

고르즈레 형사가 인상을 쓰며 말했다.

"폴을 죽였다고 믿어야 다 불 테니까."

"야비한 놈! 지금 당장 클라라한테 가서 폴이 살아 있다는 사실을 전해. 다른 질문은 하지 마."

"그 다음에는?"

"그 다음에 다시 이리로 와. 내가 한 얘기를 그녀에게 똑바로 전했다는 게 확인되면, 한 시간 뒤에 네 마누라를 풀어줄게."

"내가 거절한다면 어떻게 할래?"

"네가 거절한다면, 나도 그 결과는 책임질 수 없어."

고르즈레가 분을 삭이지 못하고 주먹을 움켜쥐었다. 그러나 잠시 뒤 냉정을 되찾고 침착하게 말했다.

"그것은 너무 어려운 요구야. 경찰인 내가 사건의 진상을 밝히는 일에 소홀히 할 수는 없어. 그녀를 그냥 놔두는 것은 곧 직무유기야."

"그럼 맘대로 해. 클라라를 택하든, 조조트를 택하든, 그건 자유니까."

고르즈레 형사가 다시 물었다.

"그녀에게 폴에 대해 꼭 얘기해야 한다는 이유가 도대체 뭐야?"

라울이 아주 근심스런 표정을 지으며 대답했다.

"그녀가 자포자기할까 봐 걱정이 되어서 그러는 거야. 폴을 죽였다는 단순한 생각 때문에 말이야."

"정말로 그 때문에 그러는 거야?"

"그렇지 않으면…."

라울의 말이 여기에서 중단되었다. 그러자 고르즈레의 눈이 반짝 빛났다.

고르즈레 형사가 결론을 내렸다.

"좋아. 여기에서 기다려. 20분 안에 돌아올 테니까. 그리고 그 결과를 말해줄게. 그러면 너는…."

"알았어. 조조트를 풀어줄게."

"그 말 믿어도 되겠지?"

"약속할게."

고르즈레 형사가 자리에서 일어나 웨이터를 불렀다.

"여기 커피 두 잔이 얼마지?"

그는 커피 값을 지불하고 서둘러 밖으로 나갔다.

서스펜스

 클라라 라 블롱드가 체포되었다는 것을 알고 나서, 생-앙토닌에 있는 댄스홀에서 고르즈레 형사를 만나기까지는 일각이 여삼추였다.
 즉시 무슨 조치를 취해야 한다고 생각하면서도 그 무엇을 해야 할지 몰라 라울은 애간장만 태우고 있었다. 그는 중압감에 시달리다 못해 어느새 본래의 쾌활한 성격을 잃고 있었다. 그는 클라라가 자살을 시도할지도 모른다는 생각에 전전긍긍하고 있었다.
 라울은, 대도 폴의 부하들, 그중에서도 뚱뚱한 운전기사가 오퇴이유에 있는 그의 집의 위치를 경찰에게 밀고라도 할까 봐 몹시 걱정이 되었다. 그는 세느 강의 생-루이 섬에 있는 친구의 집으로 거처를 옮겼다. 라울은 그 집의 절반은 언제라도 사용할 수 있도록 친구의 허락을 이미 받아놓은 상태였다. 그곳에서 경시청까지는 거리가 얼마 되지 않았다. 라울은 경시청에는 아는 사람이 많았으므로 그녀가 취조실에 있다는 정도는 알고 있었다.

그녀를 구해낼 수 있는 희망이 거의 보이지 않았다. 경시청에서 그녀를 몰래 빼돌리기란 거의 불가능한 일이었다. 설사 가능하다고 해도 준비하는 데 시간이 너무 많이 걸릴 것 같았다.

쿠르빌은 클라라에 대한 기사의 스크랩 작업에 몰두하고 있었다. 오퇴이유에 있는 은신처가 폴 일당의 미행으로 발각되자, 라울에게 엄한 질책을 받은 그는 실수를 만회하기 위하여 구할 수 있는 신문이란 신문은 모두 구하여 스크랩 작업을 할 만큼 대단한 열의를 보이고 있었다.

쿠르빌이 라울에게 가져온 바로 그 날짜의 스크랩 중에는 라-푀유-뒤-주르 신문의 마감뉴스란에 실린 새로운 기사가 있었다.

지금까지 보도된 것과는 달리, 대도 폴은 아직 살아 있는 것으로 보인다. 칼에 찔려 피를 많이 흘리는 바람에 위태로운 상태이기는 하지만, 강인한 체력으로 지금까지는 계속 잘 버텨내고 있는 것으로 밝혀졌다.

이 기사를 보자마자 라울은 환호성을 질렀다.

"클라라도 이 사실을 알면 안심을 할 거야! 폴이 죽은 줄 알고 몹시 괴로워하고 있을 테니까. 이 새로운 소식을 알릴 수 있는 좋은 방법은….."

그날 오후 3시 30분, 라울은 취조실에 근무하는 오래된 지인과 은밀하게 만났다. 라울이 클라라에게 메시지를 전달해 달라는 부탁을 하자 그는 그녀가 수감되어 있는 방에 접근할 수 있는 사람을 곧 물색해보겠다고 흔쾌히 약속을 한 뒤 자리를 떴다. 그러나 6시가 되어도, 지인으로부터는 아무 연락이 없었다.

라울은 더 이상 기다리고 있을 수가 없었다. 그는 곧바로 생-앙토닌의 댄스홀로 자리를 옮겼다. 고르즈레 형사와 그의 가족에 대해서는 이미 필요한 모든 정보를 갖고 있었으므로, 라울이 그곳에서 고르즈레 형사의 부인을 찾아내는 일은 어렵지 않았다.

그가 작업을 시작하여 그녀를 생-루이 섬에 있는 친구의 집으로 데려가기까지는 약 한 시간이 걸렸다. 9시 30분이 되자 드디어 고르즈레 형사가 라울이 파놓은 함정에 걸려들었다.

그때까지는 모든 일이 잘 돌아가고 있는 것처럼 보였다. 그래도 라울은 고르즈레 형사를 만난 것이 왠지 모르게 걱정이 되었다.. 시작은 라울의 승리였다. 고르즈레 형사는 아무 힘도 쓸 수가 없었다. 그러나 라울은 아무래도 다 잡은 먹이를 놓친 것 같은 기분이 들었다. 그를 믿는다고는 하지만, 그가 약속을 지키리란 보장이 없었다. 그가 클라라에게 그 메시지를 전했다는 사실을 확인할 수 있는 방법도 없었다. 그가 아무리 약속을 했다고 해도, 그것이 라울의 위협 때문에 이루어진 것이라고 생각한다면, 지키지 않을 수도 있었다.

라울은 고르즈레 형사가 테이블에 같이 앉아 협상을 한 속셈이 무엇인지 명확하게 파악이 되었다. 하지만, 일단 밖으로 나간 그가 마음을 바꿔 경찰의 의무를 다해야겠다고 다시 쳐들어와도 그로서는 어쩔 수가 없었다.

라울이 중얼거렸다.

"부하들을 이끌고 쳐들어오는 데 20분도 걸리지 않을 거야. 정 그런 식으로 나온다면 넌 오늘 밤 고생할 거야! 웨이터, 메모지 좀 가져다 줘요."

그는 주저하지 않고 메모를 작성했다.

이제 잘 알았으니까, 나는 다시 죠죠트나 만나러 갑니다.

_라울

메모지 곁에는 '고르즈레 형사반장에게'라는 말을 잊지 않고 써넣었다.

지배인에게 메모지를 건네주고 밖으로 나온 그는 댄스홀에서 100미터 가량 떨어진 곳에 세워둔 자동차로 갔다. 차에 오른 그는 댄스홀 입구를 지켜보았다. 아니나다를까, 약속한 시간이 되자, 고르즈레 형사가 부하들을 댄스홀 주변에 배치하더니 플라망을 데리고 안으로 들어가는 것이 보였다.

라울은 차를 출발시키며 자신의 실패를 인정했다.

'소득이 별로 없었어! 그래도 괜찮아. 시간이 너무 늦었으니까 오늘 밤에는 클라라를 취조할 수 없을 거야.'

그는 빙빙 돌아서 생-루이 섬으로 돌아왔다. 조조트는 한동안 울고불고 난리를 치다가 결국 제풀에 지쳐 잠이 든 것 같았다.

클라라에게 메시지를 전달해주겠다던 경시청의 지인으로부터는 아직 아무런 연락이 없었다.

라울이 친구에게 말했다.

"위험하겠지만, 내일 12시까지 조조트를 잘 감시해 줘. 그래야 고르즈레 형사가 정신을 차릴 테니까. 오늘은 그만 돌아갈게. 그녀를 데려다 주려면 차에 커튼을 쳐야겠어. 그래야 밖이 보이지 않을 거야. 오늘 밤 나한테 연락할 일이 생기면, 오퇴이유에 있는 집으로 전화해 줘. 지금 곧바로 그리로 가서 여러 가지 문제를 처리해야 하니까."

쿠르빌과 하인들은 모두 시골로 가고 없었으므로 오퇴이유의 집은 텅 비어 있었다. 안으로 들어간 라울은 안락의자에 몸을 기대고 누웠다. 한 시간쯤 자고 일어나면 몸도 가뿐해지고 정신도 맑아질 것 같았다.

그가 잠시 눈을 붙인 동안 클라라가 세느 강변을 배회하며 멍하니 컴컴한 강물을 응시하는 모습이 보였다.

그는 의자에서 벌떡 일어나 방 안을 오가며 스스로 다짐을 해 보았다.

'그래! 이렇게 포기하면 안 돼. 사태를 정확하게 파악해야 해. 지금 상황이? 그래, 고르즈레 형사를 상대할 필요가 없는 거야.

너무 마음만 급해서 제대로 준비를 못했어. 클라라에 대해서만 신경을 쓰다 보니까 그것을 빼먹었어. 이제 클라라 문제는 신경 쓰지 말고, 차분하게 계획을 세우자.'

그러나 아무리 논리적으로 생각을 해보려고 애를 써도 소용이 없었다. 좋은 방 안이 떠오르면 무리수를 쓰지 않아도 그녀를 구해낼 수 있다는 것을 그는 잘 알고 있었다. 그러나 중요한 것은 미래가 아니라 현재의 상황이었다.

그의 고민은 치안판사가 그 사건을 맡아 폴이 죽지 않고 살아 있다는 사실만 그녀에게 전달하면 그날 밤이라도 당장 해결될 수 있는 문제였다. 그러나 치안판사가 그 사건을 맡을 때까지 그녀가 버틸 수 있을지 없을지는 그도 자신할 수 없었다.

그녀가 자살을 할지도 모른다는 생각을 그는 떨쳐버릴 수가 없었다. 그녀에게 폴에 대한 진실을 전하기 위하여 그는 하루 종일 모든 노력을 다 해보았지만 결국 실패하고 말았다. 그녀가 자포자기할 것이 뻔하다는 생각이 들었다. 그녀는 감옥이나 재판, 유죄 판결 따위를 무서워하는 것이 아니라 자신이 사람을 살해했다는 사실을 두려워하고 있는 것이 분명했다.

라울은 그녀가 비틀거리며 뒤로 물러서면서 괴로워하던 모습이 떠올랐다.

"발데를 죽였어요! …난 살인자예요! 당신은 이제 이런 내가 싫을 거예요."

그녀가 그 아픈 마음의 상처를 치유하는 방법은 자살을 택하던가 아니면 기억상실증에 걸리는 수밖에 없었다. 체포되어 구금된 상태에서는 정신적인 고통만이 가중될 게 뻔했다. 살인자가 응당 치러야 하는 격리 감호라는 것을 확인시켜 주는 꼴이 될 게 뻔했다.

이러한 생각은 라울에게는 일종의 고문과도 같았다. 밤이 깊어질수록 그는 클라라가 곧 스스로 무너지고 말 것이란 확신만이 커지고 있었다.

아무도 모르게 스스로 목숨을 끊는 여러 가지 방법이 머릿속에 떠올랐다. 그럴수록 그는 그녀가 죽어가며 울부짖는 고통의 신음소리가 자꾸 귓전을 맴돌았다.

이 문제는 나중에 아주 간단히 풀렸다. 그러나 문제가 저절로 풀릴 때까지 라울은 암흑 속을 헤매고 있었다.

그는 정신적인 고통 때문에 사물을 있는 그대로 받아들이지 못하고 절망의 늪에 빠져 있었다. 그는 그러한 절망과 싸우려고도 하지 않았다. 오히려 고민에 고민을 하며 그 지루하고 끔찍한 밤을 즐기는 것 같았다.

시계가 2시를 울렸다. …다시 2시 반을 울렸다.

열린 창문 밖으로 동이 터 오고 있었다. 나무 위에 하얀 햇살이 비치고 있었다.

라울은 어린애 같은 생각을 해보았다.

'클라라가 아직 죽지 않았다면, 오늘 해가 떠 있는 동안은 자살을 하지 못할 거야. 자살은 어두운 밤이 좋으니까!'

교회의 시계가 3시를 치는 소리가 들렸다.

라울은 시계를 꺼내어 시계바늘이 돌아가는 것을 지켜보았다.

3시 5분. …3시 10분.

그때 갑자기 온몸에 소름이 돋았다.

누군가가 대문의 벨을 누르고 있었다.

'친구일까? 새로운 소식을 가지고 온 것일까?'

밤에는 보통 방문객의 신원을 확인하고 버튼을 눌러 문을 열어주는 것이 그의 습성이었다. 그러나 이번에는 나가지도 않고 방에서 그냥 버튼을 눌렀다.

누군가가 정원을 지나 안으로 들어오고 있는 것이 어렴풋이 보였다. 누구인지 알 수가 없었다. 천천히 계단을 올라오는 소리가 아주 희미하게 들렸다.

라울은 가슴이 꽉 막히는 것 같았다. 그는 맥이 빠져 한 발자국도 앞으로 나갈 수가 없었다. 이 알 수 없는 밤손님이 아무래도 나쁜 소식을 전하러 온 사자(使者) 같았다.

이윽고 가냘픈 손으로 문을 여는 소리가 들렸다.

그의 앞에 나타난 밤손님은 클라라였다!

두 가지 미소의 정체

　라울, 아니 아르센 뤼팽의 인생은 분명 놀라움과 쇼크로 점철된 인생이었다. 그가 해결한 사건에는 비극적인 것도 있었고 희극적인 것도 있었다. 말이나 논리로는 도저히 설명할 수 없는 미스터리 영화 같은 사건도 있었다. 그러나 그가 겪은 사건들 중에서 가장 놀랍고 쇼킹한 사건은 클라라 라 블롱드가 새벽에 그의 집에 불쑥 나타난 사건이었다.
　죽은 사람처럼 창백한 얼굴. 절망과 피로에 지친 표정. 흥분으로 충혈된 눈. 갈가리 찢겨지고 더러워진 옷. 클라라의 출현은 정말 도저히 믿기지 않을 만큼 극적인 사건이었다.
　'그녀가 살아 있다니! 그것은 그럴 수도 있겠지. 하지만 경찰이 순순히 풀어줄 리가 없어. 그렇다고 경찰이 그렇게 호락호락 먹이를 놓쳤을 리도 없어. 경시청에서 여자가 탈출에 성공한 예는 지금까지 없었는데… 더군다나 고르즈레 형사의 감시를 받고 있는 여자가?'

라울과 클라라는 서로를 쳐다볼 뿐 서로 말이 없었다. 그는 아무리 머리를 짜보아도 그녀가 나타났다는 사실이 믿기지가 않아 어이가 없다는 표정을 짓고 있었다. 그러나 그녀는 수치심에 슬프고 비참한 모습으로 얼굴을 숙이고 있었다.

그녀는 이런 말을 하는 것 같았다.

'나에게 원하는 게 뭐예요? 살인범은 받아들일 수 없다는 뜻인가요? …당신 품에 와락 안겨야 하나요? …아니면 그냥 돌아서서 나가야 하나요?'

그녀가 더 이상 고통을 참지 못하고 몸을 부들부들 떨며 말했다.

"자살을 할 용기가 없었어요. …자살을 하고 싶었지만… 그래서 몇 번씩이나 강물 위로 뛰어들려고 생각도 해보았지만… 도저히 그럴 용기가 나지 않았어요…."

라울은 멍하니 그녀를 쳐다보고만 있었다. 정신을 차릴 수가 없어 꼼짝도 할 수 없었다. 도대체 그녀가 무슨 말을 하는지 들리지도 않았다. 문제는 그녀의 말투와 그녀의 모습이 바로 클라라의 말투와 모습과 완전히 똑같다는 데 있었다. 자기 앞에 서 있는 사람은 분명 클라라였다. 그러나 그녀는 분명 경시청의 유치장에 있어야 할 사람이었다. 그는 도저히 그 현실이 믿기지가 않았다.

　아르센 뤼팽 같은 사람이 눈에 뻔히 보이는 현실 앞에서 그대로 서 있을 사람이 아니었다. 너무도 단순한 이유 때문에 지금까지 그녀의 참모습을 보지 못했다면 이제는 그것을 끝내야 할 필요가 있었다.

　어느덧 나무 위로 떠올라 하늘에 걸린 해와 전깃불이 하나가 되어 클라라의 얼굴을 밝게 비추고 있었다.

　그녀가 다시 중얼거렸다.

　"자살을 할 용기가 없었어요. …꼭 자살을 해야 하나요? …당신은 나를 용서했는데… 그럴 용기가 없었어요."

　라울은 겁을 먹고 괴로워하는 그녀의 모습을 그냥 지켜보고만 있었다. 라울의 얼굴에서 서서히 긴장감과 당혹감이 사라지는 듯하더니 희미하나마 미소가 보였다.

　갑자기 그의 입에서 웃음이 터졌다. 서글픈 마음에 억지로 웃는 우울한 웃음이 아니었다. 배꼽을 잡고 웃는, 결코 멈출 수 없을 것 같은 웃음이었다.

　라울은 즐겁게 웃으며 기뻐서 춤을 추었다. 그 모습이 마치 어린애의 모습처럼 꾸밈이 없었다. 그는 그녀를 잡고 마네킹처럼 빙빙 돌리기도 하고 열정적으로 키스를 퍼붓기도 하고 가슴을 꼭 껴안기도 했다. 사형을 당할지도 모른다는 생각에 실의에 빠진 클라라는 라울의 그답지 않은 부자유스런 행동에 어안이 벙벙했다.

　라울이 그녀를 침대 위에 눕히며 말했다.

두 가지 미소의 여인　229

"이제 실컷 울어도 돼요. 실컷 울고 나서 자살할 필요가 없다는 결심이 서면 그때 같이 얘기를 나눠요."

그러자 클라라가 벌떡 일어서며 라울의 어깨를 잡고 물었다.

"그럼 나를 용서하는 거죠? 내 죄를 용서하는 거죠?"

"용서할 것이고 뭐고 없어요. 당신은 아무 죄도 없어요."

"아니에요. 살인을 했는데요."

"당신은 살인을 하지 않았어요."

"그게 무슨 말예요?"

"그가 죽지 않았으니까, 살인을 한 게 아니에요."

"폴은 그때 죽었어요."

"아니에요."

"라울, 무슨 얘기를 하는 거예요? 내가 발데를 칼로 찔렀잖아요?"

"그래요. 찌른 건 분명해요. 그런데, 명이 어떻게나 긴지 아직 살아 있어요. 신문도 읽어보지 못했어요?"

"감히 신문을 볼 엄두가 나지 않았어요. 내 이름이 나왔을까 봐…."

"당신 이름은 언제나 헤드라인에 나오고 있어요. 하지만, 그렇다고 그게 바로 발데가 죽었다는 뜻은 아니에요."

"그게 정말이에요?"

"발데가 살아 있다는 얘기를 바로 어제 저녁에 고르즈레 형사에게서 직접 들었어요."

그때서야 클라라가 잡았던 어깨를 놓으며 크게 울기 시작했다. 그가 예상했던 대로였다. 그녀는 침대에 얼굴을 파묻고 아이처럼 하염없이 엉엉 울었다.

라울은 그녀가 우는 것을 말리지 않았다. 그는 잠자코 앉아 풀리지 않던 수수께끼의 실마리를 풀려고 애를 쓰고 있었다. 여러 가지 의문이 머릿속에서 하나씩 풀리기 시작했다. 그러나 아직 정확하게 풀리지 않는 것도 있었다.

그는 일어서서 한참 동안 방 안을 서성였다. 그는 층을 잘못 찾는 바람에 중이층에 왔다간 시골 아가씨의 첫 모습을 다시 한 번 곰곰이 되새겨 보았다.

'참 예쁘고 솔직한 아가씨였는데! 지금 저 침대에 누워 있는 여자와 그 아가씨가 헤어진 이유가 무엇일까? 참 얄궂은 운명이야! 완전히 다른 두 사람이 각자 다른 상황 속에서 고통을 겪고 있었어. 두 가지 미소란 결국 시골 아가씨의 미소와 클라라 블롱드의 미소를 혼동한 데에서 발생한 미소였어! 불쌍한 클라라! 그녀의 미소는 인위적인 맛이 있지만 앙토닌의 미소에는 순수한 맛이 있어!'

라울은 침대 옆에 앉아 클라라의 뜨거운 이마를 쓰다듬어 주었다.

"너무 탈진한 것 같아요. 몇 가지 물어볼 게 있는데, 그래도 괜찮겠어요?"

"괜찮아요."

"지금 내가 물어보는 질문에 정확히 대답해줘야 해요. 아주 중요한 질문이니까. 이제야 내가 알아낸 사실을 당신은 이미 전부터 알고 있었죠?"

"네."

"그렇게 다 알고 있으면서도 왜 미리 얘기하지 않았어요? 그렇게까지 날 속여야 할 이유라도 있었나요?"

"당신이 좋아서 그랬어요."

"나를 사랑해서 그랬단 말예요?"

"이해를 하지 못할 거예요."

그가 겸연쩍은 표정을 지으며 부드럽게 말했다.

"당신이 나를 속인 게 얼마나 큰 잘못이었는지 알잖아요. 내게 모든 사실을 털어놓지 않았기 때문에 우리가 지금까지 이런 고통을 겪고 있는 거예요. 그러니까 이제 처음부터 모두 숨기지 말고 얘기해 봐요."

클라라가 하염없이 흘러내리는 눈물을 닦으며 작은 목소리로 말을 하기 시작했다.

"그래요. 다 얘기할게요. 거짓말은 하지 않을게요. 나는 불우한 어린 시절을 보냈어요. 엄마 이름은 아르망드 모렝이었어요. 엄마는 나를 참 귀여워했죠. …엄마는 혼자였어요. 처음에는 파리의 커다란 집에서 살았어요. 집에는 언제나 손님이 많았죠. 엄마 친구 중에는 남자들도 있었어요. 샴페인 같은 선물을 가져오는 친구도 있었어요. 나를 귀여워해 주는 사람도 있었지만 그렇지 않은 사람도 있었어요. 그러다가 점점 작은 집으로 이사를 하게 되었어요. 결국에는 한 칸 방에서 살게 되었지요."

그녀가 잠시 말을 끊었다가 계속했다.

"엄마가 병이 났어요. 갑자기 늙은 여자처럼 되었죠. 엄마 병수발을 들고… 가사를 돌보는 일은 내가 해야 했어요. …더 이상 학교를 다닐 수가 없어서 혼자 집에서 공부를 했죠. 엄마는 내가 일을 하니까 안쓰러웠나 봐요. 어느 날, 의식이 혼미한 상태에서 엄마가 아빠 얘기를 했어요. …처녀 시절 파리에 살 때, 어떤 집에 삯바느질을 하러 갔다가 그곳에서 어떤 남자를 만나 사랑을 나누었대요. 엄마는 내가 태어나기 몇 달 전에 그 사람하고 헤어졌어요. 내가 태어나자 아빠는 1, 2년 동안 돈을 부쳐 주더니 외국으로 가서 연락을 끊었어요. 엄마는 아빠를 찾으려 하지도 않았고, 편지도 쓰지 않았어요. 아빠는 후작이었어요. 아주 부자였어요. …그런데 아빠는 엄마를 만나기 바로 전에도 다른 아가씨와 사귀고 있었어요. 시골에 사는 가정교사였어요. 그녀가 임신을 한 줄도 모르는 상태에서 헤어졌고요. 엄마가 도빌에서 리지외로 여행을 가는 동안에 나하고 꼭 닮은 12세 가량 먹은 여자애를 만났어요. 이것저것 물어보다가 그 아이의 이름이 앙토닌 고티에라는 것을 알게 되었어요. …엄마가 내게 얘기해 준 것은 이게 전부예요. 아빠 이름은 가르쳐주지 않았어요. 엄마가 돌아가셨을 때 나는 17세였어요. 엄마 서류들을 정리하다가 루이 16세가 쓰던 책상 사진을 발견했어요. 거기에는 비밀 서랍의 위치와 그것을 여는 방법이 육필로 적혀 있었어요. 그 당시에는 그 사진에 대해 별로 신경을 쓰지 않았어요. 당신에게 이미 말한 것처럼 살기가 바빴으니까요. 그때부터 춤을 추기 시작했어요. …발데를 만난 건 18개월 전이에요."

클라라의 말이 중단되었다. 힘이 든 것 같았다. 그러나 그녀는 기꺼이 얘기를 계속했다.

"발데는 말수가 적었어요. 자신의 개인적인 문제에 대해서는 별로 말을 하지 않았어요. 그런데 어느 날 에를르몽 후작의 집 얘기를 했어요. 그 집에서 나왔지만 아직도 에를르몽 후작하고는 사이가 좋고, 그 집에는 루이 16세가 쓰던 굉장히 멋있는 책상이 있다는 말도 했어요. 그에게 자세히 물어보니까, 그것이 바로 내가 엄마의 사진 속에서 보았던 책상이란 생각이 들었어요. 그리고 그가 바로 내 아빠란 생각도 들었어요.

하지만, 그때만 해도 어떤 특별한 계획은 없었어요. 그저 호기심뿐이었죠. 어느 날 발데가 나에게 그 집 열쇠를 보여주고 이상한 웃음을 지으며 이렇게 말했어요.

'이게 바로 에를르몽 후작의 집 열쇠야. 문에 떨어뜨린 것을 가져왔으니까 곧 돌려줘야 해.'

그로부터 한 달 뒤, 발데는 경찰의 추적에 걸렸죠. 나는 그때 도망쳐서 파리에 숨었고요."

라울이 물었다.

"그때 왜 곧바로 에를르몽 후작을 만나러 가지 않았어요?"

"아빠란 확신이 있었으면 가서 도와달라고 부탁을 했겠죠. 내 아빠인지 확인을 하기 위해 그의 아파트에 들어가 책상의 비밀 서랍을 뒤져볼 필요가 있었어요. 볼테르 부두에서 서성이다가 그가 집에서 나오는 것을 보고도 감히 말을 건넬 용기가 나지 않았어요. 척 보니까 아니더라고요. 그리고 그 집 열쇠는 언제나 내가 갖고 있었잖아요. 그래도 그 열쇠를 사용할 결심을 하지 못했어요. 내 성격에는 도저히 맞지 않는 일이었으니까요. 그런데 어느 날 우연한 기회에… 우리가 처음 만난 바로 그날 저녁이었어요."

그녀가 다시 잠시 쉬었다. 그녀의 이야기는 거의 클라이맥스에 도달하고 있었다.

"그때가 오후 4시 30분이었어요. 다른 사람들이 알아볼 수 없도록 머리를 베일로 가린 채 볼테르 부두를 서성이고 있었어요. 발데가 그 건물에서 나와 사라지는 것을 보고 그 건물 앞으로 다가갔어요. 그때, 택시가 서더니 어떤 아가씨가 가방을 내리는 것이 보였어요. 나처럼 금발인데다가 다른 모든 것도 나와 거의 비슷해 보였어요. 얼굴 모양이며 표정까지 거의 비슷했어요. 너무 똑같이 생겼어요. 한눈에 보아도 가족이라는 걸 알 수 있을 정도였어요. 엄마가 리지외를 가는 길에 나와 똑같이 생긴 여자애를 만난 적이 있다고 한 얘기가 퍼뜩 떠올랐어요. 쌍둥이처럼 나하고 꼭 닮은 여자가 에를르몽 후작의 집을 방문하려고 한다면 그가 정말 내 아빠구나 하는 생각이 들었죠. 바로 그날 밤, 그가 외출해서 늦게까지 돌아오지 않을 것 같기에 망설이지 않고 내 계획을 실행에 옮겼어요. 그의 아파트로 올라가 그 책상을 찾은 다음 비밀 서랍을 열어보았죠. 그 안에서 엄마 사진을 발견하고는 모든 것을 알게 되었고요."

라울이 그녀에게 따져 물었다.

"그러면 당신이 앙토닌이라고 한 이유는 뭐예요?"

"나는 그런 말 한 적이 없어요. 라울, 당신이 나를 그렇게 불렀죠."

"내가요?"

"그래요. …당신이 나를 앙토닌이라고 불렀잖아요. …그날 오후에 그녀가 당신 집에 들렀다고 말한 사람은 당신이에요. 당신은 내가 그곳에 들렀다고 생각을 한 거죠. 나를 앙토닌으로 착각한 거란 말이에요."

"내가 그렇게 불러도 그냥 잠자코 있었잖아요. 클라라, 내가 이해하지 못하는 점이 바로 그거예요."

"알아요. 내가 그날 밤 그 집에 숨어들어 갔던 일을 생각해 봐요. 내가 얼마나 놀랐는지… 내가 다른 여자라는 것을 밝히는 게 당연한 일이었겠어요? 그때는 당신을 다시 만나리라고는 꿈도 꾸지 못했어요."

"하지만, 다시 만났을 때 얘기할 수도 있었잖아요. 앙토닌과 클라라가 다른 사람이라는 것을 왜 내게 밝히지 않았는지 도저히 이해할 수가 없네요."

클라라가 얼굴을 붉혔다.

"그래요. 블루 카지노에서 다시 만났을 때, 발데와 경찰로부터 내 생명을 구해준 사람은 당신이었어요. 그래서 난 당신이 좋았어요."

"그런 식으로 얘기하면 안 되죠."

"아니요. 그럴 수밖에 없었어요."

"뭐라고요?"

"샘이 났으니까."

"샘이 났어요?"

"그래요. 당신이 돕고 싶었던 여자가, 당신의 관심을 끈 여자가, 내가 아니라 다른 여자라는 것은 알았어요. 그 촌스럽고 순진한 시골 여자 말예요. …하지만 당신에게 앙토닌이나 클라라가 뭐가 달라요? 똑같이 생긴 같은 여자 아니에요?"

라울은 뭐라고 변명할 여지가 없었다. 그는 곰곰이 생각을 한 뒤에야 대답을 했다.

"완전히 다른 두 여자를 같은 사람인 줄로 알고 있던 내가 잘못한 거군요!"

클라라가 말했다.

"혼동할 수밖에 없었잖아요. 앙토닌을 만난 것은 한 번뿐이었어요. 그것도 잠시였잖아요. 하지만 클라라를 만난 것은 바로 그날 밤 여러 상황에서 오랫동안이었어요. 볼닉 저택에서 앙토닌을 다시 만났다고는 하지만, 가까이에서 볼 기회가 없었잖아요. 그러니까 당신이 두 사람을 구별하지 못하는 건 당연한 거예요. 당신이 실제로 본 것은 결국 나란 얘기예요. 게다가 나는 항상 조심했어요. 내가 볼닉에서의 일에 대해 꼬치꼬치 캐낸 다음 실제로 그곳에 갔다가 와서 모든 것을 다 알고 있는 사람처럼 행동했으니까요. 그녀가 파리에 도착하는 날에는 앙토닌과 비슷하게 꾸며 입느라고 몹시 고생도 했으니까요."

라울이 천천히 말했다.

"그래요, 당신 말이 맞아요. …그럴 수밖에 없었겠죠."

그가 지금까지 벌어진 일들을 회상하더니 말을 덧붙였다.
"누구나 다 속았겠죠. …고르즈레 형사가 역에서부터 앙토닌을 당신으로 착각했다는 것은 그렇다 쳐도, 그저께 그녀를 체포한 것은 어떻게 된 일일까요?"
클라라는 덜덜 몸을 떨기 시작했다.
"뭐예요? 앙토닌이 체포됐다고요?"
"그럼 그 사실을 모르고 있었어요? 무슨 일이 벌어지고 있는지 당신은 모른다는 것을 깜빡한 내가 잘못이지! 그러니까, 당신이 그곳에서 도망친 뒤 30분쯤 되었을까, 앙토닌이 볼테르 부두에 나타났어요. 에를르몽 후작의 집에 가려고 했던 것 같아요. 플라망이 그녀를 체포해서 고르즈레에게 넘겼죠. 경시청으로 끌려간 그녀는 심문을 받고 있어요. 3차 심문을 하려나 본데, 고르즈레는 아직도 그녀가 클라라라고 믿고 있는 거예요."
클라라는 침대 위에 털썩 주저앉았다. 점점 얼굴색이 변하더니 결국에는 새하얗게 질린 모습이었다. 오한에 떨듯 벌벌 떨며 그녀가 말을 더듬었다.
"나 때문에 체포된 거예요? 나 때문에 구금된 거예요?"
라울이 밝은 표정으로 대답했다.
"그러면 어때요? 그 때문에 마음 상할 필요는 없어요."
클라라가 서둘러 옷을 챙기더니 모자를 썼다.
라울이 물었다.
"뭐 하는 거예요? 어딜 가려고요?"
"그곳에 가봐야겠어요."

"어디를 가려고요?"

"앙토닌이 있는 곳예요. 발데를 칼로 찌른 사람은 앙토닌이 아니라 나란 말예요. …앙토닌은 클라라 라 블롱드가 아니에요. 내 죄를 그녀에게 뒤집어씌울 수는 없잖아요?"

"죄를 뒤집어씌운다니 그게 무슨 말이에요?"

라울이 다시 배를 잡고 낄낄 웃었다.

"모자와 옷을 얼른 벗어놔요. 참 재미있군요. 경찰이 그녀를 마냥 가두어둘 수 있으리라고 생각하나 보죠? 앙토닌도 자기 자신을 보호할 수 있는 능력이 있어요. 이제 모든 자초지종을 얘기하고 알리바이를 댈 거예요. 에를르몽 후작을 불러달라고 할 수도 있어요. …그 멍청한 고르즈레가 결국 자기 잘못을 깨닫는 선에서 끝날 거예요."

그러나 클라라는 완강했다.

"그래도 가봐야 해요."

"좋아요. 그럼 같이 가요. 내가 데리고 갈게요. 그래야 더 우아하게 보이겠죠. '고르즈레 형사님, 불쌍한 앙토닌 대신에 우리 두 사람을 잡아넣으세요. 우리가 범인입니다' 그러면 그가 옳다구나 잘됐다는 표정으로 '앙토닌은 이미 집으로 돌려보냈는데요. 우리의 실수였어요. 하지만 이제 두 사람이 나타났으니, 어서 안으로 드시지요'라고 할걸요."

클라라는 결국 포기하고 말았다. 라울은 그녀를 다시 침대에 눕히고 어린아이를 달래듯이 부드럽게 달랬다. 지쳤는지 그녀는 곧 잠에 빠져들었다.

그녀는 졸음이 오는 눈으로 말을 했다.
"그녀가 왜 그 즉시 자신의 신분을 밝히지 않았을까요? …무슨 이유가 있는 게 틀림없어요."
그녀가 잠을 자고 있는 동안 라울도 의자에 앉아 선잠을 잤다. 밖에서 시끄러운 소리가 들리기 시작하자 그는 눈을 떴다.
그도 의아했다.
'그래, 앙토닌이 입도 뻥긋하지 늦은 이유가 뭘까? 모든 것을 밝히는 게 어렵지 않았을 텐데… 지금쯤이면 자기하고 똑같이 생긴 여자가 있다는 것을 분명 알고 있을 거야. 그녀는 경찰의 부당한 체포에 항의조차도 하지 않은 것 같아. 그 이유가 무엇일까?'
그는 그렇게 부드럽고 매력적인 여자가 한사코 취조에 응하지 않은 사실에 말할 수 없는 고마움을 느꼈다.
8시가 되자 라울은 생-루이 섬에 있는 친구에게 전화를 걸었다.
라울의 친구가 말했다.
"경찰에 있는 친구가 여기 와 있는데, 오늘 아침에 앙토닌과 얘기할 기회가 있다고 그러네."
"잘됐군. 그럼 이제 내가 부르는 내용을 내 필체와 똑같이 받아 적어 봐."

그동안 비밀을 지켜준 점에 대해 감사의 말을 전합니다. 분명 고르즈레 형사가 나는 감옥에 있고 폴은 죽었다고 얘기했을 겁니다. 그러나 그

건 전부 거짓말입니다. 이제 모든 문제가 해결되었으니까, 당신은 사실대로 얘기해도 괜찮습니다. 그러면 곧 석방이 될 겁니다. 7월 31일에 다시 만나기로 한 약속을 잊지 마시기를 바랍니다.

라울이 물었다.
"받아 적었어?"
"응."
"이제 그 친구들은 내보내도 돼. 일이 잘 해결되었으니까 나는 클라라와 가볼 데가 있어. 조조트도 집으로 돌려보내 줘. 그럼 이만 끝."
그는 전화를 끊자마자 쿠르빌을 불렀다.
"큰 차를 준비해 두세요. 짐도 꾸리고 서류도 모두 파기하도록 하세요. 곧 본격적인 싸움이 시작될 테니까, 클라라가 깨어나자마자 이곳에서 떠야 합니다."

고르즈레의 출동

고르즈레 부부의 재회는 폭풍전야의 고요와도 같았다. 조조트 고르즈레는 자신을 납치했던 아르센 뤼팽에 대해 남편이 질투를 느낄 정도로 자랑을 늘어놓느라 입에 침이 마를 틈이 없었다. 그녀는 뤼팽의 재능과 매력에 대해 남편에서 장황하게 늘어놓고 있었다.

고르즈레 형사가 그녀의 신경을 건드렸다.

"백마 탄 왕자님은 아니었고?"

그녀가 코방귀를 뀌었다.

"흥! 그 정도였겠어? 백마 탄 왕자님보다 더 좋았지."

"하나만 가르쳐줄게. 당신이 좋아하는 그 백마 탄 왕자는 라울이란 사기꾼이야. 대도 폴을 죽인 클라라 라 블롱드의 공범이기도 하지. 당신이 하루 같이 지낸 놈이 살인용의자란 것만 알고 있어!"

"살인용의자라고? 정말 재미있네! 너무 스릴 있다!"

"못 말리겠군!"

"난 잘못한 것 하나도 없어. 납치되었다가 풀려난 것뿐이야!"

"여자가 그렇게 칠칠맞게 구니까, 납치를 당하는 거야. 그놈이 누구인지도 모르면서 같이 차를 타? 아무 남자나 술 사준다고 넙죽 받아먹어?"

그녀가 인정했다.

"그래. 그건 내 잘못이겠지. 하지만 그런 멋진 남자가 호의를 베푸는 데 거절할 여자는 없을 거야."

"잘한다! 남편이 있는 여자가 다른 남자의 호의를 거절할 수 없었다? …대답 한번 시원해서 좋다!"

"그 사람이 나에게 요구한 것은 아무것도 없어."

"요구한 게 없었다? 손목이라도 잡아봤겠지. 내 분명히 말해두지만, 이제는 나도 그냥 넘어갈 수가 없어. 나도 그놈에게 당한 만큼 클라라에게 복수를 해줄 작정이야."

고르즈레 형사는 분이 풀리지 않는지 밖으로 나가면서도 고래고래 고함을 질렀다.

그가 범죄수사국에 도착하자 플라망 형사가 다가와, 클라라에 대한 치안판사의 심문은 오후에나 있을 예정이므로 경찰이 다시 취조할 수 있는 시간적 여유가 충분하다는 소식을 전했다.

"그래? 그 말이 사실인가? 그럼 잘됐어! 플라망, 다시 그녀를 취조할 준비를 해. 이번에는 반드시 불도록 해야 해. 아니면…."

그러나 고르즈레 형사는 클라라의 표정이 지금까지와는 전혀 다른 것을 발견하고는 곧 전의(戰意)를 상실하고 말았다. 그녀는 이미 어젯밤의 시무룩한 그녀가 아니었다.

그녀가 밝은 표정으로 물었다.

"제가 뭘 도와드리면 될까요?"

만약 그녀가 아무 말이 없이 가만히 있었다면, 이미 열이 받은 그가 그녀를 몰아세웠겠지만, 그녀가 순순히 묻는 말에 대답하겠다고 나오는 데야 당황하지 않을 수 없었다.

"이제 전적으로 고르즈레 형사님의 뜻에 따르겠습니다. 몇 시간 안에 곧 풀려날 테니까, 더 이상 시끄럽게 하고 싶지 않습니다. 우선…."

그는 갑자기 불안한 생각이 스쳤다. 그는 그녀를 빤히 쳐다보았다.

이윽고 그가 근엄한 표정으로 말했다.

"라울하고 연락이 되었군! 아직 라울이 체포되지 않았다는 것과 대도 폴이 아직 살아 있다는 것을 안다는 얘긴데… 라울이 빼내주겠다고 약속했겠지!"

그는 당황한 표정이 역력했다. 마치 그녀가 아니라고 대답하기를 기다리는 사람 같았다. 그녀는 배시시 웃으며 그의 말에 아무런 이의를 제기하지 않았다.

"그럴 수도 있겠죠. …그 사람 정도면… 불가능이란 게 없으니까."

고르즈레 형사가 약이 올라 그녀의 말을 비꼬았다.

"그 정도 사람이라? 제 놈이 아무리 날고 뛴다고 해도 당신은 내 수중에 있어. 그러니까 클라라, 당신은 이제 끝난 거야."

그녀는 이번에도 역시 대꾸하지 않았다. 그녀는 자세를 흐트러트리지 않고 그를 처다보며 부드럽게 말했다.

"이제 저를 그런 식으로 대하지 말아주세요. 그러면 직권 남용이에요. 뭔가 잘못 알아도 한참 잘못 알고 계시는 것 같은데, 이제는 더 이상 시간을 끌 필요가 없겠군요. 나는 클라라가 아니에요. 내 이름은 앙토닌입니다."

"앙토닌? 웃기는 소리 하고 있네! 앙토닌이 바로 클라라 아냐?"

"반장님이 보기에는 같은 사람이겠지만, 사실은 다른 사람이에요."

"말도 안 되는 소리 하지 마! 그럼, 클라라란 여자는 귀신인가?"

"클라라란 여자도 있지요. 하지만, 나는 클라라가 아니에요."

고르즈레 형사는 분간을 할 수 없었다. 그가 웃음을 터뜨렸다.

"아하! 이제는 그런 식으로 둘러대겠다! 그런다고 통할까? 그럼 이것 하나만 물어보자. 생-라자르 역에서 볼테르 부두까지 내 추적을 받은 여자는 누굴까?"

"그건 나였어요."

"좋아. 그럼 라울의 중이층에서 내가 만난 여자는 누군데?"

두 가지 미소의 여인 245

"그것도 나였어요."
"그럼 볼닉 저택의 성루에서 나를 보고 놀란 여자는 누구고?"
"그것도 나였어요."
"좋아. 그럼 지금 이 순간 내 앞에 앉아 있는 여자는 누굴까?"
"그야, 나 앙토닌이죠."
"그런데?"
"지금 이곳에 있는 나는 클라라가 아니라는 거예요."
고르즈레는 두 손 들었다는 표정으로 울상을 지었다.
"네 말은 믿을 수가 없어! 그게 말이 되는 소리야?"
앙토닌이 씩 웃었다.
"믿고 싶지 않겠죠. 사실을 사실로 인정하고 싶지는 않을 테니까. 나는 여기에 있는 동안 여러 가지를 곰곰이 생각해 보았어요. 반장님이 사람을 잘못 보고 그러는 줄 다 알면서도 내가 가만히 있던 데는 다 이유가 있었어요."
"이유라니?"
"그날 하루에 두 번씩이나 당신의 부당한 미행으로부터 날 구해주고 또 볼닉의 저택에서 다시 나를 구해준 그 사람에게 해가 되는 일을 하고 싶지가 않았기 때문이에요."
"카지노 블루에도 나타났었잖아?"
그녀가 웃음을 터뜨렸다.
"그거요? 그건 내가 아니라 클라라였어요. 대도 폴을 칼로 찌른 사람도 클라라고요."
고르즈레 형사의 눈빛이 빛났다. 그러나 아직 믿을 수 없다는 투였다. 그는 아직 그녀의 말을 믿을 준비가 되어 있지 않았다. 앙토닌의 말을 믿을 만한 증거가 전혀 없다는 생각이 들었다.

그녀가 좀더 심각하게 말을 했다.

"그럼 하나하나 따져볼까요? 파리에 도착한 날부터 나는 클리시 가의 끝에 있는 되-피죵이란 민박집에 묵고 있었어요. 대도 폴이 죽었다고 하는 날, 그러니까 오후 6시에 나는 집주인하고 얘기를 나누고 있었어요. 그러니까 내가 그곳에서 나와 전철을 탄 것은 그 뒤란 뜻이죠. 집주인과 에를르몽 후작을 증인으로 부를게요."

"후작은 지금 파리에 없어요."

"오늘 돌아오실 거예요. 내가 체포되던 날 그 집에 간 이유는 바로 그 소식을 하인들에게 전하기 위해서였어요."

고르즈레 형사는 어딘가 모르게 찜찜했다. 그는 아무 말 없이, 밖으로 나가 상관에게 간략하게 보고를 했다.

"그럼, 되-피죵이란 민박집에 전화를 해보면 될 것 아닌가?"

고르즈레는 상관의 말대로 민박집에 전화를 걸었다.

"되-피죵입니까? 여기 파리 경시청인데요. 그곳에 묵고 있는 손님 중에 앙토닌 고티에란 사람이 있나요?"

"네."

"언제부터 그곳에 묵고 있습니까?"

"잠깐만요. 숙박부를 찾아보고요… 6월 4일 금요일이네요."

고르즈레 형사가 옆에 있던 상관에게 조그만 목소리로 말했다.

"날짜가 맞는데요."

고르즈레 형사가 다시 물었다.

"외출은 자주 하던가요?"

"아니오. 5일 동안 여행을 갔다가 돌아온 적이 한 번 있었습니다. 돌아온 날짜는 6월 10일이었고요."

"카지노 블루 사건이 일어나던 날 밤에… 그러니까 바로 6월 10일 밤에 다시 외출한 적은 없었나요?"

"아니오. 다시 돌아온 날부터 밤에 외출한 적은 없었습니다. 저녁 먹으러 나간 것 이외에는 말이죠. 대부분 제 사무실에서 뜨개질을 하며 보냈습니다."

"지금 집에 있습니까?"

"아니오. 그제 저녁에 전철로 어딘가 갔다가 온다고 하더니, 아직 아무런 기별이 없습니다. 그래서 저도 걱정을 하고 있던 참이었습니다."

고르즈레 형사는 전화를 끊었다. 그는 아주 김이 샌 표정이었다.

잠시 뒤, 고르즈레의 상관이 말했다.

"자네가 너무 성급했던 게 아닌지 모르겠네. 민박집에 가서 그녀의 방을 수색해 봐. 나는 에를르몽 후작에게 이리로 오라고 연락을 할 테니까."

고르즈레 형사의 수사는 별 소득이 없이 끝났다. 그녀의 옷은 모두 수수한 것뿐이었다. 더군다나 옷에는 모두 'A. G.'라고 표시가 되어 있었다. 그녀의 방에서 발견된 출생 증명서에는, '앙토닌 고티에, 리지외 출생'이라고 쓰여 있었다. 그러나 부친 이름은 기록되어 있지 않았다.

그는 울화가 치밀어 욕이 저절로 나왔다.

그로부터 세 시간은 고르즈레 형사에게는 지옥과 다름없었다. 그는 플라망과 같이 점심 식사를 하였지만, 한 모금도 삼킬 수가 없었다. 그의 입에서 나오는 것이라고는 모두 말도 되지 않는 소리들뿐이었다. 플라망이 분위기를 바꾸려고 노력도 해 보았지만 허사였다.

"반장님, 그러지 마시고, 클라라가 혐의가 없다고 하니까, 그냥 풀어줍시다."

"자꾸 멍청한 소리나 할래? 폴을 찌른 여자가 그녀가 아니라면, 누가 찔렀다는 얘기야?"

"폴을 찌른 범인이야, 물론 클라라죠."

"좋아. 그럼 카지노 블루에서 춤을 춘 여자가 클라라야 아니야?"

"그것도 클라라가 맞지요."

"그럼, 카지노 블루 개업식날 밤에 그녀가 외박하지 않았다는 사실과 폴이 부상을 당하던 순간 그녀가 되-피종에서 주인 여자와 있었다는 사실을 어떻게든 설명해 봐."

"그것은 저도 설명할 수가 없네요. 저는 그냥 지금 상황을 인정하자는 거예요."

"무슨 상황을 인정하자고?"

"말로는 설명할 수 없는 상황을 그냥 받아들이자는 겁니다."

고르즈레나 플라망은 클라라와 앙토닌이 다른 사람이라는 것을 미처 알지 못하고 있었다.

2시 30분이 되자, 경찰의 연락을 받은 에를르몽 후작이 부랴부랴 범죄수사국 국장실로 달려와 고르즈레 형사와 대화를 나누었다.

장 에를르몽은 전날 밤 스위스의 티롤에서 돌아오던 중에 신문에 난 기사를 읽고 모든 내용을 이미 알고 있었다.

"내가 역에 도착하는 시간에 대해서는 앙토닌 고티에가 잘 알고 있으니까 마중을 나와 있으려니 생각을 했는데, 역에 모습이 보이지가 않더군요. 우리 집 하인들 얘기로는 그녀가 이번 사건에 다소 연루되었다고 하던데요."

그의 말에 입을 연 것은 국장이었다.

"앙토닌은 현재 저희가 취조하는 중입니다."

"그럼, 구속된다는 뜻입니까?"

"아니오. 아직 구속 상태는 아닙니다. 저희가 구인한 상태일 뿐입니다."

"그녀가 무슨 죄를 지었습니까?"

"대도 폴의 사건을 담당하고 있는 고르즈레 형사반장의 말에 따르면 그녀가 바로 클라라 라 블롱드란 혐의가 있기 때문입니다."

에를르몽 후작은 어이가 없어 다음 말을 잇지 못했다.

그가 화를 벌컥 내며 물었다.

"멀쩡한 사람을 잡아도 유분수지! 내 비서 앙토닌이 클라라 라 블롱드라니 그게 말이 됩니까? 당신들, 정신나간 사람들 아니오? 당장 그 아이를 석방시켜요. 생사람을 범인으로 몰아 괴롭힌 데 대해 사과하지 않으면 내 가만 있지 않을 겁니다."

국장이 고르즈레 형사를 보고 눈짓을 했다. 그러나 그는 눈 하나 깜짝하지 않았다. 오히려 자신의 상관을 나무라는 표정을 지으며 에를르몽 후작에게 다가가 맘대로 하라는 투로 말을 꺼냈다.

"그 사건이 어떤 사건이었는지 제대로 알고나 말씀하시는 겁니까?"

"그건 나도 잘 모르겠소."

"그럼, 대도 폴이라고 아십니까?"

에를르몽은 고르즈레 형사가 아직 대도 폴의 실체에 대해 제대로 파악하지 못하고 있다는 생각이 들어, 머리를 가로저었다.

"난 모르는 사람입니다."

"클라라 라 블롱드란 여자도 모르십니까?"

"앙토닌이란 여자는 알지만, 클라라 라 블롱드가 누구인지는 내 알 바가 아니오."

"앙토닌과 클라라 라 블롱드가 한 여자 아닙니까?"

에를르몽이 어깨를 으쓱하며 대답을 하지 않았다.

"하나만 더 여쭤볼까요? 앙토닌 고티에와 함께 볼닉에 여행을 다녀오셨다는데, 그럼, 그녀 혼자 있도록 내버려둔 적은 없었습니까?"

"그야 물론이지요."

"그럼, 내가 볼닉 저택에서 그녀를 만났을 때, 후작님께서도 그곳에 계셨다는 얘기군요?"

에를르몽 후작은 코너에 몰리자, 어쩔 수가 없었다.

"그래요. 나도 그곳에 같이 있었소."

"그래, 그곳에는 무엇 때문에 가셨는지 얘기해 주실 수 있겠습니까?"

에를르몽 후작이 잠시 당황하는 듯하더니 곧 대답을 했다.

"내가 그 집 주인이니까, 간 것뿐이오."

고르즈레 형사가 놀라서 소리를 질렀다.

"뭐라고요? 그 저택 주인이 당신이란 말입니까?"

"그래요. 그 저택을 산 지 15년이나 되었습니다."

고르즈레 형사는 믿기지가 않았다.

"그 저택을 산 사람이 후작님이시라? …귀신이 곡할 노릇이군요… 그 저택을 산 이유가 도대체 뭡니까? 그리고 비밀로 한 이유는 뭐고요?"

고르즈레 형사가 잠시 나눌 얘기가 있다고 하면서 국장을 창문 옆으로 잡아끌었다.

"모두 다 이번 사건에 연루가 되어 있습니다. 모두 공범입니다. 볼닉 저택에는 클라라 라 블롱드만이 아니라 라울도 있었습니다."

"라울이 그곳에?"

"그렇습니다. 제 눈으로 똑똑히 보았습니다. 국장님, 잘 생각해 보십시오. 에를르몽 후작… 금발의 미녀… 그리고 라울! 다 한통속입니다!"

"도대체 무슨 얘기요?"

"엘리자베스 오르넹이 살해되고 그녀가 목에 걸고 있던 보석이 사라진 그 비극적인 사건의 목격자 중의 한 사람이 바로 에를르몽 후작입니다."

"아니, 그럼? 사건이 정말 묘하게 돌아가는군."

고르즈레는 더 이상 생각할 필요가 없었다.

"그것보다 더 중요한 단서가 있습니다. 폴의 은신처에서 가방이 발견되었는데, 그 안에는 아주 중요한 서류가 들어 있었습니다. 조사 결과가 나오는 대로 나중에 자세히 보고 드리겠습니다만, 에를르몽 후작이 엘리자베스 오르넹과 내연의 관계에 있었으면서도 그 당시 경찰의 심문에서는 그 사실을 숨겼습니다. 그 이유는 아직 모르겠습니다. 그리고 폴의 본명은 발데입니다. 그런데 이 발데가 엘리자베스 오르넹의 친척 행세를 하며 최근까지도 에를르몽 후작의 집에 자주 드나들었다고 합니다."

새로운 사실이 여럿 드러났지만 국장은 난감하기 그지없었다.

"이번 사건의 수사가 새로운 방향으로 흐르고 있으니까, 우리도 전략을 바꿔보도록 하는 게 어떨까? 현재로서는 에를르몽 후작을 기소할 수도 없으니까 말이야. 일단 앙토닌을 풀어주고 에를르몽 후작이 이번 사건에 어떤 연관이 있는지 자네가 면밀히 조사해보면 어떻겠나?"

"바로 그겁니다, 국장님! 우리가 이번 사건을 포기한 것처럼 위장하면, 라울의 체포는 아무래도… 그리고 나중에…."

"나중에?"

"곧 다시 보고 드리도록 하겠습니다."

앙토닌의 석방은 그 즉시 이루어졌다. 고르즈레 형사는 5, 6일 뒤에 그녀를 다시 소환하여 조사하기로 하고 그를 앙토닌이 갇혀 있는 방으로 안내했다. 앙토닌은 에를르몽을 보자 반가운 표정으로 와락 안기며 곧 울음을 터뜨렸다.

고르즈레 형사가 중얼거렸다.

"가증스러운 것!"

그러나 그날 고르즈레 형사는 완전히 정상의 기분을 되찾았다. 여러 가지 사실들이 밝혀지고 또 국장에게 이미 보고를 끝마친 뒤였으므로, 그는 평상시와 다름없이 모든 일을 차분히 볼 수 있었다.

그러나 그러한 마음의 평화는 오래 가지 못했다. 새로운 사실이 밝혀지자 그는 곧 다시 호들갑을 떨었다. 고르즈레 형사는 노크도 하지 않은 채 국장실로 뛰어들었다. 거의 미친 사람처럼 보였다. 그는 조그만 파란 수첩을 자랑스럽게 내보이며 떨리는 손으로 수첩의 어떤 내용을 가리켰다.

"드디어 찾았습니다! 이걸 누가 알았겠습니까? …이제 모든 게 다 밝혀졌습니다."

국장이 천천히 말하라고 야단을 쳤다. 고르즈레 형사는 마음을 가라앉히고 말을 꺼냈다.

"다른 단서가 발견될 거라고 말씀드렸죠. …자, 이것 좀 보세요. 폴의 가방에서 이 수첩이 나왔습니다. 별로 중요하지 않은 메모들만 적혀 있는 것 같죠. …숫자와 주소, 여기저기 지워버린 것들도 많고… 이것을 어제 감식반에 넘겼었는데… 그중에 이것이 아주 중요한 겁니다. 감식반에서 복원한 이것은 해독하기가 아주 쉽습니다. …잘 읽어보면, 그 내용을 알 수가 있습니다."

국장은 수첩을 들고 그 내용을 읽어보았다.

라울의 주소 : 오퇴이유, 모로코 가, 23번지.
참고 사항 : 차고가 집 뒤쪽에 있음. 라울은 아르센 뤼팽의 가명으로 추정됨. 확인을 요함.

고르즈레 형사가 말했다.
"국장님! 틀림없습니다. 이곳이 바로 라울의 은신처입니다. 이제 수수께끼는 다 풀렸습니다. 드디어 단서를 찾았습니다! 아르센 뤼팽이 아니라면 모든 일을 이렇게 교묘하게 꾸밀 만한 놈이 없습니다. 경찰을 이런 식으로 농락하는 놈은 아르센 뤼팽밖에 없습니다. 라울이 아르센 뤼팽입니다."
"그래, 이제 어떻게 할 작정인가?"
"지금 즉시 그곳으로 출동해야겠습니다. 지체할 시간이 없습니다. 그녀가 풀려났다는 사실을 지금쯤이면 그놈도 알고 있을 겁니다. …놈이 도망치기 전에 즉시 그곳으로 출동하겠습니다."
"부하들하고 같이 가게."
"10명 정도는 필요할 것 같습니다."

국장도 흥분하고 있었다.

"20명이라도 괜찮으니까, 필요한 만큼 차출해서 즉시 떠나, 고르즈레!"

고르즈레 형사가 서둘러 나가며 대답했다.

"알았습니다! 기습 작전으로 꼭 잡아오겠습니다."

그는 플라망과 다른 부하 네 명을 데리고 밖으로 뛰어나가 택시를 잡아탔다.

나머지 형사들은 6명씩 나눠 두 대의 다른 차에 타고 그 뒤를 따랐다.

사실, 그것은 대단한 출격이었다. 그들의 진군을 알리는 북소리와 나팔소리가 파리 시내의 길거리에 울려 퍼져야 정상이라고 할 만큼 희망찬 진격이었다.

경찰청 복도와, 사무실, 그리고 건물 전체에서 라울이 바로 아르센 뤼팽이라는 말에 한바탕 소란이 일고 있었다.

4시가 조금 지난 시각이었다.

파리 경시청에서 모로코 가까지는 아무리 길이 막혀도 15분밖에 걸리지 않는 짧은 거리였다.

아우스터리츠의 승리와 워털루의 패배

시계는 정확히 오후 4시를 가리키고 있었다. 이때, 클라라 라 블롱드는 오퇴이유에 있는 라울의 집 침대에 누워 아직 잠을 자고 있었다. 12시경에 깨어 간단하게 식사를 한 뒤에 다시 잠이 든 상태였다.

라울은 점점 조바심을 내고 있었다. 겁이 나서 그러는 것은 아니었다. 결정을 내릴 때까지는 신중하고 현명하게 처신을 하지만, 일단 결정을 내리면 오래 기다리지 못하는 성격 때문이었다. 대도 폴이 건강을 회복한다는 것은 곧 지금의 위험이 가중될 수도 있다는 것을 뜻하며, 에를르몽 후작의 증언과 앙토닌의 진술 또한 상황만을 복잡하게 만들 것이란 점을 그는 잘 알고 있었다.

그 집을 떠날 준비는 완벽하게 갖추어져 있었다. 그는 위험이 닥칠 경우에 대비하여 이미 모든 사람들을 해고하고 홀로 남아 있었다. 가방은 모두 차에 실어놓은 상태였다.

4시 10분이 되자 그는 갑자기 올가 생각이 났다.

'이런! 올가에게 작별인사도 하지 않고 이렇게 떠나면 안 되는데, 깜빡하고 말았네. 나를 얼마나 욕할까? 이미 신문을 읽어 봤을 테니까, 내가 바로 그 유명한 라울이란 것을 알고 있을 거야? 이제, 서로 과거를 잊고 새 출발하자고 얘기라도 해야지.'

그는 전화기를 들었다.

"여보세요? 트로카데로 팔라스 호텔 부탁합니다. …여보세요? 올가 여왕님 숙소 좀 부탁합니다."

너무 서두르는 바람에 라울은 전화를 받은 상대방이 누구인지를 확인하지 못했다. 그는 보로스티리의 국왕이 이미 파리에 없다고 믿고 있었으므로, 비서인지 안마사인지 그 목소리를 확인도 하지 않은 채, 전화를 받은 사람이 여왕 올가라고 믿고 아주 사랑스런 목소리로 그녀의 말을 흉내냈다.

"올가? 내 사랑 올가, 잘 있었어요? 나 때문에 화 많이 났죠? 내가 얄밉지요? 하지만 화내지 마세요. 골치 아픈 일이 너무 많아서 신경 쓰지 못해 미안해요. …올가, 잘 들리지가 않는데 크게 말해봐요. …어? 목소리가 꼭 남자 목소리 같네요. 저기… 지금 바쁘거든요. 곧 스위스 해변으로 떠나야 하거든요. 화가 난 거예요? 왜 대답이 없어요?"

라울은 흠칫 놀랐다. 대답한 사람은 남자였다. 국왕의 목소리가 틀림없었다. 그는 이미 상황을 모두 파악하고 노발대발하고 있었다. 올가보다도 더 혀를 굴리며 라울의 신원을 묻고 있었다.

"당신 뭐 하는 사람이야? 정말 혼 좀 나봐야 정신차리겠어?"

보로스티리 국왕이 전화를 받았다는 사실에 라울은 등에 진땀이 났다. 게다가 뒤를 돌아보니까 클라라도 이미 깨어 그의 대화 내용을 듣고 있었다.

그녀가 궁금한지 그에게 물었다.

"누구에게 전화를 하는 거예요? 올가가 누구예요?"

그는 그녀의 느닷없는 질문에 뭐라고 대답해야 좋을 줄 몰랐다.

그가 말을 얼버무렸다.

"올가? 먼 친척 누님예요. 입이 험해서 그렇지 괜찮은 분예요. 가끔 전화로 안부를 물어봐야 해요. 지금 그 결과를 봤잖아요! …어서 준비해요."

"준비라뇨?"

"파리 분위기가 수상하니까 일단 피합시다."

그래도 그녀가 어리벙벙한 표정으로 가만히 있자, 라울이 재촉했다.

"클라라, 서둘러요. 이곳에서 더 이상 있을 필요가 없어요. 늦으면 위험해요."

그녀가 그를 쳐다보며 물었다.

"무슨 안 좋은 일이라도 있어요?"

두 가지 미소의 여인

"아무래도 그런 일이 있을 것 같아요."

"그게 뭔데요?"

"아무것도 아니에요. 그래도…."

그녀는 상황이 심각하게 돌아가는 것을 알아차리고 곧바로 준비를 했다. 바로 그때, 정원의 열쇠를 갖고 있던 쿠르빌이 석간신문을 들고 들어왔다. 라울이 빤히 쳐다보자 그가 서둘러 말했다.

"다 잘됐습니다. 대도 폴의 상처가 위험한 수준은 넘었다고 합니다. 하지만 경찰의 취조에 응하려면 일 주일 정도는 더 있어야 할 것 같습니다. …아랍은 아직 진술을 거부하고 있답니다."

클라라가 물었다.

"앙토닌은 어떻게 됐어요?"

라울이 차갑게 대답했다.

"석방됐어요."

"정말이에요?"

그는 클라라가 확신할 수 있도록 아예 못을 박아두었다.

"그래요. 에를르몽 후작의 증언이 결정적이었죠. 이미 석방되었어요."

쿠르빌이 작별인사를 했다.

라울이 그에게 물었다.

"중요한 서류 빠트린 것 없지요?"

"없습니다."

"그럼, 마지막으로 다시 한 번 둘러보고 어서 떠나세요. 생-

루이 섬에 있는 새로운 아지트에서 매일 만나는 것 잊지 말고요. 나중에 차에서 다시 봅시다."

그동안 클라라는 떠날 준비를 하고 있었다. 그녀가 머리에 모자를 쓴 뒤 그의 손을 잡았다.

라울이 물었다.

"왜 그래요?"

"올가라는 여자가 누구예요?"

라울이 웃음을 터뜨리며 대답했다.

"아이구! 아직도 그 생각을 하고 있어요?"

"그래도 자꾸 생각이 나는데…."

"재산이 많은 친척 아줌마라고 얘기했잖아요."

"조금 전에는 누님이라고 하더니…."

"나이가 든 여자니까, 아줌마나 누님이나 마찬가지예요. 사돈에 팔촌쯤 되니까 아주 복잡해요."

클라라가 미소를 지으며 그의 입에 손가락을 갖다댔다.

"거짓말하지 말아요. 질투하고 싶은 마음은 없으니까. 하지만, 나도 질투하는 사람이 있다는 것만 알아두세요. 모습이 조금 다르고 눈이 나보다 더 부드러운…."

라울이 얼굴을 붉히며 당황했다.

"당신의 눈이 더 예뻐요. 더 부드럽고…."

"너무 슬픈 모습이라고 했잖아요."

"웃지를 않으니까 그렇죠. 웃는 방법을 좀 배워요. 내가 가르쳐줄게요."

"물어볼 게 하나 있어요. 라울, 당신은 앙토닌이 이틀 동안이나 구금되어 있으면서도 왜 아무 얘기를 안 했는지 알아요?"

"아니오."

"당신에게 해가 미칠까 봐 그런 거예요."

"그녀가 그런 걱정을 할 필요가 뭐가 있었겠어요?"

"당신이 좋았으니까, 그랬겠죠."

모든 사람들이 자신을 좋아한다는 생각에 라울은 춤이라도 추고 싶었다. 그때 갑자기 전화벨이 울렸다.

라울이 전화를 받자, 쿠르빌의 다급한 목소리가 들렸다.

"고르즈레 형사가 왔어요! …부하 2명을 데리고 있던데… 멀리서 보니까, 대문을 부수고 들어가려고 하는 것 같았어요. 지금 카페에서 전화를 드리는 겁니다."

라울은 전화를 끊고 꼼짝하지 않았다. 3, 4분이 지나자 그가 급히 그녀를 어깨 위에 업고 문 밖으로 나가며 말을 잘랐다.

"고르즈레가 나타났어요."

현관문 앞에서 그는 밖의 동정을 살폈다. 자갈을 밟는 소리가 바삭바삭 들렸다. 창살이 쳐진 창문 틈 사이로 사람들이 움직이는 모습이 보였다. 여남은 명은 되는 것 같았다. 그는 다시 클라라를 내려놓았다.

"얼른 응접실로 돌아가요."

그녀가 물었다.

"차고로 가면 안 돼요?"

"안 돼요. 이미 경찰이 쫙 깔려 있을 거예요. 현관문 앞에 있는 놈들 숫자가 3명은 더 되는 것 같은데… 어쨌든 내가 처치할 게요."

그는 현관문을 밀어제치지 않고 뒤로 살금살금 움직였다. 적의 공격에 온 신경을 쓰고 있는 것 같았다.

클라라가 말했다.

"무서워요."

"겁먹지 말아요. 당신이 겁을 먹는 바람에 칼로 폴을 찌르게 되었다는 점을 잊지 말아요. 앙토닌은 경찰에 잡혀가서도 침착하게 행동했단 말예요. …당신이 겁먹은 표정을 지으면 사실 난 더 좋아요. 당신에게 누구도 손가락 하나 대지 못하게 할 테니까 걱정하지 말아요. 클라라, 예쁘게 웃어봐요! 지금 극장에서 코미디를 보고 있다고 생각하란 말예요."

현관문 양쪽이 한꺼번에 열렸다. 고르즈레 형사는 큰 걸음으로 세 번 정도면 닿을 만한 곳에 서서 총을 겨누고 있었다.

라울이 몸으로 클라라 앞을 막고 섰다.

고르즈레 형사가 소리를 질렀다.

"손들어! 안 그러면 쏜다!"

고르즈레 형사가 지척에 서 있는데도 라울은 아랑곳하지 않고 웃고만 있었다.

"이런! 원수는 외나무다리에서 만난다더니 이상하게 또 만났군! 고르즈레, 정말 나에게 총을 쏠 참인가? 나야 나! 라울이란 말이야!"

고르즈레 형사가 의기양양하게 소리를 질렀다.

"뤼팽! 꼼짝하지 마! 아니면 내 총에서 불이 뿜을 테니까!"
"아니. 내 이름을 다 알고 있었나?"
"이제야 자신의 정체를 밝히는구나!"
"사람들은 그 고상한 이름을 더 좋아하지."
고르즈레 형사가 다시 외쳤다.
"손들어! 아니면 쏜다!"
"클라라도 쏠 건가?"
라울이 가만히 옆으로 비켜섰다.
"클라라는 여기 있네."
고르즈레 형사의 눈이 토끼 눈이 되었다. 그는 팔이 축 처질 정도로 놀라고 말았다.
'클라라! 조금 전에 에를르몽 후작에게 인계했던 여자가? 도대체 어떻게 된 거야? …이건 말도 안 돼! 저기에 서 있는 여자가 정말 클라라라면, 조금 전의 그 여자는….'
라울이 슬슬 약을 올렸다.
"자, 마음대로 해봐! …기껏 애를 썼더니 또 애를 써야 하겠군! 야아? 이거 아주 재미있는데… 멍청한 친구! 클라라는 두 명이야!"
"저 여자가 폴의 애인 클라라야!"
라울이 다시 맞받아쳤다.
"멍청한 건 어쩔 수 없다니까! 그래 당신의 부인은 안녕하신가?"
고르즈레 형사가 이 말 한마디에 완전히 자극을 받아 부하들에게 소리를 질렀다.

"뭐해! 어서 저자를 체포해! 라울! 움직이면 네 몸에 총알이 박힐 거야!"

고르즈레의 부하 두 명이 앞으로 달려들자, 라울이 번개처럼 뛰어올라 그들의 복부에 한 방씩을 날렸다. 결국 그들은 뒤로 나동그라지고 말았다.

라울이 큰 소리로 말했다.

"내가 재미있는 것 하나 보여줄게. 이중 묘기라고나 할까?"

그와 동시에 총성이 울렸다. 그러나 고르즈레 형사의 총은 빗나가고 말았다.

라울이 웃음을 터뜨렸다.

"천장에다 대고 쏘면 어떡하나 이 사람아? 참 한심한 친구군 그래! 이렇게 아무런 준비도 하지 않고 쳐들어오기만 하면 어떡해? 아, 이제 알겠어. 내 집 주소를 알자마자 곧바로 이리로 온 거구만! 기왕 올 바에는 1개 소대 병력은 데려와야지!"

밖에서 차 소리가 들리자 고르즈레 형사가 크게 소리를 질렀다.

"1백 명? 1천 명도 올 거야. 걱정하지 마!"

라울이 말했다.

"맘대로 해! 나는 이제 별로 재미가 없어!"

"사기꾼 같은 놈! 너도 오늘로 끝장이야!"

고르즈레 형사가 새로 도착한 부하들을 부르기 위해 현관문의 손잡이를 돌렸다. 그러나 이상하게도 문이 열리지 않았다.

라울이 그에게 조용히 충고를 해주었다.

"괜히 용쓰지 마! 자동문이야. 한번 닫으면 열기가 힘들지."

라울이 조그만 목소리로 클라라에게 말했다.

"조심해요. 날 따라와요."

그가 오른쪽에 있는 낡은 칸막이벽을 밀자 조그만 방이 나왔다.

고르즈레 형사는 쓸데없이 시간만 낭비하고 있다는 것을 알아차렸다. 그는 어떻게 해서든 상황을 종료시키기로 작정하고 다시 공격 자세로 돌아섰다.

"죽여도 좋다! 놈이 도망가면 무조건 총을 쏴라!"

라울이 버튼을 누르자 경찰들이 일제히 권총을 뽑아들었다. 그러나 바로 그 순간 천장에서 바닥으로 철제 칸막이가 처지며 셔터가 내려졌다. 동시에 방이 완전히 둘로 갈렸다.

라울이 고르즈레 형사를 놀려댔다.

"고르즈레, 그럼 난 이만 실례하네."

그가 선반에서 잔을 두 개 꺼내어 물을 따랐다.

"클라라, 물 마셔요."

클라라가 눈물을 글썽이며 말했다.

"빨리 도망가요."

"어린애처럼 울긴! 용기를 내요."

그는 그녀에게 다시 잔을 권하며 물을 들이켰다. 그는 전혀 흔들리는 기색이 없었다. 서두르는 기미도 전혀 없었다.

"저 친구들이 난리 치는 소리 들리죠? 그물에 걸린 정어리가 몸부림치는 것 같잖아요? 일단 철제 칸막이가 쳐지면 셔터가 자동으로 닫히면서 전기도 끊기게 되어 있어요. 그러니까 아무 것도 보이지 않을 거예요. 밖에서 들어갈 수도 없고, 안에서 나갈 수도 없는 철옹성 같은 감옥이나 다름없죠. 그럼 이제 됐어요?"

클라라는 별로 반응을 보이지 않았다. 그는 가만히 그녀의 입술에 키스를 하며 용기를 북돋아 주었다.

"이제, 마음껏 기를 펴고 지낼 수 있는 푸른 초원, 자유의 낙원이 당신을 기다리고 있어요."

그는 식료품 저장 창고로 쓰고 있는 조그만 방으로 들어갔다. 이 창고와 주방 사이의 공간에는 찬장이 놓여 있었다. 그가 찬장을 열자, 지하로 내려가는 계단이 보였다. 그들은 서둘러 아래로 내려갔다.

라울이 마치 선생이라도 된 듯이 집의 구조에 대해 설명하기 시작했다.

"이 집의 구조에 대해 알아둬도 좋을 거예요. 이 집에는 문이 세 개가 있어요. 하나는 보통 사람들이 드나드는 문이고 다른 하나는 경찰의 급습에 대비해 내부에서 밖을 살필 수 있는 비밀 문이에요. 나머지 하나는 바로 이 비밀 탈출을 위한 문이죠. 경찰들이 차고 주변에서 어슬렁거리고 있어도 상관없어요. 땅속으로 도망치는데 저들이 어쩔 수 있겠어요? 이 집은 은행에서 샀죠."

3분쯤 지나가자 위로 올라가는 계단이 보였다. 그들이 나온

두 가지 미소의 여인 267

곳은 번잡한 길거리 옆의 어떤 빈 집 마당이었다. 창의 덧문은 모두 닫혀 있었다.

한쪽 구석에 커다란 차가 시동이 걸린 채 세워져 있었다. 그 옆에는 쿠르빌이 지키고 있었다. 짐도 차에 실려 있었다. 라울은 쿠르빌에게 마지막 지시를 내리고 차에 올랐다.

차가 경쾌한 소리를 내며 곧바로 출발했다.

한 시간 뒤, 고르즈레 형사는 풀이 죽은 모습으로 국장에게 보고를 했다. 두 사람은 일단 아르센 뤼팽에 대해서는 모든 것을 비밀에 부치고 혹시 정보가 새어나가더라도 일절 함구하기로 약속을 했다.

다음 날 아침, 고르즈레 형사는 다시 여유를 찾은 모습으로 기자들 앞에 나타나, 경찰이 체포했던 여자는 클라라 라 블롱드가 아닌 것으로 판명되어 전날 밤 석방하였으며, 석방이 된 그녀는 에를르몽 후작의 집에서 하룻밤을 지낸 뒤 아침에 그와 함께 자동차로 여행을 떠났다는 사실을 발표하였다.

그 다음 날 경찰에는 두 사람이 볼닉 저택에 도착했다는 첩보가 입수되었다. 그리고 에를르몽 후작이 어떤 외지인으로부터 그 저택을 재매입했는데 그 외부인의 용모가 라울을 닮았다는 첩보도 입수되었다.

고르즈레 형사와 국장은 곧바로 모든 준비에 착수했다.

아르센 뤼팽의 활약

오디가 변호사가 앙토닌에게 말했다.
"그렇게 너무 추켜세우면… 그리고 존댓말 쓰지 않아도 돼요."
앙토닌이 웃으며 말했다.
"그럼, 이름만 불러도 돼요?"
그가 감격스러운 목소리로 말했다.
"그럼요. 정말 기쁘군요. 내 마음을 받아주는 것으로 알고 있을게요."
"아직은 너무 일러요. 만난 지 4일밖에 되지 않았으니까 서로에 대해 잘 모르잖아요."

"이제 충분하다 싶으면 그때 말해도 돼요."

"3년이나 4년이 걸려도 괜찮겠어요?"

오디가가 몹시 시무룩한 표정을 지었다. 아름다운 그녀가 자꾸 요리조리 빼기만 하는 것을 보면 그녀에게서 명확한 답을 듣기는 애초에 틀린 것 같다는 생각이 들었다.

그는 그곳에 더 머물 필요가 없었다. 더 이상 할 이야기도 없었다. 자존심이 상했지만 그래도 태연하게 인사를 하고 그 저택을 떠났다.

홀로 남게 되자, 앙토닌은 밖으로 나가 집 주변을 둘러보고, 정원과 숲을 거닐었다. 발걸음이 가벼웠다. 어느새 입가에는 예전의 예쁜 미소가 떠올라 있었다. 그녀는 새로 산 옷을 입고 커다란 밀짚모자를 쓰고 있었다. 콧노래가 절로 나왔다. 그녀는 들꽃을 한줌 꺾어들고 에를르몽 후작에게로 돌아갔다.

그는 테라스 끝에 있는 돌로 된 의자에 앉아 그녀를 기다리고 있었다.

"야! 너무 예쁜데! 피로와 근심 걱정이 싹 사라졌나 보다? 널 더 이상 걱정하지 않아도 되겠다!"

"아빠, 그 문제에 대해서는 얘기하지 말아요. 이미 다 지난 얘기잖아요. 전 다 잊기로 했어요."

"그래. 지금부터는 행복한 일만 남았구나."

"그럼요. 전 이 집이 참 맘에 들어요. 여기에서 아빠하고 오래 같이 살고 싶어요."

"이 집은 이미 우리 집이 아니야. 내일이면 비워줘야 해."

"이 집은 아빠 집이에요. 그러니까 떠나지 않아도 돼요."

그가 그녀를 놀렸다.

"그 사람에 대한 믿음에는 변화가 없구나?"

"믿는 것뿐이겠어요?"

"하지만, 나는 아니다."

"그 사람 말을 믿지 말라고 한 게 벌써 네 번째예요. 그런 것을 보면 아빠도 믿고 있는 거 아니에요?"

에를르몽 후작이 팔짱을 끼었다.

"한 달 전에 그냥 지나가는 얘기로 했던 약속을 그 사람이 정말 지키리라고 생각하니? 그동안에도 벌써 여러 가지 사건이 있었잖니?"

"오늘이 7월 3일이에요. 제가 경시청에 구금되어 있을 때 그 사람이 다시 만나기로 한 날짜를 잊지 말라는 쪽지를 보냈어요."

"그저 한번 해본 소리겠지."

"언제나 약속은 꼭 지키는 사람이에요."

"그럼 4시에 정말 이곳에 나타날까?"

"그럴 거예요. 20분밖에 남지 않았으니까 기다려 봐요."

에를르몽 후작은 머리를 설레설레 흔들며 장황하게 설명을 늘어놓았다.

"나도 너처럼 그 사람 말에 기대를 걸고 있어. 신뢰라는 게 무엇인지 참 신기하지? 나도 그 사람을 믿고 있으니까. 내가 부탁하지도 않았는데 내 일에 끼어들어 희한하게 일을 처리하는 것을 보면, 더군다나 경찰을 자기 마음대로 요리하는 것을 보면, 그 사람은 대단히 의협심이 강한 사람이야! 신문을 읽어보니까 어떻든? 내 건물에 세 들어 살던 라울이란 사람이 바로 아르센 뤼팽이야. 너와 똑같이 생긴 신비의 여인 클라라 라 블롱드가 그 사람의 애인이고. 물론 경찰은 부인하고 있지. 하지만, 경찰이 그 사실을 부인하는 이유는 뤼팽에 대해서는 누구보다도 잘 알고 있으면서도 세간의 조롱을 받을까 두려워하기 때문이야. 우리는 지금 아르센 뤼팽과 얽혀 있는 거야."

앙토닌이 잠시 생각에 잠겼다. 곧 그녀가 차분하게 말문을 열었다.

"아빠, 그 사람이 여기까지 왔었으니까 그냥 믿고만 있으면 돼요. 이 세상에 그 사람을 믿지 않는 사람은 없잖아요."

"그래. …네 말이 맞다. …참 대단한 친구야. …그때 인상이 참 좋았어."

"아빠도 그 사람에 대한 인상이 좋았다니까, 너무 기뻐요. 다시 만나면 아빠도 미처 알지 못하고 있는 사실들에 대해 알게 될 거예요. 그런데, 정말 우리 소망대로 나타나면, 그 사람 이름을 라울이라고 불러야 할지 아니면 아르센 뤼팽이라고 불러야 할지 모르겠어요."

그녀의 말에는 활기가 넘쳐흘렀다. 그는 놀란 표정으로 그녀를 빤히 바라보았다. 그녀의 얼굴에는 홍조가 넘쳐흐르고 눈에는 생기가 돌았다.

"지금부터 내가 하는 말에 화를 내지 마렴."

"네."

"라울이란 사람 덕택에 오디가 변호사와 친해진 것 같다."

그가 잠시 말을 끊었다. 앙토닌의 발그스름한 얼굴이 더욱 새빨갛게 변했다. 그녀는 애써 그와 눈을 마주치지 않으려고 했다.

그녀가 어색한 웃음을 지으며 말했다.

"아빠도 참! 엉뚱한 생각을 다 하세요."

그가 일어섰다. 4시까지는 5분밖에 남지 않았다. 그가 성루를 향해 발걸음을 옮겼다. 앙토닌도 그의 뒤를 따랐다. 오른쪽으로 돌자, 성루로 들어가는 쇠못이 박힌 커다란 문이 보였다.

"저 문의 벨을 누르겠지. 몽테크리스토 백작이란 소설을 읽어 봤니? 몽테크리스토 백작이 소설 속에서 어떻게 나타났는지 기억하는지 모르겠다. 전 세계 여기저기에서 만난 사람들이 점심에 한자리에 모여 그가 나타나기를 기다리고 있었지. 몇 달 전에 그 자리에 나타나겠다고 이미 약속을 한 상태였으니까, 집주인은 그가 분명히 나타나리라고 믿고 있었지. 시계종이 12시를 치기 시작하고, 드디어 마지막 종이 울리는 순간, 집사가 자신이 바로 몽테크리스토 백작이라고 선언을 했어. 우리도 그들과 같은 믿음과 염원을 갖고 기다리면 될 게다."

문의 벨이 울리자, 관리인이 계단을 내려갔다.

에를르몽이 말했다.

"몽테크리스토 백작이 벌써 도착을 했나? 이렇게 일찍이 나타나다니 아무래도 이상해."

문이 열렸다. 문 앞에 서 있는 사람은 그들이 기다리는 손님이 아니라, 전혀 예기치 못한 사람이었다. 고르즈레 형사반장이었다.

앙토닌이 기어들어 가는 목소리로 중얼거렸다.

"아빠! 난 저 사람이 무서워요. 저 사람이 여기에는 무슨 일로 나타났을까요? 정말 징그러운 사람인데."

에를르몽도 언짢은 표정을 지으며 말했다.

"걱정할 필요 없다. 저 사람이 나나 너를 어떻게 하겠니? 우리하고는 아무 상관없는 사람이야."

앙토닌은 대답을 하지 않았다. 고르즈레 형사는 관리인과 몇 마디 대화를 나누더니 에를르몽의 모습을 발견하고는 곧바로 달려왔다.

그의 손에는 막대기 같은 것이 들려 있었다. 지팡이가 아니라 무거운 쇠막대였다. 딱 벌어진 어깨에, 육중한 체격이었지만, 세련된 모습은 아니었다. 일부러 밝은 표정을 지으려 애를 쓰는 것 같았다.

예배당의 종소리가 4시를 쳤다.

고르즈레 형사가 심하다 싶을 정도로 공손하게 말했다.

"에를르몽 후작님, 드릴 말씀이 있는데, 잠시 시간 좀 내주시겠습니까?"

에를르몽이 목에 힘을 주고 말했다.

"무슨 얘긴데 그래요?"

"그러니까… 우리 문제 때문에…."

"무슨 문제가 있어요? 우리 사이에 할 말은 이미 다 끝나지 않았습니까? 당신이 내 아이에게 그때 한 짓을 생각하면 마주 보고 싶지도 않소."

고르즈레 형사가 다소 차갑게 대꾸했다.

"아직 다 끝난 게 아닙니다. 시작은 지금부터입니다. 범죄수사국 국장님 앞에서 말한 적이 있지만, 확인해야 할 것이 몇 가지 있습니다."

에를르몽 후작은 30미터 정도 떨어진 곳에 서 있던 관리인을 불렀다.

"문을 잠가요. 누가 노크를 해도 절대 열어주지 말아요. 열쇠는 나한테 줘요."

앙토닌은 에를르몽의 손을 꼭 쥐었다. 잘한다는 표시였다. 일단 문을 잠갔으므로 라울이 나타나도 그가 고르즈레 형사와 마주칠 위험은 없었다.

관리인이 열쇠를 맡기고 떠났다.

고르즈레 형사가 웃으며 말했다.

"저 말고 다른 손님이 올 것에 대비해서 미리 배수진을 치시는 모양인데, 그래 봐야 이미 늦었습니다."

"이곳에 오는 사람들은 모두 귀찮은 사람들뿐이오."

"귀찮은 손님들 중에 제가 첫 번째겠군요."

"그렇소. 그러니 물어볼 게 있으면 얼른 끝냅시다. 일단 내 서재로 들어오시오."

에를르몽 후작이 마당을 지나 안으로 들어갔다. 앙토닌과 고르즈레 형사도 그 뒤를 따랐다.

그들이 집 모퉁이를 돌자 테라스에 어떤 남자가 앉아 담배를 피우고 있는 것이 보였다.

에를르몽 후작과 앙토닌은 너무 놀라 그 자리에 멈춰서고 말았다.

고르즈레 형사는 그들보다는 덜 놀란 표정이었다. 라울이 그곳에 나타나리란 것을 이미 알고 있는 것 같았다.

라울은 그들의 모습을 발견하고 담배를 껐다. 그는 자리에서 일어나며 재미있다는 표정을 지었다.

"에를르몽 후작님, 여기 이 자리에서 만나자고 했던 약속을 잊어버리셨나 보군요. 시계가 마지막으로 네 번째 종을 칠 때, 저는 이곳에 와서 있었습니다."

라울은 여행을 가는 사람처럼 말쑥하게 양복을 차려입고 있었다. 밝은 표정에 호감이 가는 모습이었다. 그가 모자를 벗고 앙토닌에게 인사를 했다.

"앙토닌, 정말 미안했습니다. 괜히 나 때문에 여러 가지 고생이 많았을 겁니다. 에를르몽 후작님의 사건을 해결하는 과정 중에 생긴 일이니까 너그러운 용서를 바랍니다."

고르즈레 형사는 그의 안중에도 없는 것 같았다. 커다란 체구의 형사가 그의 눈에는 보이지 않는 것 같았다.

고르즈레 형사는 꼼짝하지 않았다. 상황이 어색하기는 했지만, 그는 조용히 있었다. 그러한 분위기가 정말 당연하다는 듯이 태연하게 있었다. 그는 기다리고 있었다. 에를르몽 후작과 앙토닌도 마찬가지였다.

사실 그 상황에서 주연배우는 라울 한 사람인 것처럼 보였다. 다른 사람들은 그가 들어오라는 지시를 내릴 때까지 지켜볼 수밖에 없는 관중에 불과했다.

라울은 그 상황을 즐기고 있었다. 그는 이러한 위험한 상황 속에서는 더욱 기가 살고 말이 많아지는 사람이었다. 그는 뒷짐을 지고 테라스를 서성거렸다. 그의 얼굴에는 자신감과 고뇌가 번갈아 교차되고 있었다. 심각한 표정을 짓다가도 이내 밝은 표정을 지었다.

라울이 갑자기 걸음을 멈추고 에를르몽에게 말을 걸었다.

"후작님께 말씀을 드릴까 말까 망설이고 있었습니다. 우리의 만남은 개인적인 것인데, 쓸데없이 다른 사람이 끼어드는 바람에 솔직하고 자유롭게 얘기하기가 어렵지 않나 하는 생각이 들어서였습니다. 하지만, 다시 생각해보니 그래도 괜찮겠다는 생각이 들었습니다. 우리가 앞으로 나눌 대화 내용은 누구 앞에서든 할 수 있는 것들입니다. 후작님을 의심해서 여기까지 심문을 하러 내려온 저 멍청한 친구가 있어도 상관은 없을 것 같습니다. 따라서 다른 것은 그만두고 제가 밝혀낸 사실만을 있는 그대로 말씀드리겠습니다. 정직한 사람은 머리를 똑바로 들고 다닐 수 있는 권리가 있습니다."

라울이 잠시 말을 끊었다. 앙토닌은 분위기가 너무 심각하여 불안하기도 하고 걱정이 되기도 하였지만, 웃음이 터지려고 하는 것을 간신히 참고 있었다. 라울의 자신만만한 말투와 반짝이는 눈 그리고 곡선을 그린 입술에는 코미디언 같은 그 무엇이 섞여 있었다. 위험한 상황에서도 침착함을 잃지 않는 그의 태도에 그녀는 감탄하지 않을 수 없었다. 그의 말 하나하나에는 고르즈레 형사를 목표로 삼은 가시가 들어 있었다.

라울이 말을 계속했다.

"최근에 일어났던 일에 대해서는 얘기하지 않겠습니다. 클라라 라 블롱드와 똑같이 생긴 앙토닌, 그들의 행동, 대도 폴의 행동, 라울이란 사람의 행동, 그리고 라울과 고르즈레 형사의 격돌 등에 대해서는 생략하도록 하겠습니다. 오늘 우리의 주된 관심사는 볼닉 저택의 사건, 즉 엘리자베스 오르넹의 죽음에 관한 문제입니다. 그리고 후작님이 잃어버린 유산을 되찾는 일입니다. 서두가 길어져서 죄송합니다. 하지만, 우리가 지금 당면한 여러 가지 문제를 풀려면 이 방법밖에 없습니다. 우선 후작님께 몇 가지만 여쭤보겠습니다."

에를르몽 후작이 그의 말이 끝나기가 무섭게 따지고 들었다.

"나를 심문할 권리는 누구에게도 없어요."

라울이 대답했다.

"아직 볼닉 사건에 대한 진실이 밝혀지지 않았습니다. 확실한 근거는 없지만, 만약 경찰이 다시 그 사건을 들쑤셔 대면 후작님만 골치 아프게 됩니다."

"나는 그 사건과는 아무런 연관이 없는 사람입니다."

"그것은 저도 잘 알고 있습니다. 하지만, 엘리자베스 오르넹과의 관계를 숨긴 이유가 무엇인지, 이 저택을 비밀리에 매입한 이유가 무엇인지, 또 이곳에 가끔 왔다간 이유가 무엇인지 밝히라고 경찰이 요구할 겁니다. 특히, 어떤 깜짝 놀랄 만한 증거가 나오면, 후작님은 결국 고소를 당하실 겁니다."

에를르몽이 펄쩍 뛰었다.

"고소라니 그건 말도 안 돼! 누가, 무슨 죄목으로 나를 고소한단 말이오?"

그가 마치 덤벼들기라도 할 것 같은 태도로 화를 내며 거칠게 라울에게 따졌다.

"어떤 자가 감히 나를 고소한단 말입니까? 대답을 하세요. 대답을!"

"발데입니다."

"뭐라고요! 그 불한당 같은 놈이!"

"건강을 회복하는 대로 아마 그가 후작님에 관련된 서류를 경찰에 넘길 겁니다."

앙토닌은 얼굴이 창백하게 변해 있었다. 겁을 내고 있는 게 분명했다. 고르즈레 형사는 무덤덤한 표정으로 조금 떨어져 그들이 하는 말을 유심히 듣고 있었다.

에를르몽 후작이 라울에게 바싹 다가가 몰아붙였다.

"말해 봐요. 말해 보라니까요. …발데가 왜 나를 고소한다는 거요?"

"엘리자베스 오르넹을 죽였다고 고소를 할 겁니다."

라울의 말에 에를르몽 후작은 가슴이 철렁 내려앉았다. 그러나 그는 긴장했던 얼굴을 펴고 가볍게 웃으며 말했다.

"그 이유를 자세히 설명해 봐요."

라울이 설명을 시작했다.

"15년 전에 이곳에는 가시우라는 목동이 있었습니다. 주벨 씨 부부와 함께 이곳에 머물 때면 당신은 그 사람에게 가서 같이 대화를 나누었을 겁니다. 그런데 그 사람은 새총을 쏘는 데에는 아주 귀신같은 사람이었습니다. 날아가는 새도 한 방에 떨어트릴 정도였습니다. 그런 사람에게 당신이 돈을 주고 그녀를 죽이도록 시켰다는 겁니다. 저 성루에서 그녀가 노래를 부르는 동안 새총으로 쏘아서 말입니다."

"그게 말이나 되는 얘깁니까? 나는 그녀를 죽일 만한 이유가 없었어요. 내가 사랑했던 여자를 왜 죽였겠습니까?"

"그녀가 당신에게 맡겼던 보석이 탐이 나서 그랬다는 것이지요."

"그 목걸이는 가짜였어요!"

"아니지요. 진품이었습니다! 당신의 행동 중에 모호한 것이 바로 그것입니다. 그 목걸이는 그녀가 아르헨티나의 백만장자에게서 선물로 받은 것이었습니다."

에를르몽 후작이 궁지에 몰리자, 오히려 불같이 화를 냈다.

"거짓말하지 말아요! 엘리자베스는 나 이외의 다른 사람을 좋아해 본 적이 없어요. 그런 여자를 내가 살해했다니, 그게 말이 됩니까? 나는 그 여자를 사랑했어요. 지금까지도 잊지 못하고 있고요! 그녀를 잊지 못해, 그녀가 죽은 그 자리가 다른 사람의 손에 넘어가지 못하게 이 저택을 샀던 겁니다. 내가 가끔 이곳에 들른 이유는 그 성루에서 그녀의 명복을 빌어주기 위한 것이었습니다. 내가 그녀를 살해했다면, 내 지은 죄가 생각이 나서라도 그곳에 가지 않았을 겁니다. 내가 그녀를 죽였다는 것은 정말 억측입니다."

라울이 손을 비비며 싱글벙글 웃었다.

"브라보! 진작 그런 말씀을 해주셨으면 그동안 내가 쓸데없는 고생은 하지 않아도 되었을 텐데…. 다시 한 번 축하드립니다. 발데가 꾸며낸 얘기를 곧이곧대로 믿은 적은 없었습니다. 그러나 가시우가 문제였어요. 만약 가시우 문제로 그가 협박이라도 한다면 그것은 정말 큰 문제가 되거든요. 이제 그 문제를 풀 수 있는 진실이 하나씩 밝혀지고 있으니까 됐습니다. 진실만이 법과 싸워 이길 수 있는 겁니다."

"나는 진실이 무엇인지 아직 이해를 하지 못하겠습니다."

"저도 잘 모릅니다. 하지만, 현재 상황에서 볼 때에는 당신이 솔직하게 대답만 해주면 모든 일이 잘 풀릴 것 같습니다. 사라진 목걸이가 진짜였습니까 아니면 가짜였습니까?"

"진짜였습니다."

"그 목걸이는 후작님 것 아니었습니까? 탐정을 고용하여 유산을 찾지 않았습니까? 인도의 나봅이었던 선친께서는 자신이 모은 막대한 재산을 아주 희귀한 귀금속으로 바꾸어 놓으셨던 게 아닙니까?"

"맞습니다."

"선친께서 그 목걸이와 희귀한 보석들의 존재에 대해 아무런 언급을 하지 않았던 이유는 많은 상속세가 부과되는 것을 피하기 위해서가 아니었습니까?"

"아마 그럴 겁니다."

"그런데, 그것을 엘리자베스 오르넹에게 빌려주었었지요?"

"그렇습니다. 그녀가 이혼을 하면 곧바로 결혼을 할 작정이었습니다. 그녀가 그 목걸이를 하는 것이 저는 너무 좋았습니다."

"그녀는 그 목걸이의 실제 가치를 알고 있었습니까?"

"네."

"그녀가 죽던 날 하고 있던 보석들은 모두 후작님 것이었습니까?"

"진주 목걸이는 내가 그녀에게 선물한 것이었습니다. 하지만 꽤 비싼 것이었습니다."

"직접 선물한 것입니까?"

"보석상을 통해 선물했습니다."

라울이 머리를 끄떡였다.

"당신은 하마터면 발데의 마수에 걸릴 뻔했습니다. 발데가 그 진주 목걸이가 자신의 친척인 그녀의 재산임을 입증할 수 있는 서류라도 발견했으면 어떻게 됐겠습니까? 이제 남은 일은 그 목걸이와 다른 보석을 찾아내는 일뿐입니다. 한 가지만 더 얘기해 주셔야 하겠습니다. 그러니까 그 사건이 일어나던 날, 그녀를 그 성루로 올라가는 계단까지 직접 데리고 간 것이 틀림없습니까?"

"내가 직접 계단 끝까지 데려다 주었습니다."

"지금 이곳에서 보이는 저기 식나무숲까지 데려가신 거군요?"

"그럴 겁니다."

"잠시 사람들의 눈에서 사라졌던 이유는 무엇입니까?"

"2주일 동안 그녀를 만날 기회가 없었기 때문에 잠시 숨어서 키스를 했습니다."

"그 다음에 무슨 일이 있었습니까?"

"그녀가 간단하게 몇 곡 부르고 내려오겠다고 하면서 저한테 보석을 갖고 있으라고 했습니다. 제가 싫다고 하니까 그녀는 더 이상 고집을 피우지 않고 가만히 있었습니다. 제가 식나무숲의 오솔길 끝에 이르렀을 때까지도 그녀는 그곳에 서서 제가 내려가는 것을 지켜보고 있었습니다."

"그녀가 성루의 테라스 위에 도착했을 때까지도 그 보석들을 지니고 있었다는 얘기군요?"

"그것은 저도 확신을 못합니다. 그날 이곳에 왔던 사람들도 그 점에 대해서는 확실한 증언을 한 사람이 없었습니다. 사건이 일어난 다음에야 보석들이 없어진 사실을 발견했으니까요."

"그렇습니까? 발데의 얘기와는 전혀 다르군요. 그의 말에 따르면 사건이 일어나던 바로 그 시각에 그녀는 목걸이를 하지 않고 있었다고 했거든요."

에를르몽 후작이 결론을 내렸다.

"그럼, 식나무 오솔길에서 테라스로 올라가는 도중에 잃어버린 게 틀림없습니다."

라울이 잠시 생각에 잠겼다. 이윽고 그가 천천히 한마디마다 힘을 주고 말을 했다.

"보석들은 누가 훔쳐 간 게 아닙니다."

"뭐라고요? 강탈당한 게 아니란 뜻입니까? 그녀가 살해까지 당했는데요."

"그녀는 살해된 게 아닙니다."

라울은 놀라운 사실을 하나하나 밝히는 게 너무 재미있는 듯했다. 그의 눈에는 작은 불꽃이 일고 있었다.

에를르몽 후작이 물었다.

"아니 어떻게? 내 눈으로 그녀의 상처를 분명히 확인했는데… 그것은 분명 살인 사건이었습니다. 만약 살인 사건이 아니라면, 그녀가 죽은 이유는 뭡니까?"

"페르세우스 신성(新星) 때문입니다."

"도대체 무슨 얘기를 하는 겁니까?"

"그녀의 사인이 무엇이냐고 물어서 대답을 한 것뿐입니다. 자, 저하고 같이 저 성루로 올라가 보시죠."

페르세우스 신성(新星)의 비밀

장 에를르몽은 라울의 요청에 즉시 대답을 하지 않았다. 그는 결심이 서지 않는 것 같았다. 겉으로 보기에 몹시 당황하고 있는 것 같았다.

"정말 이 미스터리 같은 사건의 결말에 와 있는 겁니까? 내가 그 오랫동안 풀려고 해도 풀 수 없었던 수수께끼가 정말 풀리는 겁니까? 엘리자베스의 복수를 갚기 위해 내가 얼마나 고생을 했었는데… 그녀의 죽음에 대한 진실을 정말 밝혀낼 수 있는 겁니까?"

라울이 자신 있게 대답했다.

"이미 진실은 다 파악했습니다. 잃어버린 보석도 찾을 수 있어요."

앙토닌은 라울을 믿고 있었다. 그녀의 얼굴에는 그에 대한 신뢰가 역력하게 보였다. 그는 에를르몽 후작의 손을 꼭 쥐고 자신의 믿음을 그에게 전했다.

고르즈레 형사는 얼굴을 찡그리며 가소롭다는 표정을 짓고 있었다. 턱까지 부르르 떨고 있었다. 그에게는 너무나 아픈 순간이었다. 지난 15년 동안 이 사건을 해결하기 위해 피나는 노력을 쏟았지만, 결국 모든 것이 수포로 돌아가고 얄미운 라울의 지혜에 무릎을 꿇어야 하는 순간이었다. 한편으로는 미스터리가 풀리기를 기대하면서도 다른 한편으로는 두려웠다. 미스터리가 풀린다는 것은 곧 그의 체면이 깎이는 것이기 때문이었다.

장 에를르몽 후작은 15년 전에 엘리자베스 오르넹과 걸었던 오솔길을 다시 걸어올라갔다. 앙토닌이 바로 그의 뒤를 따르고 라울과 고르즈레 형사가 다시 그 뒤를 따랐다.

그들 중에 가장 조용한 사람은 라울이었다. 그는 예쁜 앙토닌이 자기 앞에서 걸어가고 있는 것이 너무도 좋았다. 그녀와 클라라 사이에는 분명 다른 점이 있다는 사실을 깨달았다. 걸음걸이는 클라라가 앙토닌보다 더 부드럽고 우아하다는 생각이 들었다. 그러나 앙토닌의 자세가 보다 리드미컬하고 꾸밈이 없어 보였다. 그녀의 걸음걸이나, 태도, 그리고 모습에도 확연히 다른 점이 있었다. 무성하게 자란 나무들에 두 번씩이나 길이 막혔다. 그때마다 라울은 앙토닌이 지나갈 수 있도록 길을 터주었다. 그녀가 거의 가슴이 닿을 정도로 가까이 있었지만, 그는 일절 말을 걸지 않았다.

에를르몽 후작은 정원에서부터 두 번째 테라스로 난 계단을 올라가고 있었다. 계단을 올라가자 식나무가 무성한 오솔길이 나왔다. 계단 위의 양쪽에는 이끼가 낀 오래된 화분들이 군데군데 눈에 띄었다. 가파른 오솔길을 왼쪽으로 돌아서자 성루로 구불구불하게 난 계단이 보였다.

라울이 에를르몽 후작을 불러세웠다.

"그날 엘리자베스 오르넹과 잠시 멈춰서 있던 곳이 바로 이곳입니까?"

"네."

"정확한 지점을 가르쳐 주실래요?"

"이곳입니다. 지금 내가 서 있는 곳이 바로 그곳입니다."

"그때 저택에서 이곳이 훤히 보였습니까?"

"아닙니다. 그 당시에는 빽빽하게 자란 나뭇잎들로 앞이 거의 보이지 않을 정도였습니다."

"후작님께서 돌아서서 내려가는 모습을 엘리자베스 오르넹이 지켜보고 있던 곳이 바로 이곳입니까?"

"네, 분명히 이곳입니다. 지금까지도 그날 그녀가 이곳에 서 있던 모습이 훤합니다. 저기 있는 주춧돌과 나무들을 보면 분명합니다. 그거야 제가 잊을 수가 없지요."

"정원으로 내려오는 동안 다시 뒤돌아본 적은 없습니까?"

"왜요. 그녀가 다 올라갔는지 살펴보기 위해 뒤돌아보았지요."

"그래서요?"

"처음에는 보이지 않더니 조금 있으니까 보였습니다."

"정상적인 상황이었다면, 바로 보였을 텐데요? 그때쯤이면 이미 오솔길에서 벗어나 있었을 게 아닙니까?"

"그렇지요."

라울이 부드럽게 웃자, 에를르몽이 그 이유를 물었다. 앙토닌도 궁금한 표정으로 그에게 몸을 숙였다.

"문제가 복잡하게 꼬이면 사람들은 누구나 그 답이 복잡하다고 생각하기 마련이지요. 그래서 웃는 겁니다. 간단하게 생각하면 될 것을 갖고 쓸데없이 너무 복잡하게 생각한다 이 말입니다. 가끔 이곳에 들르면 찾던 것이 무엇이었습니까? 보석 아닙니까?"

"절대 아닙니다. 보석은 누군가가 훔쳐갔다고 믿었으니까요. 그녀의 살인범을 찾는 데 도움이 될 만한 단서를 찾으려고 노력했습니다."

"보석이 강탈되지 않았다는 생각은 한 번도 해보지 않았습니까?"

"그런 생각은 해본 적이 없습니다."

"고르즈레 형사도 그런 생각을 해본 적이 없을 겁니다. 답이 뻔히 눈에 보이는데도 그것을 모르고 있었다니 정말 재미가 있군요."

"도대체 답이 뭔데요?"

"그거야 간단한 것 아닙니까? 엘리자베스 오르넹이 목걸이를 하지 않고 노래를 부르고 싶었다면 어딘가에 그것을 숨겨두지 않았을까요?"

"그게 가능한 얘깁니까? 그처럼 비싼 보석을 이런 데에 숨겨두었다가 지나가던 사람이라도 가져가면 어떻게 하려고요?"

"지나가는 사람이 있었습니까? 잘 아시다시피, 모두 저택의 밖에서 그녀가 노래하는 것을 듣기 위해 모여 있었잖습니까?"

"그렇다면 그녀가 이 근처 어디엔가 그 보석들을 숨겨놓았다는 겁니까?"

"그럴 겁니다. 노래를 마친 다음에 내려오면서 다시 가져갈 작정이었을 겁니다."

"그러면 그녀가 살해되었을 때, 사람들이 그 목걸이를 발견하지 못한 이유는 무엇입니까?"

"발견 못할 수도 있지요. …만약 그녀가 어딘가 잘 보이지 않는 곳에 숨겨두었다면 찾아내기가 어려웠을 겁니다."

"그럼 어디에 숨겨두었다는 얘기입니까?"

"그녀가 서 있던 바로 옆의 화분일 수도 있고, 발끝으로 서서 가슴을 펴다가 땅바닥에 떨어졌을 수도 있고… 솔직히 정확한 장소는 모르겠습니다. 보석은 화분 속에 잠깐 숨겨두는 경우가 많지요. 그런데 인간의 어리석음과 우연이 겹치면 그것으로 끝이 나고 마는 겁니다."

"끝이라니요?"

"화분 속의 화초가 시들어 나뭇잎이 떨어지고 그 나뭇잎이 썩으면 그 위에 층이 생깁니다. 보석을 숨기기에 더할 나위 없

두 가지 미소의 여인 289

이 좋은 장소이지요."

에를르몽과 앙토닌은 그의 침착하면서도 확신에 찬 설명에 감명을 받아 가만히 있었다.

한참 뒤, 에를르몽이 입을 열었다.

"매우 자신이 있으신가 보군요."

"자신이 있으니까 그런 말을 한 겁니다. 제 말이 맞는지 틀리는지는 확인해보면 됩니다."

에를르몽은 잠시 머뭇거렸다. 그는 점점 얼굴빛이 창백하게 변했다. 이윽고 그가 발끝으로 서서 가슴을 펴고 화분 속에 손을 집어넣었다. 이미 바닥까지 부석부석한, 썩은 나뭇잎으로 가득한 화분 속을 뒤지던 그가 떨리는 목소리로 중얼거렸다.

"그래요… 여기 있어요. …목걸이가 틀림없어요. …여기 있는 것도 모르고 그녀가 목걸이를 하고 있었다고 믿었으니!"

그는 몹시 흥분하고 있었다. 그는 더듬더듬 목걸이를 하나씩 끄집어냈다. 모두 다섯 개였다. 진흙이 묻어 있었지만, 빨간 루비와 초록색 에메랄드 그리고 블루 사파이어가 찬란한 광채를 뿜어내고 있었다. 금으로 된 세팅이 오후의 햇빛에 반짝 빛났다.

그가 중얼거렸다.

"하나가 없는데요. 모두 여섯 개였는데. 그래요. 하나가 비는군요. …진주 목걸이가 없어요. 그것 참 이상하군요. 그녀가 이 목걸이들을 이 화분 속에 숨기기 전에 진주 목걸이가 없어졌다는 얘기인가?"

에를르몽은 막상 이렇게 묻고 나서도 대답에는 별로 관심이 없는 것 같았다. 그에게는 너무나 풀기 어려운 문제 같았다. 그러나 라울과 고르즈레는 서로를 마주 바라다보았다.

고르즈레 형사의 생각은 이랬다.

'진주 목걸이는 이미 빼돌렸겠지. …미리 화분 속을 전부 뒤져본 다음에 하나 챙겨넣고 지금 장난을 치고 있는 거야.'

라울은 고개를 끄떡이며 의미심장한 표정을 지었다.

'네가 생각하는 건 고작 그 정도겠지… 그래, 내가 그랬다. 후후.'

순진한 앙토닌은 두 사람의 속내를 헤아릴 수가 없었다. 그녀는 에를르몽 후작이 목걸이를 깨끗이 닦아 잘 포장하는 것을 돕고 있었다. 이 일이 끝나자 에를르몽 후작은 라울을 폐허로 변한 성루로 안내했다.

"자, 가시죠. 그런데 도대체 그 사건은 어떻게 된 것입니까? 그녀가 죽은 이유는 무엇입니까? 그 끔찍한 사건이 아직도 뇌리에서 생생해서 말이죠. …그때 정말 마음이 아팠습니다. 자초지종을 알고 싶군요."

그는 마치 라울이 모든 진실을 손아귀에 쥐고 있는 것처럼 여러 가지 질문을 한꺼번에 쏟아놓았다. 라울의 말 한마디에 어둠이 광명으로 바뀔 수 있다고 믿고 있는 것 같았다.

그들은 테라스 위에 도착해 있었다. 엘리자베스 오르넹이 죽은 바로 그 장소였다. 그곳에서는 저택의 모습이 한눈에 내려다보였다. 정원과 대문도 훤히 보였다.

앙토닌이 라울에게 다가와 조그맣게 속삭였다.

"나는 아빠가 너무 좋아요. 고마워요. …하지만 겁이 나요."

"겁이 난다고요?"

"네. 고르즈레 형사가 무서워요. …저 사람을 내쫓았으면 좋겠어요."

라울이 다정하게 말했다.

"당신이 행복하다고 하니까 나도 좋네요. 하지만 당신에게 위험이 될 만한 일은 벌어지지 않을 거예요. 내가 아직 밝혀내야 할 것도 있고, 고르즈레 형사가 꼭 알고 싶어하는 것도 있으니까 조금만 기다리세요. 그래도 되겠죠?"

그녀는 다시 안심을 하는 것 같았다. 에를르몽이 자꾸 재촉하자 라울은 그의 질문에 대답을 하지 않을 수 없었다.

"어떻게 그런 끔찍한 사건이 발생했느냐? 그것은 말이죠. 저기 저쪽을 보세요. 자, 저리로 가봅시다. 목걸이가 도난당한 게 아니라면 마찬가지로 살인 사건도 없었다는 결론이 나올 겁니다. 제가 그렇게 추정하는 이유는, 정말로 살인 사건이 일어났었다면 그녀를 죽인 범인이 도망가는 것을 못 볼 리가 없었다는 겁니다. 40여 명이 바라보고 있는 곳에서 그것도 백주 대낮에 살인을 한다는 것은 불가능한 일입니다. 범인이 총을 쏘았다면 총소리라도 들렸을 겁니다. 그녀가 돌에 맞았다면 분명 누군가는 돌을 던진 사람을 보았을 겁니다. 그렇다면 그 사건은 작위적인 사건이 아니라 인간의 의지와는 전혀 상관없는 어떤 이유 때문에 발생한 사건이라는 얘기가 될 겁니다."

에를르몽 후작이 물었다.

"그럼 우연한 사고로 그녀가 죽었다는 말입니까?"

"그렇습니다. 그것도 아주 기가 막힌 우연 때문이었습니다. 아주 특이하고 예외적이랄까, 우연에 우연이 겹친 사건이었습니다. 엘리자베스 오르넹의 죽음은 우리 주변에서 흔히 일어나는 어떤 자연적인 현상에 그 원인이 있었습니다. 그러한 우연이 너무 치명적인 결과를 낳았다는 점이 안타까울 뿐입니다. 가시우라는 목동이 새총으로 그녀를 쏘았으리라는 발데의 얘기를 듣고 저도 반신반의를 했습니다. 그가 사람들에게 들키지 않고 접근한다는 것이 불가능하다는 생각이 들었기 때문이었죠. 그러나 그녀가 돌에 맞아 죽었을지도 모른다는 추정은 충분히 가능한 일이라고 믿었습니다. 사실, 그것만이 그녀의 죽음을 설명할 수 있는 유일한 방법이었습니다."

에를르몽 후작이 어이가 없다는 듯이 되물었다.

"그럼 하늘에서 돌이라도 떨어졌다는 얘기입니까?"

"그럴 수도 있었겠지요."

"말도 안 돼요! 그녀에게 돌을 쏜 진짜 범인이 누굽니까?"

"이미 말씀드렸잖아요. 페르세우스 신성이 범인이라고."

에를르몽 후작이 그에게 간청을 했다.

"제발, 농담하지 마시고, 사실을 얘기해 주세요."

라울이 심각한 표정으로 대답했다.

"저도 농담하는 게 아닙니다. 여러 가지 사실을 종합적으로 판단해서 내린 결론이지, 억측이 아닙니다. 우주를 어마어마한 속도로 돌고 있는 별에서 떨어져 나온 운석이 지구에 떨어지는 경우는 수도 없이 많습니다. 모양과 크기도 다 각각이지요. 우리도 재수가 없으면 지구로 떨어지는 별똥별에 맞아 죽을 수도 있습니다."

라울이 잠시 쉬었다가 계속했다.

"운석은 일 년 내내 지구로 떨어집니다. 그러나 가장 많이 떨어지는 시기는 8월 9일에서 14일 사이입니다. 이때 떨어지는 운석은 대부분 페르세우스 신성에서 나오는 것으로 추정되고 있습니다. 페르세우스 신성이 범인이라고 한 것은 사실 장난기가 섞인 말입니다."

라울은 에를르몽 후작이 의문을 던지거나 반박할 시간적 여유를 주지 않았다.

"지난 4일 동안 제 친구가 밤에 이 저택의 담을 몰래 넘어들어와 새벽까지 성루 주변을 샅샅이 조사해 보았습니다. 어제와 오늘 아침에는 제가 직접 조사를 해보았습니다."

"그래, 발견한 것이 있었습니까?"

"네."

라울은 호두 크기만한 둥그런 물체를 내보였다. 표면이 껄끄럽고 구멍이 숭숭 뚫린 게 폭발로 인해 생긴 것 같았다. 그리고 블랙 에나멜 같은 물질이 겉에 붙어 있었다.

라울이 설명을 계속했다.

"경찰이 여기를 조사하면서도 이 물체를 발견하지 못했던 게 분명합니다. 총알이나 아니면 흉기 같은 것을 찾느라 미처 발견하지 못했을 겁니다. 그러나 저는 이 물체를 발견하고 금방 사건의 진상을 파악할 수 있었습니다. 물론 다른 증거도 있었습니다. 첫째, 사건이 일어난 날이 8월 13일이었다는 겁니다. 지구가 페르세우스 신성에서 떨어지는 운석 바로 밑을 지나가고 있는 날이었습니다. 제 생각에는 바로 그날 하늘에서 무엇인가가 번쩍했을 겁니다. 또 다른 증거도 있습니다. 제가 추리한 것이지만, 과학적 사실에 근거한 것입니다. 어제 이 돌을 비시에 있는 생물화학 실험실에 가져가 검사를 해보았습니다. 그러니까 이 돌의 표면에서 사람의 피부 조각이 발견되었습니다. 그리고 뜨거운 물체에 탄 피부가 돌에 그대로 붙어 있는 흔적도 발견되었습니다. 모든 증거들이 실험실에 있으니까 에를르몽 후작님은 그 증명서를 발급받으실 수 있을 겁니다. 고르즈레 형사도 원하면 발급받아도 됩니다."

라울이 고르즈레 형사에게 들으라는 투로 말했다.

"이미 15년이나 지난 사건이니까, 다시 까뒤집어 보아도 소용이 없을 겁니다. 여기 이 친구가 우연의 일치로 일어난 여러 가지 사실들을 갖고 후작님이 그 사건에 관련되었다고 생각하나 본데, 그러면 실수하는 겁니다. 발데에게서 서류를 넘겨받는다고 해도 별 소용이 없을 겁니다. 안 그런가요, 고르즈레 형사?"

라울이 갑자기 고르즈레 형사의 존재가 생각났다는 표정으로 그를 똑바로 쳐다보며 말했다.

"어떤가? 내 말이 맞지? 내 말이 사실 아닌가? 살인 사건이나 강도사건은 애초에 없던 일 아닌가? 자네는 이제 별 볼일 없는 신세가 되었어. 법의 심판? …경찰? …다 끝난 일일세. 자네가 풀지 못해 전전긍긍하던 수수께끼를 내가 다 풀어주었잖아. 이렇게 쉽게 사건의 매듭을 풀고 돌도 찾고 목걸이도 찾고 나니까, 나도 내 자신이 자랑스럽네. 머리를 곧추세우고 웃으며 다녀도 되겠어. 자, 여기서 작별인사나 하자고. 자네 부인에게 안부나 전해주게. 이번 일에 대해서도 꼭 얘기해 주어야 하네. 그래야 그녀도 재미있어 할 테고, 내 주가도 그만큼 올라갈 테니까 말이야."

고르즈레 형사가 천천히 팔을 들어 라울의 어깨에 손을 올렸다. 라울이 놀라 소리를 질렀다.

"뭐 하는 짓이야? 나를 체포하겠다는 거야? 멍청한 놈! 네가 할 일을 내가 대신해 주었으면 감사하다는 소리는 하지 못하고… 나를 신사로 대접 못해주겠다 이건가?"

고르즈레 형사는 어금니를 꽉 깨물고 있었다. 라울의 말을 완전히 무시하고 경멸하는 눈치였다. 다른 사람이 무슨 생각을 하든 무슨 말을 하든 상관이 없다는, 자신 있는 표정이었다. 그는 라울이 무슨 말을 하든 상관하지 않고 듣고만 있었다.

고르즈레 형사가 커다란 호루라기를 꺼내어 조용히 입술로 가져갔다. 주변의 바위와 아래의 계곡까지 날카로운 소리가 울려 퍼졌다.

라울은 놀라지 않을 수 없었다.

"정말 이런 식으로 나올 거야?"

고르즈레 형사가 짐짓 웃음을 지었다.

"원하는 거라도 있으신가?"

"다시 한 번 대결을 해보자 이거로군?"

"그래야겠지. 하지만, 이번에는 다를걸. 이미 모든 조치를 취해놓았으니까 말이야. 어제부터 이 집 주변을 완전히 포위하고 있었거든. 네놈이 이곳에 숨어 있다는 사실은 나도 오늘 아침에 알고 있었어. 절벽에 이르는 길에서부터 담까지 이미 우리 애들이 지키고 있거든. 파리에서 데려온 부하들과 이곳 경찰서에서 지원받은 사람들이 꽤 될 거야."

저택으로 들어오는 대문에서 벨소리가 들렸다.

고르즈레 형사가 라울에게 경고를 했다.

"일차 공격 신호야. 부하들이 들어오면, 내가 다시 한 번 호루라기를 불어줄게. 그러면 총 공격이 시작되겠지. 한 발자국이라도 움직이면 아주 벌집을 내줄 테니까. 꼼짝하지 말고 있어."

에를르몽 후작이 끼여들었다.

"만약 그들이 허락도 없이 내 땅에 들어오면 나도 가만히 있지 않겠소. 이 사람은 나와 약속이 있어서 온 사람이오. 내 손님이란 말이오. 나를 도와준 사람이오. 열쇠도 내가 갖고 있으니까, 절대 문을 열어주지 않을 겁니다."

"그럼 문을 부수고 들어오겠지요."

라울이 비웃었다.

"망치로 부술 건가? 아니면 도끼로? 해가 저물기 전에는 힘들겠는걸. 그때까지 내가 이곳에 있을까?"

고르즈레 형사가 씩씩거렸다.

"다이너마이트라도 쓰면 돼!"
"다이너마이트가 호주머니 안에 있나 보지?"
라울이 그를 옆으로 잡아끌었다.
"이봐, 한마디만 가르쳐줄게. 나는 말이야, 한 시간 안에 내일을 마치고 자네와 친한 친구처럼 팔짱을 끼고 이곳을 떠나고 싶었어. 그런데 자네가 싫다고 하니 어쩔 수 없군. 그렇다고 이유서 깊은 저택의 문을 부숴버리지는 말게. 더군다나 내가 존경하는 숙녀 앞에서 나에게 창피를 주어서야 쓰나?"
그러나 고르즈레 형사는 귓전으로 듣는 척도 하지 않았다.
"너는 내 손에 잡힌 몸이니까, 까불지 마."
라울이 겸연쩍은 듯 에를르몽 후작을 돌아다보며 말을 했다.
"저 친구하고 같이 가서 문을 열어주세요. 절대 불상사는 없을 겁니다."
라울의 말 속에는 위엄이 섞여 있었다. 에를르몽 후작이 이 난처한 상황을 벗어나는 길은 그의 말대로 하는 것뿐이었다.
에를르몽 후작이 앞장을 서며 물었다.
"앙토닌, 너도 같이 갈래?"
고르즈레 형사가 라울도 같이 가야 한다고 고집을 부렸다.
라울이 말했다.
"나는 여기에 있을 테니까, 염려하지 마."
"내가 없어지면 도망치려고 그러는 줄 다 알아."
"도망치려고 하는 사람은 자네야, 자네!"
"그럼 나도 이곳에 있도록 하지. …네놈에게는 잠시라도 틈을 주면 안 되니까."

"지난번처럼 또 한 번 혼나봐야 정신차리겠구나! 그렇게 해줄까?"

"여기에서 혼자 뭘 할건데?"

"네놈에게 잡히기 전에 마지막으로 담배라도 한 대 피워야 하지 않을까?"

고르즈레 형사가 머뭇거렸다. 그러나 라울을 그대로 두어도 괜찮겠다는 생각이 들었다. 이미 만반의 준비가 되어 있으므로 그가 이곳에서 빠져나가는 것은 불가능하다는 생각이 들었다. 고르즈레 형사는 후작의 뒤를 따라 내려갔다.

앙토닌은 그들과 함께 내려가고 싶었다. 하지만, 움직일 힘이 없었다. 창백하게 변한 얼굴에는 걱정이 가득 차 있었다. 입가에도 미소가 이미 사라지고 없었다.

라울이 부드럽게 물었다.

"왜 그래요?"

그녀가 난처한 표정을 지었다.

"어디로든 얼른 숨어요. …숨을 만한 곳이 있을 거예요."

"내가 왜 숨어요?"

"그래도 숨어야 해요. 그렇지 않으면 잡혀간단 말예요."

"내 평생에 그런 일은 없을 거예요. 내 발로 이곳을 떠날 작정이니까."

"빠져나갈 구멍이 없잖아요!"

"빠져나갈 필요 없어요."

두 가지 미소의 여인 299

"경찰이 총을 쏠지도 몰라요."

"걱정하는 게 그거예요? 나에게 나쁜 일이 생길까 봐 걱정돼요? 하지만… 그런 걱정하지 말아요. 같이 있을 시간도 별로 없는데… 몇 분밖에 시간이 없지만, 해야 할 얘기가 있어요."

라울은 사람들의 눈에 띄지 않는 곳으로 그녀를 데리고 갔다. 다 쓰러져 가는 성루와 무너진 돌 틈으로 폭이 10미터 정도 되는 빈 공간이 보였다. 그 아래로는 절벽이 보였다. 그 끝의 낮은 벽에는 돌들이 느슨하게 나와 있었다. 총안(銃眼)처럼 생긴 공간에서 까마득히 아래로 떨어진 곳에는 강물이 흐르고 아름다운 들판이 물결치고 있었다.

먼저 말을 꺼낸 사람은 앙토닌이었다. 그녀의 목소리는 다소 진정이 된 것 같았다.

"일이 어떻게 돌아가는지 모르겠군요… 하지만 그래도 걱정이 덜 되네요. 아빠 대신에 고맙다는 말을 하고 싶군요. 아빠는 당신이 지난번에 말했던 것처럼 이제 이 저택을 그대로 소유할 수가 있게 되었어요."

"그래요."

"꼭 알고 싶은 게 하나 있어요. 당신만이 나에게 진실을 말해 줄 수 있는 사람이에요. …에를르몽 후작이 내 아빠가 맞나요?"

"그럼요. 당신 어머니가 그분한테 보낸 편지를 읽어보았거든요. 그럼 분명한 거 아니에요?"

"저도 그렇게 생각은 했지만, 증거가 없었거든요. 사실을 알았으니까 기뻐요. 지금부터라도 아빠에게 잘할게요. 클라라도 아빠 딸이죠?"

"그래요. 당신의 이복동생이에요."

"아빠에게 그 사실을 알려야겠어요."

"이미 짐작하고 있을 겁니다."

"믿기지가 않네요. 어쨌든, 아빠가 나한테처럼 클라라에게도 잘해주셨으면 좋겠어요. 언제가 만날 날이 있겠죠? 저한테 편지를 쓰라고 전해 주세요."

앙토인의 말은 아주 간단했다. 특별히 심각한 것도 없었다. 그녀의 입가에 다시 환한 미소가 피어올랐다. 그녀가 나지막이 물었다.

"클라라를 사랑하고 있지요?"

라울은 그녀를 빤히 쳐다보며 작은 목소리로 대답했다.

"당신 때문에 그녀를 좋아하게 되었어요. 당신이 파리에 처음 도착하던 날 내 집에 들렀을 때의 그 모습 때문에요. 그때의 아름다운 미소는 평생 잊을 수가 없을 거예요. 처음 보는 바로 그 순간 심장이 멎어버릴 것 같았으니까요. 내게는 오직 한 사람밖에 없어요. 앙토닌과 클라라는 같은 사람이에요. 두 사람이 다른 인물이라는 것을 알았으니까, 그 아름다운 모습은 잊도록 노력해야 할 거예요. 우리가 다시 만나기는 어려울 것 같아요."

앙토닌이 소리를 질렀다.

"얼른 가요. 어서 피해요."

라울은 벽을 타고 내려갔다. 앙토닌이 겁을 먹고 소리를 질렀다.

"안 돼요. 그리로 가면 안 돼요!"

"다른 길이 없어요."

" 너무 끔찍해요. 도저히 눈을 뜨고 볼 수가 없어요. 안 돼요! 그리로 가지 말아요."

앙토닌은 너무 위험한 광경에 소스라치게 놀라 꼼짝을 할 수가 없었다. 잠시 동안 그녀의 표정은 완전히 다른 사람과 같았다. 걱정과 불안이 교차하고 있었다.

그때, 저택 쪽에서 소리가 들렸다. 사람들이 정원을 지나고 있는 것 같았다. 고르즈레 형사와 그의 부하들이 성루로 올라오고 있는 것이 틀림없었다.

그녀가 숨이 넘어갈 듯이 소리를 질렀다.

"잠깐만요. 잠깐만 기다려요. …내 손을 잡아요!"

라울이 벽 아래로 발을 헛디딘 것 같았다.

"앙토닌, 걱정하지 말아요. 이미 이 절벽에 대해서는 연구를 많이 해두었어요. 이 아래로 내려간 사람이 내가 첫 번째는 아닐 겁니다. 나에게 이런 것쯤은 누워서 떡먹기나 다름없어요."

그녀는 다시 한 번 그의 침착함에 감탄하지 않을 수 없었다.

"앙토닌, 예쁘게 웃어봐요!"

그녀가 나오지도 않는 웃음을 억지로 지어 보였다.

"와! 그러니까 너무 예쁘네요. 그 모습 언제나 마음속에 고이 간직할게요. 옆으로 안전하게 지나갈 수 있도록 손 좀 잡아줄래요?"

그녀가 손을 내밀었다. 그가 손에 키스를 하려고 하자 그녀가 얼른 손을 뒤로 뺐다. 그러고는 몸을 숙여 자신이 직접 키스를 했다.

그녀의 얼굴에는 가식이라고는 전혀 보이지 않았다. 순수함 그 자체뿐이었다. 라울은 여동생과 같은 기분을 느꼈다. 그는 미소가 잔잔히 흐르는 그녀의 입술에 가만히 자신의 입술을 포개었다. 그녀의 맑은 숨결이 목을 타고 흘러들었다.

그녀가 얼른 감정을 추스르며 몸을 일으켜 세웠다.

"얼른 가요. 더 이상 걱정하지 않을게요. …빨리 도망쳐요. 잊지 않을게요."

그녀가 뒤로 돌아섰다. 그녀는 절벽에 대롱대롱 매달려 있을 라울을 바라볼 엄두가 나지 않았다. 왁자지껄하는 소리가 점점 가까이 들렸다. 그녀는 숨을 죽이고 라울이 무사히 절벽 아래로 내려갔다는 신호를 보내기만을 기다리고 있었다. 그녀는 그가 성공하리란 것을 확신하고 있었다.

그녀가 아래를 내려다보니까, 서너 명이 몸을 구부린 채 숲을 헤치며 올라오는 모습이 보였다.

에를르몽이 그녀를 부르는 소리가 들렸다.

"앙토닌! …앙토닌 어디 있니?"

잠시 시간이 흘렀다. 그녀의 가슴은 심하게 요동치고 있었다. 그때 계곡 아래에서 자동차 소리가 들렸다. 곧이어 자동차 경적 소리가 신나게 울렸다.

그녀의 눈에 눈물이 고였다. 아름다운 미소가 어느새 슬픈 미소로 바뀌어 있었다. 그녀가 중얼거렸다.

두 가지 미소의 여인 303

"잘 가요… 안녕!"

클라라는 그곳으로부터 20킬로미터 정도 떨어진 곳의 여관에서 라울을 기다리고 있었다. 라울이 도착하자 그녀가 기다렸다는 듯이 달려나오며 물었다.

"앙토닌, 만났어요?"

라울이 빙그레 웃으며 말했다.

"고르즈레 형사나 만나지 않았는지, 아니면 그 난처한 상황에서 어떻게 빠져나왔는지를 먼저 물어봐야지요. 너무 힘이 들었어요. 하지만 다 잘 끝났어요."

"앙토닌에 대해서 얘기해 봐요."

"목걸이도 찾았고… 운석도 발견했어요."

"앙토닌도 만났죠? …만나지 못했어요?"

"누구? …아, 앙토닌 고티에? …그 집에서 잠깐 봤어요."

"얘기해 보지는 않았어요?"

"그녀가 나에게 물어보던데."

"뭐라고요?"

"당신에 대한 것이었어요. 당신이 자기 동생이 아니냐고 하면서 만나고 싶다고…."

"나하고 정말 똑같이 생겼어요?"

"으응. 아니. …전혀 닮은 데가 없던데요. 나중에 자세히 얘기해 줄게요!"

클라라는 그 자리에서 더 이상 묻지 않았다. 그러나 차를 타고 스페인으로 가는 동안 똑같은 질문을 자주 물었다.

"앙토닌이 예뻐요? 나보다 예뻐요? 아니면 나보다 못생겼어요? 시골티가 나지요?"

라울은 건성으로 이리저리 둘러댔다. 고르즈레 형사를 따돌리던 순간이 떠오를 때마다 그는 더할 나위 없는 환희를 느꼈다. 언제나 운명의 여신은 그의 편에 서 있었다. 고르즈레 형사의 기습은 미처 염두에 두지 못한 상태였으므로 그러한 로맨틱한 탈출은 꿈도 꾸지 못한 것이었다. 바위틈으로 빠져나가야겠다는 기가 막힌 아이디어! 거기에다 해맑은 미소를 띤 그녀의 보답… 첫 키스!

그는 속으로 그녀의 이름을 몇 번 되새겨 보았다.

충격적인 사실을 폭로하겠다던 발데의 협박은 말로 그치고 말았다. 폴이란 이름으로 저지른 다른 두 가지 살인 사건이 탄로가 나자, 그는 급격히 무너지고 말았다. 어느 날 아침 그는 자살한 시체로 발견되었다. 그의 부하 아랍은 징역형을 선고받고 감옥으로 이송되는 도중에 탈출을 시도하다가 죽고 말았다.

조조트 고르즈레는 그로부터 3개월 뒤에 가출을 했다. 그녀는 아무런 연락도 없이 15일 만에 다시 가정으로 돌아왔다. 비록 집을 나갔다가 돌아오기는 했지만, 아무런 일도 없었던 것 같았다. 그녀의 웃음 띤 눈에는 생기가 돌고 애정이 깃들여 있었다. 고르즈레 형사는 그 모습에 반해 그녀를 꼭 껴안고 용서를 해주었다.

올가 여왕이 남편과 함께 파리를 떠난 뒤 정확히 6개월이 되던 날 보로스티리 섬에서는 경사를 알리는 종소리가 일제히 울렸다. 10년이 있으면 왕세자가 될 아이가 태어난 것이었다.

왕이 발코니에 나타나 환호하는 국민들 앞에 아이를 보여주었다. 그녀의 얼굴에는 기쁨과 뿌듯함이 교차하고 있었다. 왕통을 잇게 되었다는….